北条五代

上

火坂雅志・伊東 潤

朝日文庫

本書は二〇二〇年十二月、小社より刊行されたものです。

〈下巻・目次〉

北条五代　第二部／伊東　潤

〈主な登場人物〉

北条早雲（伊勢宗瑞）……小田原北条氏の初代。姉の北川殿が今川義忠に嫁いだことをきっかけに今川家の内紛を取りまとめ、駿河興国寺城主として地歩を固める。

北条氏綱……小田原北条氏二代。小田原城主として、古河公方当主の足利政氏の嫡男・高基を調略し、政氏に叛旗をひるがえさせた。父・早雲の遺志を継いで、関東平定を目指す。

北条氏康……小田原北条氏三代。西国で愛洲移香斎から教えを受け、小田原に帰還する。

北条氏政……氏康の次男にして嫡男。四代目当主となる。氏康の命で武田信玄と連携し、越後の上杉輝虎（後の謙信）と対峙する。

北条氏直……氏政の嫡男。五代目当主となる。

北条氏照……氏康の三男（実質次男）。北条氏の関東制圧の尖兵となる。

北条幻庵（長綱）……早雲の末子で氏綱の腹心。箱根権現別当を務める。

風間孫右衛門……北条家の忍び・風魔一族の長。

陳林太郎……明からの渡来人・陳外郎の末子。若き氏康と西国に旅する。

板部岡江雪斎……氏康の家臣。北条家の外交から内政までを一手に担うことになる。

北条家一族家系図

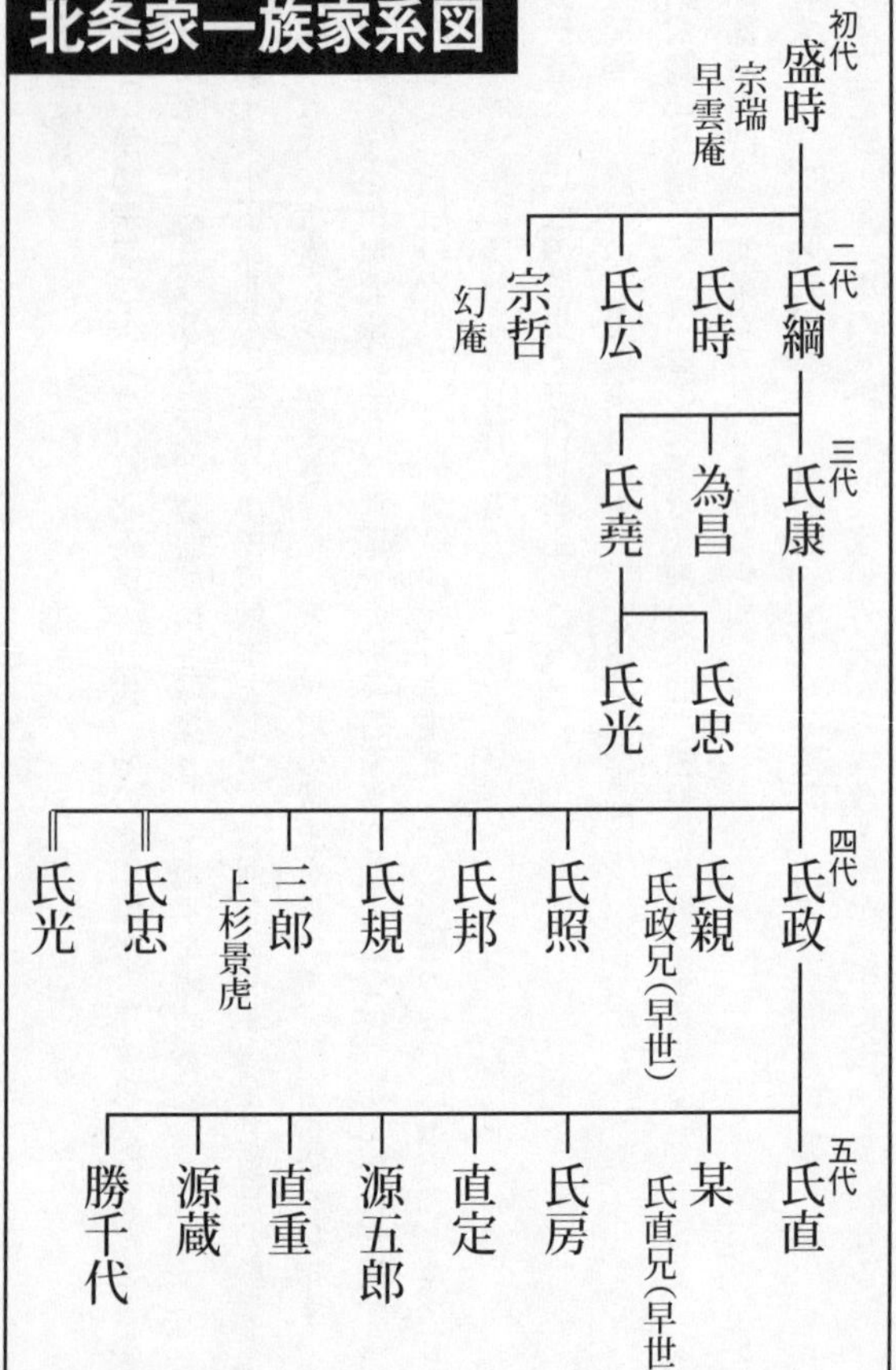

図版作成：谷口正孝

北条五代　上

北条五代　第一部

火坂雅志

第一章　早き雲

一

駿河灘《するがなだ》が青い。

紺碧《こんぺき》といっていい海の色である。

その海に、兎《うさぎ》のような白波が無数に走っている。

海上をわたる晩秋の西風のなかを、筵帆《むしろほ》をはためかせながら、東へすすむ十艘《そう》の船団があった。三、四百石積ほどの軍船である。

先頭をゆく船の舳先《へさき》に、身を乗り出すようにして男が立っていた。

墨染《すみぞめ》の法衣の上に小具足を着込んだ壮年の男だった。鼻梁《びりょう》が高く秀で、目尻の切れ上がったするどい眼《め》の奥に野心的な光がある。

均整のとれた貴族的な風貌だが、顎《あご》が張り、内部に秘めた強靭《きょうじん》な意志をあらわすように厳しく引き締まった口元をしていた。

俗名を、伊勢新九郎盛時《いせしんくろうもりとき》という。年は三十八になる。

吹きつける海風にやや眼を細め、海のかなたに横たわる陸地を見つめる僧形《そうぎょう》のこの男こそ、早雲庵宗瑞《そううんあんそうずい》、世にいう、

——北条《ほうじょう》早雲
にほかならない。

(伊豆《いず》が近づいてきたな……)

起伏の多い海岸線を遠望する早雲の脳裡《のうり》には、西伊豆一帯の精緻な絵図が描かれている。

「太郎《たろう》」

と、早雲はかたわらに控える家臣の名を呼んだ。

手足が短く、異様に大きな耳をした大道寺《だいどうじ》太郎重時《しげとき》は、早雲の従兄弟《いとこ》であり、もっとも信頼する腹心でもある。

「松崎《まつざき》の湊《みなと》までは、あとどれほどだ」

「風もよろしゅうござりますゆえ、半刻《とき》(約一時間)もあれば着きましょう。さきほど、船頭の弥助《やすけ》がそのように申しておりました」

「さようか」

早雲は表情を変えずにうなずいた。

「仕込みのほうは、抜かりないであろうな」

「むろんのこと」

打てば響くように、大道寺重時が返答する。

「西伊豆の海賊衆も、みな、旦那《だんな》のご到着を、首を長くして待ち受けておりましょうず」

「ならばよし」

「さりながら、堀越《ほりごえ》の館の者どもも、旦那が海から乗り込んでくるとは夢にも思うておらぬでしょうな」

重時が厚ぼったい下唇をゆがめてにやりと笑った。

一族でもある重時は、あるじの早雲を、親しみのある敬意をこめて、

——旦那
と、呼びならわしている。

「やつら、われらが北から街道づたいに攻め込んでくるであろうと、備えをかためておるに相違ございますまい」

「いかなるときも、敵の思惑の裏をかく。それが兵法《ひょうほう》というものよ」

早雲はにこりともしない。

「そういえば、旦那は京におわしたときから、暇さえあれば孫子《そんし》や六韜《りくとう》、三略《さんりゃく》なんぞの

兵書ばかり読みふけっておられましたのう」

「兵書には、この乱世をわたってゆく知恵が詰まっておる。それを机上の空論でおわらせるか、国盗《くにと》りに役立てるか。これからが、わが腕の見せどころだ」

「幕府の奉公衆《ほうこうしゅう》から国盗りとは、旦那もつくづく恐れ入ったことで」

首をすくめる重時に、

「屋台骨の腐れかけた幕府の役人など、いつまでやっていてもつまらぬわ」

早雲は傲然とうそぶいた。

「漢《おとこ》としてこの世に生をうけた以上、生きたいように生きる。望むものを、力でつかみ取る。それがわしのやり方よ」

「いかにも、旦那らしゅうございますな」

大道寺重時はあおぐように、小柄だが五体の筋肉がきりりと引き締まったあるじを惚《ほ》れぼれと見た。

この男に一生ついて行こうと、重時は心に決めている。

これといった理由はない。だが、早雲には、

(男によらず、女によらず、まわりの者を魅《ひ》きつけずにおかぬ、何かがある……)

重時は本能的にそう感じている。

その魅力、すなわち、

――男の色気
とでも言うべきものは、早雲が駿河興国寺《こうこくじ》城主となってからますます磨きがかかり、国盗りの事業に乗り出そうとするいま、大きく花ひらこうとしていた。

「旦那、あれをッ！」

大道寺重時が声を上げた。

海のかなたに一艘の軍船が見える。逆風なので帆はかかげていない。舷側から突き出されたムカデの足のような三十挺《ちょう》ほどの櫓《ろ》を漕ぎ、まっしぐらにこちらへ向かって近づいてくる。

「敵船でござりましょうか」

「堀越御所に、こちらの動きが察知されたとも思えぬが。あるいは、伊豆の浦々に巣食う海賊やもしれぬ」

早雲は渋面をつくった。

「いかがなされます」

「船いくさの支度をととのえておけ。相手は一艘だが、油断はなるまい」

「承知ッ」

重時がうなずいた。

早雲の意を受けた大道寺重時の指図で、楯《たて》を並べた船端に弓矢を持った兵たちが待機した。

この明応《めいおう》二年（一四九三）当時、わが国に鉄砲はまだ伝わっていない。距離のある敵を倒す武器といえば、弓矢が基本であった。

兵たちはきりきりと引き絞った弓弦《ゆみづる》に矢をつがえ、接近しつつある軍船に狙いをさだめた。

船足が速い。

近づくにつれ、帆をたたんだ帆柱にかかげてある軍旗が見えてきた。

早雲は目を細めた。

（あれは……）

白地の旗に、黒々と三ツ星に一文字の紋様を見て取ることができる。

三ツ星に一文字といえば、

（渡辺《わたなべ》党か）

早雲の表情が変わった。

「者ども、弓矢を下ろせーッ！　かの船は敵にあらず」

よく通る声が船上に響きわたった。

やがて、速度をゆるめてこちらの船に船端を接した軍船から、ひとりの男が飛び移り、

「伊勢どの、お待ち申し上げておりました」

早雲の前に片膝《かたひざ》をついて、深々と頭を下げた。

二

早雲がこの世に生をうけたのは、康正《こうしょう》二年(一四五六)。世は室町時代なかば、八代将軍足利義政《あしかがよしまさ》の治世である。

父伊勢盛定《もりさだ》は、備中国荏原荘《びっちゅうのくにえばらのしょう》の地侍で、高越城《たかこし》(現・岡山県井原市)の城主であった。桓武平氏《かんむへいし》の流れをくむ伊勢氏は、早くから京の室町幕府に仕えて、政所執事《まんどころしつじ》をつとめてきた。

政所執事とは、幕府の財政、および領地にかかわる訴訟ごとをつかさどる役職である。すなわち、室町幕府における事務方のトップといっていい。

早雲の父盛定は、この華やかな中央政界で活動する京伊勢氏の一族で、在地の荏原荘に根を下ろした備中伊勢氏の当主であった。

高越城で盛定の次男として生まれた早雲も、幼少期を備中国で過ごした。だが、十代のころ、その後の彼の運命を変える転機がおとずれる。京伊勢氏の系譜に属する貞高《さだたか》の養子に迎えられたのである。

若き早雲は京へのぼり、養父貞高の死後、その名跡を継いだ。

当時、京の都は、応仁《おうにん》、文明《ぶんめい》の乱によって、市街地の大半が焼け野原となり、室町幕府の勢威もいちじるしく衰えていた。

京の復興をはかるべき将軍義政は、洛東の慈照寺《じしょうじ》銀閣で風雅の道に没頭する暮らしを送り、まつりごとを顧みなかった。中央政権は求心力を失い、京のみならず、諸国でも戦乱が頻発するようになっていた。

政治に興味を失った将軍に代わり、実務を取り仕切ったのが、京伊勢氏の長で、政所執事をつとめていた伊勢貞親《さだちか》をはじめとする官僚たちである。

早雲の実父盛定もまた、備中から京へのぼり、将軍の、

——中次衆《もうしつぎしゅう》

となって、幕政に参画した。

この中次衆は、諸大名の請願を将軍に取り次ぐ役目を担っている。将軍からの下命も、中次衆を通さねば大名たちに伝達されず、その意味で地方と中央をつなぐパイプ役ともいうべき、きわめて重要な役職だった。

中次衆をつとめるうちに、伊勢盛定が諸国の大名との結びつきを強めていったのも、ごく当然の成り行きといえる。

なかでも、東海地方の守護大名で、駿河府中《ふちゅう》に本拠をおく、今川《いまがわ》氏との関係は深く、盛定の娘——すなわち、早雲の姉は、今川家の当主義忠《よしただ》の正室に迎えられている。

この女人は、安倍川の支流北川《きたがわ》のほとりに館を構えたことから、

――北川殿
と、称される。

この五歳年上の才色兼備の誉《ほま》れ高い姉は、今川へ嫁ぐ前から早雲とことのほか仲がよく、

「よいですか、新九郎。伊勢氏はもともと、桓武平氏の流れを引く武門の家柄。そなたの身のうちにも、猛《たけ》き武者の血が流れています。もののふの家に生まれた子なら、この乱れた世をおさめるほどの大きなこころざしを持つがよい」

と、つねに口癖のように言い聞かせていた。

もし、男に生まれていたなら、一国一城を切り取るほどの器量の持ち主といっていい。

今川義忠の妻となった北川殿は、今川家の世継ぎとなるべき男子を生んだ。これが龍《たつ》王丸《おうまる》、のちの今川氏親《うじちか》である。

しかし、文明八年（一四七六）、今川家を不幸が襲った。

隣国遠江《とおとうみ》へ出陣中の当主義忠が、帰国途中、一揆勢の夜襲に遭い、小笠《おがさ》郡塩買坂《しょうかいざか》で不慮の死を遂げたのである。

このとき、嫡子龍王丸はわずかに六歳。

若すぎる寡婦となった母の北川殿とともに、館に取り残された。

今川家の家臣たちのあいだからは、

「年端《としは》のゆかぬ幼君では、とうていお家はもたぬ。ここは、分別のある御跡取りをご一族のなかから選び、家督を継がせるべきではないか」

との声が上がった。

世は乱れている。平時ならばともかく、近国の大名のうちで小競り合いが絶えぬ現在《いま》の状況では、指導力なき主君をいただくことは、家の存亡にかかわってくる。

今川家の将来を憂慮した一派は、義忠の従兄弟にあたる小鹿範満《おしかのりみつ》を担ぎ出し、当主の座に据えようと画策しはじめた。

これに対し、あくまで正当な後継者である龍王丸擁立に動く一派もいる。両派はするどく対立し、義忠の後継ぎをめぐって今川家は内紛状態におちいった。

この争いに危機感を抱いたのが、龍王丸の母の北川殿である。

（このままでは、わが子は駿河を逐《お》われる……）

北川殿が頼る相手といえば、上方にいる父の伊勢盛定をおいてほかにない。

しかし、中次衆の要職にある盛定は、京を離れることができず、代わって息子の早雲が駿河へ下る運びとなった。このとき、早雲、二十一歳。

出立の前日、

「この役目、そなたにはいささか荷が重いかのう」

父盛定は首をかしげ、やや血色の悪い顔をしかめるようにしてわが息子を見た。相続争いの調停の難しさは、申次衆として諸大名の陳情に耳をかたむける盛定自身が、ほかの誰よりよく知っている。ましてや、二十歳そこそこの若造では、今川家臣団に頭から嘗《な》めてかかられるのは目に見えている。といって、当の盛定にも、娘の苦境を救うほどの思案があるわけではない。

「とにかく、みなの顔が立つよう話をおさめてまいれ。くれぐれも、ことを荒立ててはならぬ。何ごとも、穏便に、穏便にな」

室町幕府の官僚主義にどっぷり肩まで浸《つ》かり、題目のように事なかれ主義をとなえる父に、

「ことを荒立てるなと申されても、事態はとうに紛糾しております。姉上を助けるためには、血を流すことも覚悟すべきかと」

早雲は挑むように顎をそらせて言った。

「これ、新九郎……」

「ご安心下さりませ、父上。かまえて、混乱を助長するようなまねはいたしませぬ」

早雲は双眸《そうぼう》に満々たる自信をみなぎらせて言った。

三

（あれから、十七年か……）

斜面にへばりつくように赤松の生い茂る西伊豆の岸壁を見つめながら、早雲は初めて駿河へ下向した日のことを思い返していた。

父の命により、今川家の内紛の仲裁に入った早雲は、

――今川家の正当な跡取りは、龍王丸なり。しかしながら、同人はいまだ幼少の身ゆえ、成年に達する日まで、一族の小鹿範満をもって代行の当主とする。

という折衷案を重臣たちに提示し、相続争いの紛糾をおさめた。

重臣たちにしても、家中の内輪揉《うちわも》めが何をもたらすか、知らぬわけではない。争いがつづけば、外部勢力の干渉を招き、やがては今川家そのものが衰亡することになる。それだけは、

（どうあっても、避けねばならぬ）

と、両派の利害が一致。当面の危機は回避される結果となった。

ただし、後継者の座をめぐる争いは、先送りされただけで、真の決着がついたわけではない。

「龍王丸成人のあかつき、小鹿範満はまことに当主の座をゆずり渡すであろうか」

北川殿は眉をひそめ、早雲に心配を打ち明けた。

「わかりませぬな。人は、一度つかんだものを、おいそれとは手放したがらぬものでございますゆえ」

「そなたが下した裁定ではないか。わからぬとは、無責任な」

「いまのそれがしの力では、これだけのことしかできませなんだ」

姉に詫《わ》びを言うと、心を駿河に残しつつも、早雲は京へもどった。

もどったその足で、

（わしは大徳寺《だいとくじ》へ入った……）

早雲は回想した。

坊主になろうと思ったわけではない。早雲には、明確な目的があった。

――大徳寺
は、京を代表する臨済宗《りんざいしゅう》の禅刹《ぜんさつ》である。

正和《しょうわ》四年（一三一五）、大燈国師宗峰妙超《だいとうこくししゅうほうみょうちょう》によって洛北紫野《むらさきの》の地に開創。花園《はなぞの》上皇、後醍醐《ごだいご》天皇と、天皇家歴代の外護《げご》を受け、発展してきた格式の高い寺である。

早雲は諸方に顔のきく実父盛定のつてで、大徳寺の長老、春浦宗熙《しゅんぽそうき》のもとへ弟子入りした。

禅寺の修行は厳しい。まだあたりが暗い暁闇《ぎょうあん》のうちに起床し、冷えびえとした僧堂で勤行《ごんぎょう》をおこない、薄い粥と大根の古漬けだけの質素な粥座《しゅくざ》、市中の托鉢《たくはつ》と、俗世とはかけ離れた暮らしに耐えねばならない。行住坐臥《ぎょうじゅうざが》、いっさいの生活のうちに心を磨き、悟りにいたるのが禅修行の眼目である。

もっとも、早雲の目的は悟りにはない。

——兵法

を学ぶことにあった。

当時の禅寺は、禅修行のみをおこなっていたわけではない。漢籍を読み書きできる一流の教養人の禅僧のなかには、詩文のほか、

儒学

算学

医学

天文学

など、さまざまな学問に精通する者が多かった。

早雲の師の春浦宗熙も儒学に通じ、兵法の知識では五山をはじめとする京の禅刹でも、およぶ者がないと噂《うわさ》されていた。

(人は力ある者に従う。何のかんのともっともらしい理屈をつけても、最後にものを言

うのは力だ……）

かつて早雲は、姉の北川殿に、

——もののふの家に生まれた子なら、この乱れた世をおさめるほどの大きなこころざしを持つがよい。

と言われたことがある。

（なるほど……）

と、早雲は思った。

だが、どれほど大きなこころざしを持ったとしても、それを実現にみちびく力がなければ何ごともなし得ない。

げんに、今川家内部の争いでさえ、いまのおのれの力では、小知恵を使ってその場をしのぐことしかできない。

（人を従わせるだけの力を手に入れねば……）

駿河からもどった早雲が大徳寺に入ったのは、春浦宗熙から兵法をまなび、力を手に入れるための教養を身につけるためにほかならなかった。

さいわい、師の文庫《ふみぐら》で、

『孫子』

『六韜』

をはじめとする兵書に、自由に目を通すことができた。そのほかにも、軍学にまつわる稀覯本《きこうぼん》のたぐいが多数あり、早雲は時の経《た》つのも忘れてそれらを読みふけった。

（わしにもこの乱世で何事か成すことができるのではないか……）

と、自信がついたとき、早雲は還俗《げんぞく》して俗世にもどった。

父盛定に代わり、

「将軍の申次衆に」

という話があったのは、文明十五年（一四八三）、早雲二十八歳のときである。

すでに将軍も代替わりしている。

先代足利義政は引退し、日野富子《ひのとみこ》を母とする義尚《よしひさ》が室町幕府九代将軍となっていた。

禅寺での学問で幅広い知識を身につけた早雲は、若い義尚の信任を得て、四年後の長享《ちょうきょう》元年（一四八七）には、将軍直属の親衛隊ともいうべき奉公衆に出世している。

奉公衆は御所の番所に常駐し、一朝事あれば、将軍に従って戦う武官である。その人員は五人と定められており、それぞれが数百人の侍をひきいていた。

それだけの兵力を維持するためには、経済力がいる。奉公衆は将軍直轄領の管理をゆだねられ、そこからの上がりを徴収する特権を与えられていた。栄誉であるうえに、旨《うま》みの多い役職でもある。

奉公衆に抜擢《ばってき》された年、駿河の姉北川殿が、早雲にふたたび助けをもとめてきた。

「わが子龍王丸が立派に元服し、名乗りも氏親とあらためたにもかかわらず、小鹿範満めは、いっこうに当主の座をしりぞこうとせぬ。このままでは、今川家はかの者に乗っ取られてしまう」

姉の訴えを聞いた早雲は、兵をひきいて駿河へ下り、府中の今川館を急襲した。

このときの早雲は、もはやかつての文官ではない。

みずからの意のままに動く手勢という、

――力
を手に入れている。

早雲は、約定をたがえた小鹿範満を誅戮《ちゅうりく》し、甥《おい》の氏親を今川家当主の座に据えることに成功した。

この功により、早雲は駿府国に所領を与えられる。富士《ふじ》郡の下方《しもかた》十二郷である。また、姉に願って駿東《すんとう》の興国寺城の城主となり、そこを根城に活動するようになった。

「いまにして思えば、旦那が興国寺城をお望みになったのは、伊豆へ攻め入ろうとの深謀遠慮があったからでございましたか」

伊豆の堀越御所襲撃の計画を打ち明けたとき、大道寺重時があざやかな驚きを、その色黒の面貌に浮かべて言った。

「ふん」

と、早雲は頬をゆがめて不敵に笑った。

(わしの望みは、伊豆のみにあらず。やがては、相模《さがみ》、武蔵《むさし》、上総《かずさ》、下総《しもうさ》、安房《あわ》、上野《こうずけ》、下野《しもつけ》に兵を送り込み、関八州《かんはっしゅう》の覇王となってみせよう……)

早雲が長い回想からさめたとき、船が松崎の湊に着いた。

四

伊豆松崎の湊に下り立った早雲は、一行を出迎えた土地の領主渡辺基《もとい》の案内で、入江からややさかのぼったところにある渡辺氏の城館に入った。

渡辺氏は嵯峨《さが》源氏《げんじ》の後裔《こうえい》で、摂津渡辺ノ津を本貫《ほんがん》の地とする海の豪族である。源頼光の四天王、鬼退治の伝説で知られる渡辺綱《つな》を祖とし、その子孫は代々、一文字の名乗りをならいとしている。

松崎の渡辺氏にかぎらず、西伊豆の湊々には、

雲見《くもみ》の高橋将監《たかはししょうげん》

田子《たご》の山本太郎左衛門《やまもとたろうざえもん》

妻良《めら》の村田市之助《むらたいちのすけ》

など、水軍力を有した海の豪族たちが蟠踞《ばんきょ》し、勢力を誇っていた。

伊豆入りに先立ち、早雲は三、四年の歳月をかけて彼らをじっくりと調略《ちょうりゃく》し、味方につけていた。

海の豪族の棟梁《とうりょう》というだけあって、渡辺基は赤銅《しゃくどう》色に陽灼《ひや》けした野太い面構えをしている。

「よくぞお出《い》で下された」

早雲と向かい合って円座に腰を下ろした渡辺基が、顔を上げたまま言った。

嵯峨源氏の流れをくむだけあって、誇りが高いのであろう。調略に乗って早雲につくと決めたものの、いまだその実力を見定めかねているらしい。

情勢しだいでは、敵に寝返りかねない危うさを秘めている。

「わざわざの出迎え、ご苦労であった」

早雲は相手を威圧するように言った。このような男には、いささかなりとも隙を見せないことが肝心である。

「さっそくだが、堀越御所の情勢はどうなっている」

早雲は聞いた。

「物見の者の報告では、こちらの動きに気づいたようすはまったくござらぬ」

自信満々の顔つきで、渡辺基が返答した。

「それは重畳《ちようじよう》」

「聞くところでは、伊勢どのは十日ばかり前より、興国寺から三島《みしま》近辺へ兵を出張らせ、堀越御所の者どもをしきりに挑発しておられたとか。三島に堀越公方《くぼう》の目を引きつけ、背後の備えを手薄にさせようとの策略にござるか」

「兵は詭道《きどう》なりという。勝利をたぐり寄せるために策をめぐらすのは当然のことだ」

「しかし、哀れなものですな」

渡辺基は大きな目をぎらぎらと底光りさせ、

「堀越公方と申せば、京の幕府より関東を治めるべくつかわされた、いわば将軍の名代のようなもの。それが、関東の府たる相州鎌倉に入ることもできず、堀越の地にとどまって伊豆一国の領主になり下がっておる。ばかりか、跡目争いの内紛につけこまれ、幕府の役人であった貴殿に食い荒らされようとは……。いや、恐ろしい、恐ろしい」

「そのわしに合力し、幼少の公方茶々丸《ちやちやまる》を殺《あや》めんとしているのはどこの誰だ」

早雲は、渡辺基を眼光するどく睨《にら》み返した。

「この世は、力がすべてにござるよ」

渡辺基が声を立てずに笑った。

「力なき公方のもとでは、われら西伊豆の海賊衆も、いつまでたっても一介の海賊にしかすぎませぬ。略奪で身すぎ世すぎをする小悪党ならばそれでもよろしかろうが、われらは嵯峨源氏の末流渡辺党。頼もしき棟梁をいただき、さらなる大海原に乗り出したいと思ったまで」

「そなたの目に、このわしはどう映った。頼みとするに足ると見たか」

「さあて、いかがでございますかな。ともかく、いまはお手並み拝見といったところでござろうか」

「言うものよ」

早雲はかすかに笑った。

早雲らが、その攻略に策をめぐらしている、

――堀越御所
とは、その名のとおり堀越公方が住まいする館である。

渡辺基の言うとおり、その初代足利政知《まさとも》は、紛争の頻発する東国の治安を回復すべく、将軍義政によって派遣された。

当時、関東は鎌倉公方足利成氏《しげうじ》の管轄下にあった。しかし、成氏は京の幕府と対立。将軍義政はこれを廃して、新たな公方となすべく、弟の政知を関東へ送り込まんとしたのである。

これにより、成氏は下総古河《こが》へ逃れたものの、関東武士たちの指揮権をゆずらなかったため、政知も鎌倉入りすることができず、伊豆の堀越にとどまることを余儀なくされ

た。これが、堀越公方のはじまりである。

その足利政知が世を去ったのが、いまから二年前の延徳《えんとく》三年（一四九一）。それと同時に、二代目堀越公方の座をめぐって跡目争いが持ち上がった。

足利政知には、先妻とのあいだに生まれた長男茶々丸、後妻の円満院《えんまんいん》を母とする次男潤童子《じゅんどうじ》、三男清晃《せいこう》という三人の男子がいた。

円満院は嫡男の茶々丸を、

——乱心

との理由で土牢に幽閉し、腹を痛めたわが子を公方の座に据えるべく画策していた。

だが、反円満院派の家臣たちが、政知の死の混乱にまぎれて茶々丸を救い出し、円満院と潤童子を殺害するという事件があった（三男清晃は京に上っていて難を逃れる）。

茶々丸は二代堀越公方の座を確かにしたものの、家臣のなかには、これを快く思わぬ者もおり、家中の不和によって伊豆の地侍たちの求心力も落ちていた。

その混乱に目をつけ、長年、胸の底ひそかに養い育てていた、

——国盗り

の野心の実現に向けて動きだしたのが、ほかならぬ伊勢早雲であった。

なるほど、早雲は、もともと室町幕府に仕えていた官僚である。その官僚が、足利将軍の血筋にあたる堀越公方の茶々丸を襲って、国を奪い取ろうなど、悪逆非道の最たる

ものであるかもしれない。

だが、いまはつねの世ではない。

(乱世よ……)

伊豆侵攻に先立ち、早雲はおのれの計画を姉の北川殿に打ち明けた。幕府の奉公衆を辞した早雲は、このとき、今川家の客将という立場になっている。

「おもしろい。やってみるがよろしかろう」

女傑肌の北川殿は小袖の膝を打ち、弟のもくろみに賛成した。

駿河を領する今川家にとっても、国境を接する伊豆に早雲が進出することは、けっして損な話ではない。早雲の伊豆出兵にあたり、今川家が三百の加勢を出したのは、北川殿の弟への情というより、こうした下心が背景にある。

みずからの手勢二百に三百の今川勢を加え、早雲が駿河府中近くの清水《しみず》湊から、十艘の軍船をひきいて船出したのは、この日の早朝のこと。出陣にあたり、早雲は必勝の祈願を込め、ふたたび髪を剃って僧形となっている。

駿河湾を横切って東へすすんだ船団は、海に日が没する前に、早雲が乗り込んだ松崎のほか、

仁科《にしな》

田子

といった、西伊豆の湊々に上陸を果たしていた。

安良里《あらり》

「して、夜襲の手筈《てはず》は？」

渡辺基が、声をひそめるようにして早雲に問うた。

「半刻（約一時間）ほど、兵を休息させたのち、ただちに伊豆の山中を北上する」

「難所にございますぞ。平地のいくさに馴《な》れた駿河衆が音を上げねばよろしいが」

「このいくさに勝ったら、恩賞は思いのままと兵どもに申し渡してある。目の前に餌をぶら下げれば、人は多少の辛《つら》さなど忘れるものだ」

早雲は言った。

自信ありげに見えるが、じつは大軍をひきいての本格的な実戦は、今川館急襲のとき以来である。

五

渡辺基の妻女が用意した岩海苔《いわのり》の湯漬けを三杯平らげ、腹を十分に満たしたのち、

「出陣じゃッ！」

早雲は全軍に号令をかけた。

堀越御所を守る兵は、およそ千三百。

一方、夜襲をかける早雲の軍勢は、今川の加勢、西伊豆の海賊衆をあわせても、千に満たない。

数のうえでは分が悪いが、早雲には勝算があった。

早くもとっぷりと暮れ落ちはじめた峠道《とうげみち》に、馬をすすめながら、

「太郎」

と、早雲は家臣の大道寺重時を呼んだ。

「陳《ちん》や劉《りゅう》と、つなぎは取れたか」

「ぬかりはございませぬ。万事、旦那のお指図のとおりにと、さきほど早足の者が知らせてまいりました」

あるじのかたわらに馬を寄せ、重時が低くささやいた。

雲見の海賊衆、高橋将監ひきいる、

——高橋党
は、古い時代、大陸から渡ってきた渡来人系の血筋を引いている。

その一党は、

「劉」

「陳」

「林《りん》」などの屋号を持ち、たがいをそうした中国名で呼び合っていた。

血筋ゆえか、彼らは商売がうまく、海外貿易にも手をのばして、海あきないの許認可権を持つ室町幕府にも抜かりなく付け届けをしていた。

その幕府側の窓口となっていたのが、申次衆をつとめていた早雲である。高橋党と早雲の付き合いは古く、

「いまの堀越公方には、われら海のあきないをする者を保護するだけの力がございませぬ。われらのあきないの事情を知り、知略にも長《た》けたあなたさまが、いっそ公方になり替わられませぬか」

と、伊豆入りの手引きをしたのも彼らであった。

出陣を前に、早雲は高橋党の劉や陳に使者を遣わし、ある指示を下している。

──献上品の名目で、堀越御所に山海の珍味、酒をどんどん持ち込み、御所の兵どもを酔い潰れさせてしまえ。騒ぎにまぎれて御所のうちに身をひそめ、人が寝静まってから、門のカンヌキを内側から開けておくことも忘れるな。

(仕込みはよし……)

さすがに胸が昂《たか》ぶってきた。馬の手綱を握る手に、じっとりと汗が湧いている。

一団は西伊豆の海岸線を北上した。

途中、田子、安良里の湊々に上陸した軍勢を加え、宇久須《うぐす》にいたったところで、海べりを離れ、クスノキや椿《つばき》といった常緑樹が生い茂る山中へ入った。

夜半過ぎ、難所の仁科峠を越えた。

大将である早雲の威令が行き届いており、兵たちのなかに無駄口をきく者はいない。草摺《くさず》りの音だけが、濡《ぬ》れるような闇の底に響いた。

やがて、道は下り坂になった。

雲間から顔をのぞかせた月の明かりをたよりにあたりを見渡すと、行く手に、こんもりとした小丘陵が黒い影絵のように沈黙している。

「あれは」

早雲は、土地の地形に通じた渡辺基に問うた。

「守山《もりやま》でござるわ」

「守山……」

「その昔、北条氏が城館を構えていた地にござる」

「北条……」

早雲は目を細めた。

「北条と申すと、かの鎌倉幕府執権《しっけん》として権勢を誇った北条一門か」

「さん候」

「そういえば、鎌倉将軍 源 頼朝《みなもとのよりとも》公が若年のみぎり、流人として暮らした蛭《ひる》ヶ小島《こじま》は、このあたりであったな」

「さよう。尼将軍政子《まさこ》の父で、頼朝公の挙兵を手助けした北条時政《ときまさ》は、あの守山を根城とする伊豆の豪族でござった。堀越御所は、あれより二町（約二百メートル）ほど北にござりますわ」

「奇《く》しき縁《えにし》じゃのう」

と、早雲は唇の端をわずかに吊《つ》り上げて微笑《わら》った。

「北条氏は桓武平氏、かくいうわしも同じ桓武平氏の末裔《すえ》。この地より、わが開運のいくさがはじまるのは、まさしく吉縁というべきか」

つぶやくように言うと、

「守山へのぼるぞッ」

早雲は馬の尻に鞭《むち》をくれた。

のぼってみると、なるほど渡辺基の言っていたとおり、足利茶々丸のいる堀越御所は、山のいただきから指呼の近さに眺め下ろすことができる。

青白い月明かりを浴びた堀越御所には、静謐《せいひつ》が満ちていた。

周囲に空堀《からぼり》と土塁をめぐらした居館は、要所要所に櫓《やぐら》が築かれ、城塞としての機能もそなえている。

また、主殿の前には、楓《かえで》や桜、梅、赤松といった木々を植えた築山があり、近くを流れる狩野《かの》川から水を引き入れた広大な池が、月明かりに照らされていた。木立の陰から、流れ落ちる滝の音も聞こえる。足利家の一族にふさわしい、贅《ぜい》をつくした居館といっていい。

遠望したところ、大手門のあたりに篝火《かがりび》が焚《た》かれているだけで、櫓の上に兵の姿は見えなかった。

三島方面に出撃して堀越御所をうかがっていた早雲の別働隊は、あるじの命を受けて、この日の昼過ぎに興国寺城へ撤退している。

「やれ、敵は去ったか」

御所の者たちが胸を撫《な》で下ろしたところへ、高橋党の商人たちが酒や珍味《ちんみ》佳肴《かこう》をどっと運び込み、

「戦勝の祝いにございます」

と、これも早雲の指図で、湊々で春を売る遊び女《め》たちを連れ込んだため、館は時ならぬ宴《うたげ》となり、男たちの大半は酔い潰れて眠り込んでしまった。

邸内にもぐり込んでいた高橋党の手の者の知らせで、ようすを知った早雲は、

「頃やよし」

采配《さいはい》を握り締め、大きな眼を底光りさせた。

早雲は手勢を二手に分けた。

大道寺重時に軍監《ぐんかん》をまかせた西伊豆衆は、竹藪《たけやぶ》をまわり込んで搦手口《からめてぐち》へ、早雲ひきいる本隊は息を殺し、足音をしのばせてひたひたと大手口へ近づいてゆく。

大手口の門の上には櫓がそびえ、槍《やり》を持った番卒の姿があった。

熊笹《くまざさ》の茂みに身をひそめた弓隊に、

（放てッ）

早雲は声を上げずに、手で指示を下した。

短弓がきりきりと引き絞られ、篝火に照らされた櫓めがけて、

——ヒョウ

と、数十本の矢が放たれた。

全身に矢を浴びた番卒は、手から槍を取り落とし、櫓の上からもんどりうって転がり落ちる。

その気配に気づいたほかの番卒が、

「敵襲じゃーッ！」

叫び声を上げた。

が、つづけざまに放たれた矢によって、その叫びも途中で悲鳴に変わる。

「呼び笛を吹け」

早雲はかたわらにいた近習《きんじゅ》に命じた。

静寂に満ちた夜の闇を裂くように、呼び笛の音が響きわたった。

それが合図だった。

待つほどもなく、鉄鋲《てつびょう》を打った堀越御所の大手門が軋《きし》みの音を立てながら開きだした。

かねてよりの手筈どおり、邸内に留《とど》まっていた高橋党の者が内側からカンヌキを開けたのである。

「者ども、行けいッ。めざすは、茶々丸の首ぞーッ！」

早雲の采配が振り下ろされるや、津波のごとき鬨《とき》の声とともに、開け放たれた大手門から刀、槍を手にした兵たちが御所のうちへなだれ込んだ。

六

突然の夜襲に驚いたのは、酒に酔って眠り込んでいた邸内の者たちである。

「敵は伊勢の兵か」

「よもや、さようなことが……」

あわてふためき、事態をようやく悟ったときには、大手のみならず、搦手の門も打ち破られ、あたりには早雲の手勢が満ち満ちている。

だが、守る堀越公方方も必死である。

寝込みを襲われたため、多くの者は甲冑《かっちゅう》を着ける暇さえなかったが、それでも刀を手に取り、敵をあるじ茶々丸のいる主殿へやるまいと防戦につとめる。

烈《はげ》しい白兵戦になった。

敵味方入り乱れ、刃物の触れ合う音と怒号が飛びかう。

そのうち、誰かが火を放ったのか、檜皮葺《ひわだぶ》きの御殿の屋根に火の手が上がった。もうもうと煙が立ちのぼり、邸内は混乱のきわみにある。

「茶々丸は、茶々丸はいずこだーッ！」

早雲は池のほとりに仁王立ちになり、血刀を振りかざして叫んだ。

この混乱にまぎれ、肝心の足利茶々丸を取り逃がしてしまっては元も子もない。

突然、横合いから槍の穂先が繰り出された。

早雲はわずかに身を引き、かろうじて穂先をやり過ごした。

槍のぬしは堀越方の武者である。甲冑はつけず、寝巻き姿のままだが、すでに何人もの相手を屠《ほふ》ったのか、全身、蘇芳《すおう》のように返り血を浴びている。

「たわけがッ！」

男を睨みつけるや、早雲はずいと踏み込み、刀を一閃《いっせん》させた。

槍の柄が一刀両断され、鈍い光を放ちながら穂先が地面に転がった。

男が柄を投げ捨て、腰の小刀を抜こうと身を沈めた。その一瞬の隙を見逃さず、早雲はつつと相手に近づき、肩口から斜めに斬り下ろす。

武者がのけぞり、丸太が転がるように倒れた。

「茶々丸を探せーッ!」

叫びながら、早雲は主殿の縁側に駆け上がった。

そのあとを、引きずられるように近習たちが追う。

主殿の部屋を探しまわったが、めざす茶々丸の姿はどこにも見えない。寝所とおぼしき奥の間で、乳母《めのと》らしき老女がうずくまっていた。

部屋に踏み込んだ早雲は、老女の肩を引きおこした。

「い、命ばかりはお助けを……」

鉄漿《かね》をつけた歯が、がたがたと震えている。

「女相手に無体なまねはせぬ。茶々丸の居場所を教えよ」

「存じませぬ」

「知らぬはずはあるまい。寝床にまだ、人のぬくもりがある」

からになった絹の夜具に片手を差し入れ、早雲はさらに老女を問いつめた。

「言わねば、本意ではないが、そなたの命を取らねばならぬ」

「ひ……」

と、声にならないうめき声を上げ、老女が白目を剝《む》いた。

「茶々丸さまは、炭蔵《すみぐら》に……」

「炭蔵か」

「は、はい」

「それはどこにある」

「大台所の奥にございます」

我が身かわいさからか、老女はよどみなくすらすらと答えた。

「若君さま、なにとぞお許しを……」

両手をすり合わせる老女の痩《や》せた体を突き離し、

「みな、女どもに手を出してはならぬぞ」

早雲は猛《たけ》り立った兵たちに釘《くぎ》をさして、めざす炭蔵へと急いだ。

廊下を駆け、大台所に出た。

広い板敷の真ん中に、大きな囲炉裏が切られている。その向こう側に、塩で床土を固めた土間があり、かまどが五つばかり並んでいる。

かまどの奥に、隠れるようにして煤《すす》けた板戸があった。

（あれか……）

早雲は目を細めた。

近習たちが先を争うようにして、板戸に駆け寄っていく。

家臣たちのなかで剛勇で知られる山中盛元《やまなかもりもと》が、板戸の前に片膝をつき、扉をぐいと引き開けた。

刀をかざし、早雲は炭蔵のなかへ踏み込んだ。

あとから付いてきた兵が、がんどう提灯《ちょうちん》で照らすと、奥に積み上げられた炭俵の陰に、人の気配があった。

「それがしが参りまする」

山中盛元が炭俵のほうへ近づいた。

とたん、俵のあいだから飛び出た人影が、物も言わずに盛元に斬りつけてきた。盛元は一撃をかるく身をひねってかわし、体勢の崩れた相手の腕を付け根から剛刀で斬り落とした。

悲鳴を上げ、その者がうずくまった。

まだ若い。前髪立《まえがみだて》の美童である。茶々丸の小姓であろう。

「身をすてて主君を守ろうとの心がけ、あっぱれなり」

苦痛にのたうつ若者に早雲は声をかけ、山中盛元にとどめをさすよう命じた。

兵たちの手によって、炭俵がつぎつぎ撥《は》ねのけられていく。

身の隠しどころがなくなった茶々丸が、早雲の前に引き出されたのは、それからほどなくのことである。

目鼻立ちのすずやかな少年だった。

年はまだ、十三、四であろう。恐怖のあまり放心しているのか、それとも噂のとおり乱心しているのか、筵《むしろ》の上に呆《ほう》けたように座り込んでいる。

「足利茶々丸さまにおわすか」

早雲は少年の頭上から声をかけた。

「それがし、伊勢早雲と申す。もと、京の将軍家にお仕えしていた者にござる」

「その者が、なにゆえわしに害意を抱く」

茶々丸の怯《おび》えた小動物のような眼が、またたきもせずに早雲を見上げた。

「なにゆえか」

問われて、一瞬、早雲は考えた。

目の前の少年には、なるほど何の罪もない。早雲自身にも、茶々丸より幼い息子たちがいる。おのれと同じ名を与えた長子の新九郎（のちの氏綱《うじつな》）は七歳。その下に、次男、三男がいた。

茶々丸に憐憫《れんびん》の思いが湧かぬといえば、嘘《うそ》になろう。

（しかし……）

と、早雲は思う。

この厳しい乱世は、情だけで割り切れる世ではない。

一国を治める力のない者が国主となればどうなるか。国は乱れ、田畑は荒廃し、民は疲弊していくしかない。事実、先だっての堀越御所の内紛によって、伊豆の治安は悪化している。それを罪と言わずして、何と言おう。

能力なき者が、能力以上の地位にあること、

（それは、悪だ……）

経験によって培われた早雲の思想である。

この年、遠く離れた京でも、大きな政変が起きている。

管領細川政元《ほそかわまさもと》が十代将軍義材《よしき》を追放し、僧籍にあった茶々丸の異母弟清晃を還俗させて義澄《よしずみ》と名乗らせ、将軍位に据えるというクーデター、いわゆる、

――明応の政変
が、それである。

このとき、京の伊勢氏は、将軍義澄の擁立に協力。事変の陰で暗躍した。

すなわち、今回の早雲の行動は、土牢脱出のさいに、将軍義澄の生母円満院と弟潤童子を殺害した茶々丸を、将軍に代わって討つという側面を持っていたのである。

もっとも、それはたんなる大義名分にすぎない。

ありようは、

（統治能力に欠けた茶々丸を討ち、おのれがこの伊豆を手はじめに、関八州に新しい武家の国を築く……）

それが、早雲の野望であった。

野望の前に立ちふさがる者は、悪である。たとえ非情と言われようと、悪は取りのぞかねばならない。迷いは禁物だった。

「世のため、お命頂戴つかまつる」

早雲は、みずからの手を血に染め、足利茶々丸を斬り捨てた。

早雲の軍勢は、堀越御所を制圧。

その年のうちに、伊豆一国の平定を成し遂げ、かつて北条時政が根城としていた守山の半里西にある、

——韮山城《にらやまじょう》

を、関東侵攻の本拠とした。

第二章　関東へ

一

韮山城は、伊豆半島の緑濃い山並みが田方《たがた》平野へ向かって迫《せ》り出した、その先端に築かれている。

半島の付け根にあたる、

——口伊豆《くちいず》

を扼《やく》する枢要の地といっていい。

周囲は沼地と水田で、狩野川の分流が城の西裾を清らかに洗っている。東側には城池《じょういけ》と呼ばれる湖が満々と水をたたえており、それが水濠の代わりとなって、さながら浮き城のごとき天険の要害となっていた。

伊勢新九郎入道早雲は、東西が切り立ったその丘陵地のもっとも高くなった南側に本丸を築き、二ノ丸、権現曲輪《ごんげんくるわ》、三ノ丸の諸曲輪を、尾根にそって階段状に配置した。城のふもとには御座敷と呼ばれる居館をもうけ、それまでの居城であった駿河の興国寺城から妻子を呼んで、平時の住まいとした。

本丸からも、御座敷からも、霊峰富士の眺めがことのほか美しい。冬には純白の雪化粧が清々《すがすが》しい富士が、夏の朝には山肌が朝焼けに赤く染め上げられる富士が、笠雲《かさぐも》をかぶった雨模様の富士が、月明かりを浴びて銀色に輝く玄妙な富士が、季節と時によってさまざまな表情をみせる気高き山の姿が早雲を魅了せずにおかない。

(わが戦いを見そなわしたもう、女神なる山よ……)

富士山を神体とする浅間《せんげん》神社の祭神は、木花開耶媛《このはなさくやびめ》といわれる。たおやかな女神のごとき麗姿をあらわす富士を、早雲は生涯にわたって愛し、その本拠を韮山から移すことはなかった。

のち、北条氏は五代氏直《うじなお》の時代に、天下平定をめざす関白豊臣秀吉《とよとみひでよし》ひきいる大軍の攻撃を受けることになるが、氏直の叔父《おじ》氏規《うじのり》が立て籠もっていた韮山城は三カ月間、西の防衛線として敵の猛攻を防ぎつづけ、城内に豊臣勢を一歩も入れなかったことで世に知られることになる。

その韮山城の本丸に、早雲がおもだった家臣たちを呼び集めたのは、堀越御所襲撃の翌年、明応三年(一四九四)春のことである。

早雲の弟の伊勢弥次郎《やじろう》をはじめ、大道寺重時、笠原信為《かさはらのぶため》、山中盛元、荒木兵庫頭《あらきひょうごのかみ》、多目元興《ためもとおき》、荒川政宗《あらかわまさむね》、清水綱吉《しみずつなよし》、有竹兵衛尉《ありたけひょうえのじょう》ら、旗揚げ以来の股肱《ここう》の臣が板敷の広間に顔をそろえた。

春とはいえ花曇りの日で、広間は冷えびえとしている。庭に枝を広げる満開の枝垂れ桜越しに、白雪をいただいた富士の峰をのぞむことができた。

「みなの骨身を惜しまぬ働きのおかげで、伊豆の領国支配はすすんでいる」

一同を見渡し、早雲は言った。

堀越御所の襲撃に成功したのち、早雲が開始した新政策、それまでの過酷な重税から、

——四公六民

への税制改革のため、伊豆の民は我も我もとこぞって早雲のもとに参じ、残る抵抗勢力は下田《しもだ》の関戸吉信《せきどよしのぶ》ら、わずかな地侍のみとなっている。堀越御所時代と比べ、領内の治安は飛躍的に安定し、早雲の伊豆統治はまずまず順調にすすんでいた。

その一方で、早雲は駿河今川家傘下の客将という立場にもあり、伊豆支配の地固めの合間に、今川勢の遠江遠征などにも従軍している。まさに、八面六臂《はちめんろっぴ》の活躍といってい い。

「先日、わしは夢を見た」

庭の桜に目をやりつつ、早雲は言葉をつづけた。

何を言い出すものかと、怪訝《けげん》な顔をする大道寺重時に、

「夢、にございますか」

「うむ」

と、早雲はうなずいてみせた。

「夢のなかでのう、わしは二本の老杉の根元に立っておった。天を衝《つ》くかと思われるほどの大きな杉じゃ」

「は……」

と、家臣たちは、あるじの意図を読みかねている。もともと怜悧《れいり》な官僚肌の早雲は、無駄話や意味のない冗談が嫌いで、おのれの見た夢の話など人前でするような男ではない。

「見ておると、その老杉の根元に一匹の小鼠《こねずみ》があらわれ、歯を立てて苔《こけ》むした巨樹の幹を食いだした。年を経て根が腐っていたのであろう。たちまち一本が倒され、もう一本も食い千切られた」

「それはまた、不可思議な夢にございますな」

知勇兼備の山中盛元が、もっともらしい顔つきで首をかしげた。

「やがて小鼠は一頭の大虎に身を変じ、空に浮かぶ月に向かって咆哮《ほうこう》した。そのほうども、この夢を何と解く」

早雲はいま一度、家臣たちをゆっくりと見渡した。

――夢解き

は、夢合わせともいい、古い時代からおこなわれてきた、見た夢の内容で吉凶を判じる占いである。

うまく解けば吉運を呼ぶが、逆に下手な夢解きをすれば、不幸を招くともいわれている。

鎌倉幕府初代将軍となった源頼朝の妻政子は、妹の見た吉夢を買い、身の栄達を手に入れたという逸話もある。

それゆえ、家臣たちも、早雲の見た夢を不用意にあれやこれやと解くことはできない。

みなが黙っていると、

「どうだ」

と、早雲は重ねて問うた。

「恐れながら」

遠慮がちに口をひらいたのは、一同のなかでもっとも年が若く、女にも見まがう優美な顔立ちをした有竹兵衛尉である。

「旦那が夢でご覧になった、二本の老杉とは、山内《やまのうち》、扇谷《おうぎがやつ》の両上杉《うえすぎ》家のことではありますまいか」

「ほほう、なにゆえそう思う」

早雲はやや眠そうに、目をしばたたいた。

「上杉家はそもそも、鎌倉公方に仕える関東管領の家柄にございます。それが、いまでは山内上杉、扇谷上杉の両家に分裂し、本来の役目も忘れて、たがいにいがみ合っております。これぞすなわち、根が腐った二本の杉であろうかと」

「よくぞ解いた」

早雲は莞爾《かんじ》とした。

足利将軍が関東統治のために東下させた鎌倉公方は、かつて東国でもっとも権威のある存在であった。しかし、内紛と関東の騒乱から鎌倉にいられなくなり、東の古河公方、西の堀越公方に分かれて、いずれも名ばかりの抜けがらのごとき権威となった。実質的な東国武士の指揮権は、公方の家臣筋にあたる両上杉家にゆだねられたが、これも有竹兵衛尉の指摘するとおり、すでに土台が腐りきっている。夢の中ではその二本の老杉、すなわち両上杉家を、どこからかあらわれた小鼠が食い倒した。

「旦那はたしか、子年《ねどし》のお生まれでござりましたな」

山中盛元が、早雲を見つめて言った。

「いかにも、そのとおりじゃ」

「とすれば、二本の老杉を倒し、大虎に変じる鼠とは、ほかならぬ旦那のこと。これは旦那が箱根の山を越えて東へ攻め入り、両上杉家を倒して関東の覇者になるという吉兆をあらわしているのではござりませぬか」

「わしが内々に呼び寄せた夢見法師も、そのように申しておったわ」

「おお……」

家臣たちのあいだから、声にならぬどよめきが起こった。

「夢に従い、わしは関東へ乗り込む」

早雲は宣言した。

「これは、われに関東に覇をとなえよとの神の意志である。みなも、そのつもりでいくさ支度をととのえよ」

「心得ましてございます」

家臣たちは感激のおもちで、早雲の前に頭《こうべ》を垂れた。

二

早雲の小鼠の霊夢は、『小田原《おだわら》北条記』にみえる話である。

早雲がじっさいにそのような夢を見たかどうかはわからない。だが、彼が生きた時代は、中世的な迷信や信仰が色濃く息づいていた時代でもある。やや後の世の武田《たけだ》信玄《しんげん》にも、躑躅《つつじ》ヶ崎《さき》館近くの夢見山で夢見をしたという逸話が残っており、その霊的なカリスマ性と現実的な戦略によって、多くの戦国武将たちは家臣団を統率、強力な軍事力を構築した。

早雲は夢を喧伝《けんでん》することにより、関東進出に向けて家臣たちの士気を高め、同時に根の腐った古い権威を倒すことは、

——正義

であるという、大義名分を手に入れようとした。

実力によって伊豆を攻略したとはいえ、早雲の立場は、いまだ駿河今川家の一客将に過ぎない。

その立場を逆に利用し、今川家の力を背景にして、

(相模《さがみ》へ進出する……)

早雲は心に決めた。

未知なる関東へ足を踏み入れるには、

(まず、土地の情勢を仔細《しさい》に把握しておかねばならない)

情報収集は、戦いの基本中の基本である。

早雲は粗末な墨染《すみぞめ》の衣に袈裟《けさ》をつけ、笈《おい》をせおって、諸国修行の雲水になりを変えた。

網代笠《あじろがさ》を目深にかぶり、韮山城の搦手門から一人の供も連れず、人目をしのぶように

して外へ出た。

この時代、旅の雲水は諸国の往来自由が保障されている。国ざかいの関所も、人に咎《とが》められることなく通行することができる。

韮山城下を出て、三島権現《みしまごんげん》（大社）に立ち寄った早雲は、一路東へ。優美な山裾をみせる富士を左手に見ながら、箱根路へと坂をのぼりはじめた。

箱根の道はかつて、

――野七里、山七里
といわれた。

一里が六町であった時代の言葉で、七里は四十二町。三島から延々となだらかな野原がつづき、それが道の半分を占める。やがて、道はにわかに急坂になり、険しい山道に入っていく。

季節はまだ青葉がようやく芽吹きはじめたころで、さほど汗をかいているわけではないが、早雲は坂道の途中にある山中宿《やまなかしゆく》で休息をとった。

（このあたりに城砦《じようさい》を築けば、西から攻めてくる敵を防ぎ止める、格好の要害になろうな……）

茶店で茶をすすりながら周囲を油断なく見まわし、早雲は腹の底で思った。気の早い話だが、すでに相模はじめ関八州を攻め取ったあとのことを考えている。

山中宿の周辺は鬱蒼《うっそう》たる樹林につつまれており、山気が濃い。のち、早雲の孫にあたる北条家三代氏康《うじやす》の時代に、鉄壁の要害として知られる、

――山中城

が築かれることになるが、早雲のころには、城はおろか、小さな砦《とりで》さえも見当たらない。樹間に、ウグイスの鳴く声がのどかに響き渡っていた。

山中宿からさらに道をのぼりつづけ、その日、宿をとったのは、

――元箱根

であった。

元箱根の宿は、芦《あし》ノ湖《こ》の湖畔にある。その昔、鎌倉将軍源頼朝にも信仰された古社、箱根権現の門前町であり、東海道をゆく旅人や権現社への参詣客の旅宿ともなっている。宿場には茶店のほか、二十軒近い宿屋があり、たいそうな賑《にぎ》わいをみせていた。

そのうち早雲は、賽《さい》の河原の地蔵堂近くの、うらさびれた木賃宿《きちんやど》に草鞋《わらじ》を脱いだ。地蔵堂から立ちのぼる香華の煙で抹香臭《まっこう》いことこのうえないが、禅寺で修行を積んだ早雲には、かえって心が落ち着く香りである。

「富士の眺めが美しいな」

茶を運んできた宿の小女《こおんな》に、早雲は声をかけた。小袖の胸のふくらみが豊かな、目尻のあたりに色気のある娘である。

「逆さ富士は、このあたりの名物にござりますれば」

「逆さ富士」

「あい」

目尻の翳《かげ》を深くして、娘がうなずいた。

「芦ノ湖に富士の姿が映って、逆さに見えますでしょう」

「なるほど」

早雲は、部屋の縁側の向こうに広がる芦ノ湖の湖面に目をやった。

山に囲まれた湖は波ひとつなく、しんと凪《な》いでいる。そこに、合わせ鏡のごとく、白い雪をいただいた富士が逆さに映っていた。

「めずらしい眺めじゃな」

「お坊さま、西国からおいでにならしゃったのですかのう」

「まあ、そんなところだ」

早雲は曖昧に言葉をぼかした。

まさか、隣国の伊豆から、国盗りの下見のために箱根の坂を越えるところだとは言えるわけがない。

「箱根にはよき温泉が湧き出すと聞いたが、この宿場にも湯はあるか」

「ございませぬ」

と、娘は少し悲しそうな顔をした。

「箱根では、富士の見えるところに湯は湧かぬと申しますゆえ。箱根七湯と呼ばれる湯本や宮之下《みやのした》、底倉《そこくら》などは、みな渓流ぞいの谷あいにございます」

「天は二物を与えずか」

「え……」

「これほどの見事な富士の眺めがあるのだ。このうえ、よき湯まで湧いては、箱根権現の罰《ばち》が当たろう。おまえもその美しさでは、存外、男運にめぐまれぬのではないか」

「お坊さま、おもしろいお方だね」

娘が手の甲《こう》を口もとに当てて、くつくつと笑った。

宿にはほかに客がいないのか、すっかり腰を落ち着けてしまっている。土地の情報が欲しい早雲には、格好の話し相手であった。

「そなた、在所はどこだ」

「箱根の山向こうの、小田原の在にございます」

「小田原の城主は、たしか大森《おおもり》なにがしという男であったな」

「あい」

娘がこくりとうなずいた。

「このあたり一帯のご領主は、小田原城の大森氏頼《うじより》さま。箱根権現の別当にも、大森さまのご一族が入っておられます」

「たいした威勢のようだ」

早雲は、感心したように目をそばだててみせた。

小田原城の城主が、扇谷上杉氏の被官、大森氏頼であることは先刻承知のうえである。

だが、ここはあくまで、西国からやって来た旅の雲水をよそおわねばならない。

「近在で、領主どのの評判はどんなものだ」

他愛のない茶飲み話のように、早雲は探りを入れてみた。

「下々《しもじも》の者にも慕われる、情け深いご領主さまにございます」

「ほう」

「ただ……」

「ただ、何だ」

「近ごろ、氏頼さまが病に臥《ふ》せっておられるとかで、領民たちもみな御容態を案じております」

「それは」

耳寄りなと、早雲は胸のうちでほくそ笑んだ。

早雲は関八州入りの野望を胸に抱いている。

そのためには、小田原は是が非でも奪わねばならぬ地であった。

しかし、小田原城主の大森氏頼は老巧の武将との評判高く、娘が言っていたとおり領民たちの信望も篤い。

（手強い敵だ……）

と、警戒心を強めていたところへ、病の噂である。

氏頼は七十七歳。その身に万が一のことがあれば、一族、家臣団に混乱が生じるのは自明の理であろう。

（幸先はまずまずだな）

早雲は瞳を底光りさせた。

三

翌早朝――。

早雲は元箱根の宿を出立し、箱根の坂を下った。

畑宿《はたじゅく》

湯本《ゆもと》

板橋《いたばし》

と集落をつなぎ、小田原の城下へ出たのは、その日の午《ひる》すぎのことである。

小田原の地からは、相模湾をのぞむことができる。
どこまでもはるばると開けてゆく伊豆の海と違い、相模の海は密度が濃く、噎《む》せるような生命感に満ちあふれている。春の陽光に照らされ、波頭が銀箔《ぎんぱく》を撒《ま》き散らしたように光っていた。

当時——。

大森氏の支配下にあった小田原城は、のちの北条時代のような惣構《そうがまえ》に囲まれた壮大な大要塞ではない。

このころの東国の小土豪の城砦の例に洩《も》れず、砦に毛の生えたような小城で、城下もほとんど発展していなかった。

（南に海、北には箱根からつづく山並み、東に川が流れている。そして、西には、はるか京へつづく道……）

まさしく、都市を築くに好適な条件がととのった、

——四神相応《しじんそうおう》の地

だと、早雲は思った。

（波もおだやかで、沖がかりすれば、大型の唐船《からぶね》も出入りできよう……）

早雲の背景には、伊豆入りをささえた中国系の商人たちがいる。将来的には、彼らの利権、そしてその財力を利用した城下の経済発展も考えねばならない。室町幕府の申次

衆として、官僚の経験がある早雲は、早くも緻密な計算を働かせている。網代笠のかげから城下をつぶさに観察したあと、早雲が足を向けたのは、小田原城の大手門であった。

これから乗っ取りにかかろうという、その城の表門である。大胆というほかない。門のわきの番所にいた兵卒に、

「われは、伊豆国韮山城主の伊勢早雲庵宗瑞である。ご城主大森氏頼どのにお取次ぎ願いたい」

と、早雲はかぶっていた網代笠をはずして名乗りを上げた。

「韮山の……」

「伊勢早雲じゃ」

「げ……」

さすがに兵卒もぎょっとしたらしい。

疑り深い目で、旅塵《りょじん》にまみれた早雲の異相をじろじろと眺め、

「御坊の身分を明かす、何ぞ証拠でもあるのか」

と、詰問《きつもん》口調で言った。

「ないわ」

「何……」

「がたがた言わず、さっさと取り次ぎに行け。大森氏とわが伊勢氏は、ともに扇谷上杉家にお仕えする家柄。いわば、味方どうしじゃ。その心を同じゅうする味方の早雲が、氏頼どの御病《おんやまい》と聞いて、見舞いのため、取るものも取りあえず小田原へ駆けつけてきた。これを取り次がずして何とするかッ！」

早雲は一喝《いっかつ》した。

ゆえなきことではない。

昨年、早雲が討伐した堀越公方茶々丸は、扇谷、山内両上杉家のうち、山内上杉家側と結んでいた。突然の一挙を起こした早雲を、山内上杉家は憎み、東国の秩序を乱す不《ふ》埒者《らちもの》として敵視した。

自然の流れとして、早雲は扇谷上杉家に近づき、使いを送ってこれと結ぶに至っていた。小田原城の大森氏頼は扇谷上杉家の被官であるため、形式上、早雲は味方といっていい。

病気見舞いにやって来たとしても、とりあえず理屈は通っている。

「し、しばしお待ちあれ」

堂々たる早雲の態度に、兵卒は気おされたように奥へ引っ込んでいった。

待つほどに、物頭《ものがしら》と思われる侍が番所に姿をみせた。

「早雲庵宗瑞どの、ご無礼を申し上げた」

「うむ」

「どうぞ、これへ」

物頭はさして怪しむようすもなく、大手門のうちへ早雲を招き入れた。

おのれが放胆な行動をしていながら、

(当主が病のせいか、存外、わきの甘い家だ……)

早雲は批判的な観察眼で、城内のようすを眺めた。

通されたのは、小田原城の御殿にある対面所であった。しばらく待たされたのち、城主の大森氏頼が、小姓に肩をささえられながら早雲の前にあらわれた。

六尺(百八十センチメートル余)近い堂々たる体軀《たいく》の老将だが、頬骨が浮き出るほどに痩せ衰えており、顔色もひどく悪い。だが、落ちくぼんだ眼窩《がんか》の奥の双眸《そうぼう》は、いまだ光を失っておらず、引き締まった唇のうすい口元に乱世の武将らしい気骨が滲《にじ》んでいた。

「お加減が悪いとのよし。無理をなさらずとも、こちらから寝所へご挨拶にうかがいましたものを」

早雲は相手を気遣うように言った。

「たいした病ではない。それより、伊豆の国主どのが供も連れずに隣国へ乗り込んでおいでとは、いったいどういったご存念かな」

氏頼は警戒している。

主家の扇谷上杉家と結んでいるとはいえ、早雲は堀越御所を急襲して、公方を屠《ほふ》り去った男である。どのような魂胆を腹の底に秘めているともしれない。

「いや、じつはそれがし、先年より胃の腑《ふ》を患っておりましてな。世に名高き箱根の湯《ゆ》壺《つぼ》に浸かり、湯を飲んで心気さわやかになろうといたした次第」

「……」

氏頼が、ややいぶかしそうな顔をした。

「と、いうのはただの口実」

早雲は声をひそめ、

「山内上杉と扇谷上杉の対立が、日増しに強まっていること、大森どのはご存じでありましょうな」

膝を乗り出して言った。

「知っている。困ったことだ」

大森氏頼は憂い顔になった。

「このままでは、大きないくさが起きるのではないか。だが、わしは見てのとおりの病身、いかようにすることもできぬ」

「いざことあれば、それがし、いつなりとも兵をひきいて駆けつけ、扇谷上杉家のために働く所存。そのこと、大森どのに申し伝えたく、不躾《ぶしつけ》を承知でまかりこしました」

「まことか」

「大森どのが主家を思う忠義の臣と聞き、身の危険を承知で、単身、他国へ入り込んでまいったのです。何のいつわりを申しましょうや」

「おお……」

「伊豆と相模は境を接する隣どうし。大森家とは、今後とも好誼《こうぎ》を結んでまいりとうござる」

早雲はぬけぬけと言った。

さすがの氏頼も、ようやく警戒心をゆるめたようすで、

「その言葉を聞いて安堵《あんど》した。今宵《こよい》はゆるりと、この城で旅の疲れを休めてまいられよ」

かるく咳《せ》き込みながら、早雲に小田原滞在をすすめた。

その夜――。

早雲をもてなすための宴が、城内の大広間でおこなわれた。

といっても城主の氏頼は病身のため、姿を見せない。代わって、嫡子の藤頼《ふじより》が上段ノ間にすわり、左右に大森家の家臣たちがずらりと居並んだ。

藤頼は四十過ぎの男である。

有能な父に似ず、酒焼けしただらしのない顔をしている。目に落ち着きがないわりに、声ばかりが大きく、内心の自信のなさを尊大な態度でおおい隠そうとしているように見

えた。

（これでは、大森氏頼も安んじて家督《かとく》をゆずれぬはずだ……）

早雲は、相手を与《くみ》しやすしと見て取った。

あるじがあるじなら、家臣も家臣で、肚《はら》のすわっていそうな者はほとんどいない。唯一、当主氏頼の腹心だという落合式部《おちあいしきぶ》という老臣が、骨のありげな面構えをしていたが、跡継ぎの藤頼はこの男をけむたく思っているらしい。

（切り崩すなら、まずはこのあたりからか……）

早雲は酒を口へ運びながら、抜かりなく調略の手立てを練った。

四

韮山へもどったのち、早雲は小田原へしばしば使いを送り、大森氏との関係を深めていった。

不要に敵を警戒させるより、油断させておくにしくはない。

その結果、

「伊勢早雲という男は、抜け目のない虎狼《ころう》のような野心家かと思ったが、存外、頼みとするに足る同盟者なのではないか」

との評判を、大森家中で得るに至った。

一方で早雲は、大森家側に無断で、ひそかに箱根山中へ足を運び、情報収集の拠点となる草庵《そうあん》を結んだ。

早雲が草庵をもうけたのは、夏でも涼しい箱根湯本の林の奥深くである。あたりには、スダジイ、シラカシ、タブノキ、ヤブツバキなどの常緑樹がうっそうと生い茂っている。薄く透きとおった羽を持つヒメハルゼミの棲息地で、丘陵の裏側を流れる早川《はやかわ》の清流が川底の石を洗い、深山幽谷のおもむきをたたえていた。かと思えば、少し丘を下りたところに湯本の湯が湧いており、初夏のさわやかな風に乗って温泉のよい匂いがした。

草庵の横には、銀杏《いちょう》の大木があおあおと枝をのばしている。

この地は、のちに早雲が京の大徳寺から高僧の以天宗清《いてんそうせい》を招き、後北条氏累代の菩提《ぼだい》寺《じ》となる、

——早雲寺

を建立する場所にほかならない。

早雲の草庵には、湯本の湯治客《とうじ》にまぎれて、念仏聖《ねんぶつひじり》や山伏、歩き巫女《みこ》、ワタリの商人など、種々雑多な人間が出入りした。いずれも、各地に早雲が放っている諜者《ちょうじゃ》である。

彼らは早雲の耳にいち早く、さまざまな知らせを入れた。

「大森氏頼はすでに死を覚悟し、嫡男藤頼にあてて遺言をしたためているようす。その

藤頼は厳しい父の目が届かなくなったのをいいことに、城下へ繰り出しては酒を浴びるように飲み、女にうつつを抜かしております」

「老臣の落合式部が若殿の藤頼に諫言《かんげん》しておりますが、藤頼には聞き入れる気配なく、追従《ついしょう》のみを言う取り巻き連中を重用しておるとか」

あるいは、小田原城下以外の関八州からは、

「大森氏と並ぶ扇谷上杉家の重臣三浦時高《みうらときたか》も、現在、病の床にあり」

「大森氏頼、三浦時高の病の報を聞いた山内上杉方が、これを扇谷打倒の好機と見て、出陣準備をはじめております」

刻々と移り変わる情勢が飛び込んできた。

「山内上杉が動くか」

草庵の縁側に座した早雲は、銀杏の木を見上げた。

木の間から洩れる日差しが眩《まぶ》しい。

ヴィーン

ヴィーン

ヴィーン

と、ヒメハルゼミの鳴き声がやかましいほどに降っていた。捉えようによっては、僧侶の勤行の声のようにも聞こえる。

早雲は武蔵国河越城《かわごえ》（現・埼玉県川越市）に本拠をおく扇谷上杉家と結び、上野国平井城《ひらい》（現・群馬県藤岡市）の山内上杉家と敵対しているが、最終的な目的は、夢に見た二本の、

——老杉
すなわち、土台の腐った両上杉家を倒して、関八州の軍事指揮権を奪うことにある。

しかし、衰えたりとはいえ、両上杉家はまだまだ関東に根強い勢力を有しており、これを同時に倒すことは事実上、不可能といっていい。

（ならば……）

両上杉家の紛争に乗じ、扇谷上杉家に加担してまずは山内上杉家をたたき潰し、しかるのち、残った扇谷上杉家の喉笛を嚙《か》みちぎればよい。

このころ、扇谷上杉家の当主は定正《さだまさ》。

山内上杉家のあるじは顕定《あきさだ》。

山内上杉顕定は、分家の扇谷上杉定正が、みずからの主筋《しゅうすじ》にあたる堀越公方を滅ぼした伊勢早雲を支援し、下総の古河公方を担いで宗家に対抗してくるのを不快に思い、殲滅《せんめつ》の機会を虎視眈々《こしたんたん》とうかがっていた。

その年八月——。

早雲が事前につかんでいた情報どおり、山内上杉家の顕定が動いた。

居城の平井城を発した山内上杉勢は、武蔵鉢形《はちがた》城を経て南下。扇谷上杉家の前線基地である武蔵関戸砦《せきど》に猛攻を仕掛け、これを陥落させた。

これに勢いを得た山内上杉勢は、武蔵国内の諸砦を次々と攻め落とし、扇谷上杉家の本拠、河越城へとせまった。

急報が届いたとき、早雲は、湯本の草庵から伊豆韮山城に舞いもどっている。

「河越が危ういか」

他人事《ひとごと》のような顔をする早雲に、その場に居合わせた長子の新九郎（氏綱）が、

「定正さまの加勢に駆けつけられませぬのか、父上ッ！」

拳を握りしめて叫んだ。

まだ元服は果たしていないが、年齢よりも老成した、ふだんは口数の極端に少ない息子である。

それが、興奮で顔を真っ赤に染めている。新九郎はしたたかな父に似ず、生真面目《きまじめ》な性格である。扇谷上杉家の危機を知り、いてもたってもいられぬ気分なのであろう。

「まだ、その時期ではない」

「このままでは、河越城は落ちまするぞ」

「落ちたとて構わぬ。山内と扇谷、嚙み合いたいだけ嚙み合わせておけ。どちらが弱っても、われらにとっては痛くも痒《かゆ》くもない。いやむしろ、望むところというべきか」

「それでは、信義が立ちませぬ」

若者らしい正義感に駆られる新九郎に、

「信義だと」

早雲は目を剝いた。

「いまは乱世ぞ。信義など言い立てれば、命がいくつあっても足りぬ。さようなものは、犬にでも食わせてしまえ」

「さりながら……」

「小僧の相手をしている暇はない」

早雲はそれきり息子に取り合わず、唇を引き結んで天を睨んだ。

ほどなく、河越城主扇谷上杉定正は城を落ちのび、相模国の糟屋館《かすやのたて》（現・神奈川県伊勢原市）へ逃亡した。

そのあとを追うように進軍した山内上杉勢は、扇谷方の玉縄砦《たまなわ》（現・神奈川県鎌倉市）にせまり、相模を席巻《せっけん》する勢いをみせた。

この扇谷上杉家存亡の危機に、立ち上がるべき大森、三浦の両重臣は、ともに当主が病の床にあり、動きが取れない。

その折もおり、小田原城主の大森氏頼が病没した。八月二十六日のことである。跡目は息子の藤頼が継いだが、新当主は人望の篤かった父とちがい家臣団をまとめ上げるだけの力がない。

窮地におちいった扇谷上杉定正は、伊豆韮山城の早雲に急使を差し向けてきた。

「援軍を頼み入る。勝利のあかつきには、恩賞は思いのままじゃ。相模に領地が欲しいなら、好きなだけくれてやろう」

と、藁《わら》にもすがる思いで救いをもとめてきた。

「そろそろ、潮が満ちてきたか」

早雲は、この時を待っていた。

家老の大道寺重時を呼び、

「急ぎ、いくさ支度をととのえよ。箱根の坂を越え、相模へ兵をすすめるぞッ」

と、命を下した。

五

九月二十五日、早雲ひきいる五千の軍勢は伊豆韮山城を進発した。

伊豆一国の軍勢としては異例の兵数といえる。

じつは、これにはカラクリがある。

山内上杉家、扇谷上杉家の軍勢は、それぞれ累代の家人《けにん》たちによって成り立っている。

だが、一代で身を起こした早雲には、むろんそうした家臣団はない。そこで早雲は知恵をしぼり、領内の農民の次男、三男を雑兵《ぞうひょう》として雇用した。ちょうど稲刈りが終わったばかりの農閑期であるから、農民たちに否《いな》やはない。彼らは喜んで合戦に参加し、早雲の軍団を構成した。

(これがわし流の、新しきいくさのやり方よ……)

まさに、早雲以前には存在しなかった独自の発想である。

農民というと士気が低いと思われがちだが、じっさいはそうではない。伊豆入国以来、早雲は領内に年貢を軽減するなどの仁政をしき、農民たちの心をつかんでいた。

すなわち、それまでの領主が五公五民、重い場合は七公三民などという酷税を課していたのに対し、早雲は農民の側の取り分を多くして、四公六民の政策をとったのである。

農民たちは喜び、

——かく慈悲なる地頭《じとう》殿にあいぬるものかな。

と、早雲の領国で田畑を耕すことを歓迎した。

そして、

——この君の情けには命の用にもたつべし。あわれ世に久しく栄え給《たま》えかし。

と、早雲の治世がつづくように、自分たちも尽力したいと望んでいた。

「早雲さまのためならば」

早雲の兵たちには、他の軍団にはない熱気が満ちている。これは、強制してできるものではない。

(民の支持なくば、いくさには勝てぬ……)

この男の背筋をつらぬく思想である。

早雲は箱根の坂を越えて相州入りし、小田原城下で大森藤頼が助勢のために用意した八百の軍勢と合流。さらに酒匂《さかわ》川を渡り、国府津《こうづ》、平塚の宿駅をへて、玉縄砦をめざした。

驚いたのは、砦を包囲している山内上杉勢である。

斥候《せっこう》の知らせによって早雲の来襲を知った山内上杉顕定は、

「伊豆からわざわざ出張って来るとは、小うるさい坊主め。砦方としめし合わせて前後から挟み撃ちされてはかなわぬ。ここはいったん武蔵国へ軍勢を引き、彼奴《きゃつ》らの出方をうかがうとしよう」

と、撤退の方針を決めた。

玉縄砦の包囲が解かれたと知った早雲は、片頬をゆがめてかすかに笑った。

「時の勢いはわれにあり。敵が背中をみせたいまこそ、攻めどきよ」

早雲は山内上杉勢を追うように、鎌倉街道を通って武蔵国へと兵をすすめた。

小野地《おのじ》

関戸

武蔵府中

と、秋草の茂る武蔵野を進軍。やがて、早雲勢は多摩郡《たまごおり》の久米川《くめがわ》の地に至った。

久米川は、狭山《さやま》丘陵の東裾野に位置し、鎌倉街道の宿駅として古くから栄えてきた土地である。その昔、法華《ほっけ》宗の宗祖日蓮《にちれん》が、鎌倉から佐渡ヶ島へ流される途中、久米川に一泊したという記録も残っている。

また、道興准后《どうこうじゅごう》の書いた『廻国雑記《かいこくざつき》』にも、

――くめくめ川という所はべり。里の家々には井などもはべらで、ただこの河を汲《く》みて朝夕用いはべる。

と書かれており、緑豊かな狭山丘陵から湧き出た清流が人々の暮らしをうるおす、涼やかな水の里であった。

「ここでしばし、休息をとる。兵や馬に水を飲ませよッ」

早雲は下知《げち》した。

秋とはいえ、照りつける日差しが強い日であった。

小者に汲ませた川の水で、早雲自身も渇いた喉をうるおしていると、家臣の大道寺重時が草摺《くさず》りの音を響かせて近づいてきた。

「旦那」

と、早雲は顎からしたたり落ちる水滴をぬぐって目を上げた。

「いかがした」

「たったいま、使いがまいりました。糟屋館へ逃げ込んでいた扇谷定正さまが、こちらへ出馬されるそうにございますぞ」

「ほう、定正どのが」

「われらが武蔵へ攻め込んだのに乗り遅れまいと、みずから討って出る覚悟を決めたのでござりましょうず」

「ふん」

と、鼻を鳴らした。

たいした勢力にはなるまいが、扇谷上杉の当主の存在は、山内上杉との決戦の旗頭になる。兵たちの士気も高まろう。

「よし、わかった。久米川の地でお待ち申し上げると、使いの者に伝えよ」

「はッ」

大道寺重時が頭を下げた。

扇谷定正が久米川の陣に到着したのは、その日の夕刻のことである。

あたりに虫の音がすだくなか、早雲はあかあかと篝火が焚かれた陣幕のうちに定正を招じ入れた。

じつは早雲にとって、山内、扇谷、両上杉家の当主と対面するのは、これが初めてであった。

相手は、古くより関東の軍事指揮権を握ってきた上杉家のあるじである。

（いずれ、このわしが彼らに取って代わる……）

と、早雲は腹積もりしているが、便宜上、いまは丁重にもてなさなければならない。

その点、京で幕府の申次衆をつとめた経験のある早雲は、煩雑な武家作法を誰よりもよく心得ている。

型どおり挨拶したあと、早雲は定正に上座の床几《しょうぎ》をすすめ、みずからは下手に座をしめた。

扇谷定正は、五十二歳。

小柄な体に、燻革威《ふすべがわおどし》の甲冑ときらびやかな錦の陣羽織を身に着けている。面長で唇に血の気がうすく、きれいな口髭《くちひげ》をたくわえていた。貴族的な風貌といっていい。

「伊勢早雲、こたびの働きご苦労である。山内上杉も、だいぶ懲りたであろう」

強力な味方を得て安堵したのか、定正の口元はゆるんでいる。

「このうえは平井城まで追い詰めて、一息に殲滅してくれるか。河越城を追われた恨み、晴らしてくれよう」

「安心なされるのは、まだ早うございます」

早雲は言った。

「おそらく敵は、みずからの領内にわれらを引き入れ、地の利をもって反撃に転ずる策にございましょう。ゆめゆめ油断は禁物。まことのいくさは、これからにござる」

「山内の顕定は、なかなかの策士であるからのう」

定正が皮肉な顔をして言った。

「して、敵はいまいずれにおる」

「斥候の知らせによりますれば、北武蔵の荒川《あらかわ》の向こう岸まで撤退し、そこで陣を布《し》いているようす」

「やはり、逆襲の機会をうかがっておるのか」

「さよう」

「さても憎きやつよ」

定正の口ぶりには憎悪があふれている。なまじ同族であるだけに、山内上杉に対する憎しみはいっそう烈しいのであろう。

「頼りにしておるぞ、早雲。いまのわしが信ずるに足る者といえば、そなたをおいてほかにおらぬ。大森も三浦も、いざとなったら腰が砕けておるわ」

「何を仰せられます」

早雲は殊勝な表情をつくり、

「三浦どのは病の身、小田原の大森藤頼どのもこうして、加勢を差し向けてまいられたではございませぬか。ご両所とも、ほかには代えがたい忠義の臣にございますぞ」

と、心にもないことを抜け抜けと言った。

「何の忠義か。まことの忠義の臣とは、そなたのごとく、いざとなったら真っ先駆けて、あるじのもとへ駆けつける者のことじゃ」

「恐悦至極に存じまする」

深く頭を下げたが、

（しらじらしい言葉だ……）

早雲の心は冷めている。

かつて、定正は扇谷上杉家を隆盛に導いた忠義の臣太田《おおた》道灌《どうかん》を、糟屋館におびき寄せて謀殺したことがある。

家宰として力を強める道灌を妬んでのことども、山内上杉顕定の計略に嵌《は》められたためともいわれている。

いずれにしろ、この乱世、

——忠義

などという言葉はほとんど死語にひとしい。

それでも、飾りであることを承知のうえで、定正がわざわざ忠義を言い立て、早雲も忠臣らしく振る舞うのは、たがいに相手の権威、もしくは力を利用しようとしているからにほかならない。

だが、早雲には、たんなる保身のために人をあざむく定正にはない、確固たる信念というものがある。

（この東国に兵乱を招いたのは、口先ばかりで国を治める力のない両上杉家や公方ではないか。彼らを打ち倒し、関東にまことの秩序ある国家を築き上げる……）

身のうちに滾《たぎ》る野心を秘し隠し、早雲は夜空の星を睨んだ。

六

扇谷上杉定正のたっての懇望で、早雲は武蔵河越へ兵をすすめることにした。

河越城は、扇谷上杉家の本城である。

いまは山内上杉方の駐留軍に占拠されているが、そこを奪還することは扇谷定正の悲願にほかならない。

早雲勢は久米川を進発し、鎌倉街道を北上。河越城へと迫った。

しかし、早雲勢の勢いに恐れをなしたか、河越城の駐留軍が戦わずして逃亡したため、扇谷上杉定正は労せずして河越城への帰還に成功した。

定正は感涙にむせんだ。よほど嬉《うれ》しかったのであろう。だらしなく鼻水まですすり上げている。

「生きてふたたび、この城に戻れる日が来るとは思わなんだ。礼を言うぞ、早雲」

「いや、いかに何でも、山内方が弱腰過ぎまする。河越城では籠城は難しいと見て、荒川対岸の本隊と合流したのでござりましょう」

斥候を放つと、早雲の睨んだとおり、荒川の北岸には山内上杉勢の旗指物が、枯れ葦《あし》のごとく林立しているという。

(敵は荒川をさかいにして、一気に総力戦に持ち込む腹積もりか……)

早雲は目を細めた。

望むところである。山内上杉方は自分たちのふところのなかへ引きずり込むつもりかもしれないが、勢いは攻め込んでいる早雲方にある。

定正は、

「ようやく本城にもどったのじゃ」

と、しばらく河越城に腰を落ち着けることを望んだが、

「戦いの機は熟しております。先を急ぎましょうぞ」

早雲は兵馬を一夜休めたのち、さらに街道を北上した。

季節はいつしか、十月初旬になっている。

武蔵野が、あかあかと西陽に染め上げられる夕刻――。

早雲は高見原《たかみはら》に本陣を布き、先鋒を赤浜《あかはま》の渡しまでせり出させた。

早い流れをみせる荒川をへだてて、伊勢早雲、扇谷上杉定正の連合軍は、上杉顕定ひきいる山内上杉勢と対峙《たいじ》した。

だが、両軍とも相手の出方を警戒して、みずからはなかなか仕掛けようとしない。対峙は三日にわたってつづき、そのあいだに雨が降って、荒川が増水した。

「これでは、川を渡ることはできぬではないか」

冷たい秋雨に身を震わせながら、扇谷定正が言った。

「たしかに」

早雲はうなずいた。

「しかし、だからこそ、勝機もまた生まれるのです」

「どういうことじゃ」

「この増水で、われらが川を渡れまいと、敵は気を緩めておりましょう。それこそが、付け目。いま急襲をかければ、敵陣が大混乱に陥るは必定」

「平家物語にある、屋島《やしま》の戦いの九郎判官義経《くろうほうがんよしつね》のようじゃな」

教養人の定正は、この手の耳学問には通じている。

「さよう。それが、軍略というものです」

「しかし、この水量の多い川を対岸へ渡らねばならぬのじゃぞ。人馬もろとも流されはせぬか」

定正が不安げな顔をした。

「それがしに知恵がございます」

「どのような知恵ぞ」

「馬筏《うまいかだ》を作ります」

「馬筏とな」

「はい」

早雲は定正に向かって、馬筏の何たるかを説明した。

それは、簡単にいえば、馬と馬を荒縄でつなぎ、たがいの重みで流されぬようにした、文字どおり馬の筏のようなものである。それぞれの馬に乗った馬上の侍は、竹竿《たけざお》で川底を突きながら、流れを横切って前へすすむ。また、歩卒は馬を結ぶ荒縄につかまり、泳いで川を渡る。

「人馬一体となれば、必ずや荒川を乗りきれますする」

早雲は自信に満ちた口調で言った。

馬筏による渡河作戦は、その日の深夜に決行された。

早雲のさしずにより、馬が横並びに荒縄でつながれた。武者たちが竹竿を手に馬にまたがると、

「ゆけッ！」

早雲の号令のもと、馬筏がしずしずと流れに乗り入れる。

早雲自身も愛馬とともに、荒縄にしがみつく歩卒たちを叱咤《しった》しながら、敵が布陣する対岸をめざした。

川の水は冷たい。

天に月はなく、青白い星明かりだけが水面《みなも》を照らしていた。

ふと横を見ると、燻革威の甲冑を着た扇谷上杉定正も、流れに取られまいと必死に手綱を握り締めながら、前へすすんでいる。

さすがに竹竿は使わず、屈強な近習たちが胸のあたりまで水につかりながら、馬に寄り添うようにして荒縄を曳《ひ》いていた。

下流へわずかずつ流されながらも、四半刻《しはんとき》（約三十分）ほどで、ようやく向こう岸が近づいてきた。

川の水が馬の膝あたりまで浅くなったところで、

「荒縄を切れッ！」

早雲は命じた。

馬と馬を結んでいた荒縄が断ち切られ、歩卒たちも小脇に抱えていた槍を握り直して浅瀬を小走りに走りだす。

思ったとおり、川の増水に油断した山内上杉陣は夜襲をまったく警戒しておらず、ところどころに篝火が焚かれているほかは、見張りの姿さえ見えなかった。

「いまぞ、すすめーッ!」

大音声を発し、早雲は手にした采配を振り下ろした。

七

突然の敵襲に、山内上杉陣は大混乱に陥った。

寝込みを襲われたため、山内上杉勢は弓矢や槍、甲冑もろくにととのえていない。

早雲の命を受けた先鋒《せんぽう》の兵らによって篝火が蹴倒され、あたりは墨を塗り込めたような真っ暗闇につつまれる。当然、混乱は倍加した。

早雲はあらかじめ、闇のなかでの同士討ちを避けるべく、味方の兵の肩に白い布切れをつけさせていた。

闇に舞う蝶《ちょう》のごとき白い布が、逃げまどう山内上杉の兵たちを追いまわし、しだいに追い詰めてゆく。

あたりに血臭が立ち込めた。

早雲、扇谷上杉勢の攻勢に、敵の屍《しかばね》が河原に累々と積み重なってゆく。

「押せ、押せーッ！」

早雲は声をかぎりに叫んだ。

斥候からの報告で、山内上杉顕定の本陣は荒川の川岸から一里あまり離れた用土《ようど》の地に布かれていることを把握していた。

早雲、扇谷上杉勢の夜襲は、前線からの急報によって、そろそろ顕定の耳に届いているであろう。

（敵が態勢を立て直す前に、早々に決着をつけてしまわねば……）

早雲はみずから馬上で血槍を振るい、兵たちを叱咤して、ひたすら前へ前へと突きすすんだ。

そのころ、山内上杉の本陣では——。

変事を知った敵将山内上杉顕定が、本陣の仮小屋から姿をあらわしていた。

落ち着いている。

策士といわれるだけに、冷静で明晰《めいせき》な頭脳の持ち主である。

「もはや、兵を引かれたほうがよろしゅうございます」

「このままでは、お味方は惨敗……」

口々に撤退を進言する家臣たちを、山内上杉顕定はイタチのように小さな目でするどく見わたした。

「慌てるでないッ。慌てて大勢を見失っては、向こうの思うつぼじゃ。まずは弓隊を前面に押し出し、そのあとに槍隊が穂先を揃《そろ》えてつづけいッ！」

顕定は矢継ぎ早に命を下した。

大将の指示を受け、混乱のきわみにあった山内上杉方の指揮系統は徐々に回復しはじめた。

防戦一方だった山内上杉勢は、しだいに劣勢を挽回《ばんかい》し、用土へ向かって押し出してきた早雲、扇谷上杉勢と、一進一退の熾烈《しれつ》な白兵戦《はくへいせん》を展開する。

なかでも顕定直属の旗本騎馬隊の猛攻は凄《すさ》まじく、逆に早雲、扇谷上杉方が押されはじめた。

（機を逸したな……）

乱戦のなか、早雲は戦いの潮目が変わったことを敏感に感じ取っていた。

奇襲は短期決戦で成果を上げてこそ、意味のあるものである。戦いを長引かせては、かえって味方の損失のほうが大きくなる。

荒川の急流を渡ったことで、人も馬もそろそろ疲労の色があらわれはじめていた。

（ここは、一時撤退か……）

早雲が思ったとき、入り乱れる敵味方の合間を縫って、扇谷上杉定正の近習が駆け寄ってきた。

ただならぬ形相をしている。

「申し上げますッ！」

「どうした、定正どのに何かあったか」

「それが……」

「はっきり申せッ。口ごもっていてはわからぬ」

戦場で殺気立っていることもあり、早雲は近習を頭ごなしに怒鳴りつけた。

「わがあるじが、落馬いたしましてございますッ」

「何だと、定正どのが落馬……」

「はい」

「流れ矢に当たったか」

「わかりませぬ。ともかくご意識がなく、戸板で敵の目の届かぬ茂みに運ばせ、介抱いたしておりますが」

「わかった」

早雲は大道寺重時に命じ、撤退の合図の退《ひ》き鉦《がね》を鳴らさせた。

敵の反撃態勢がととのったうえに、一方の旗頭である扇谷上杉定正が倒れたとあっては、これ以上の戦闘続行は不可能である。

退き鉦とともに、早雲の軍勢は用土の南側にしりぞいた。山内上杉勢も用土北方の本陣まで下がり、両軍は十町の距離をへだてて睨み合う形となった。

早雲は、扇谷上杉定正のもとへ駆けつけた。

近習の話では、定正は荒川を渡ってしばらく行ったところで、いきなり馬から転げ落ち、それきり動かなくなったらしい。

あらためてみると、なるほど遺体に目立った矢疵《やきず》などはない。薄化粧をほどこした綺《き》麗《れい》な顔のまま、定正は眠るがごとく息絶えていた。

(卒中《そっちゅう》か)

荒川を渡河した直後、定正がにわかな病に襲われたということは、十分に考えられる。

(それにしても……)

敵中深く攻め入ったこの瞬間《とき》にと、早雲は臍《ほぞ》を噛む思いだった。

定正死すの報が山内上杉方に洩れることになれば、敵はかさにかかって一斉攻撃を仕掛けてくるだろう。総大将の不慮の死は秘し隠し、早々に引き揚げをはからねばならなかった。

早雲は大道寺重時を呼んだ。

「いまから河越城へ引き揚げる」

「いまから、でござりますか。まだ夜が明けておりませぬぞ、旦那」

重時が驚いたような目で早雲を見た。

「夜が明けてからでは敵に気づかれる。陣中の篝火はそのままにし、陣幕や旗指物も残していく」

「承知ッ」

全軍に撤退を告げる使番が放たれた。

軍勢は荒川ぞいに駆けに駆け、夜が明けて山内上杉勢が異変に気づくころには、熊谷《くまがや》に到達。そこで荒川を押し渡り、その日の夕刻、河越城へ生還を果たした。

一説に、扇谷上杉定正の突然の落馬は、渡河の途中、罪なくして死に追いやった太田道灌の亡霊を見たからだとも言われている。

定正の死により、扇谷上杉家の家督は、嫡男の朝良《ともよし》が継いだ。

ともあれ、この一件によって、早雲の関東進出計画は大幅な変更を余儀なくされた。

山内上杉勢を牽制《けんせい》するため、比企《ひき》郡高坂《たかさか》、荏原《えばら》郡馬込《まごめ》など、武蔵国内をしばらく転戦したあと、早雲は捲土重来《けんどちょうらい》を心に誓って伊豆韮山城へ引き揚げている。

第三章　小田原乗っ取り

一

――亡霊
が跳梁《ちょうりょう》している。

ただの亡霊ではない。伊勢早雲によって誅殺《ちゅうさつ》された、堀越公方足利茶々丸の亡霊である。

早雲の手によって討ち果たされたはずの茶々丸が、あるときは家臣筋の山内上杉家を頼って上野国にあらわれ、またあるときは相模国の鎌倉に身をひそめて再起の機会をうかがっているなどという噂がまことしやかに流れた。

当初、早雲は、

「あの者の最期は、わしがこの目でしかと見届けた」

として、噂を一笑に付していたが、あまりに情報が微に入り細にわたっているため、五歳年下の弟伊勢弥次郎に命じて事実関係を調べさせた。

弥次郎は京にいるころから早雲に忠実で、伊豆入りにさいしても行動を共にしている。

その弥次郎が、

「噂はまことでござりました」

韮山城の富士をのぞむ館の縁側で、声をひそめるように報告した。

ちょうど干し柿を食っていた早雲は、

「わしが斬ったは、影武者であったか」

柿の蔕《へた》を庭へ投げ捨てた。

「はい」

弥次郎がうなずいた。

「あの者は堀新左衛門《ほりしんざえもん》なる、茶々丸の小姓のひとりだったとのよし。背格好も顔立ちもよく似ていることから、いざというときのために影武者をつとめていたそうで。まことの茶々丸は、われらが踏み込んださいに下人に身をやつして堀越御所を抜け出し、みずからに忠実な国人《こくじん》どものもとへ落ちのびたらしゅうございます」

「ありそうな話だ」

早雲の表情は渋い。

早雲の伊豆入り後も、柿木《かきのき》城主の狩野道一《かのうどういつ》、深根《ふかね》城主の関戸吉信ら、一部の国人衆はしぶとく抵抗をつづけ、いまだに手を焼かせていた。彼らが早雲に逐われた茶々丸を匿《かくま》ったとしても、何の不思議もない。

弥次郎の話では、茶々丸はその後、関八州を転々とし、風聞のとおり、一時は山内上杉家に身を寄せていたこともあるらしい。

しかし、最近になって相模との国境に近い伊豆の熱海《あたみ》へ舞いもどり、

「狩野道一、関戸吉信らを煽動《せんどう》して、われらの足元を掬《すく》わんとしておるとか。いかがなされます、兄上」

弥次郎が兄によく似た切れ長の目で、早雲を見た。

「茶々丸が熱海にいるというのは、まことか」

「はッ。熱海は古くから知られた湯の里ゆえ、湯治の者どもにまぎれて、どこぞの湯宿に潜り込んでいるものとみえます」

「熱海の湯宿を一軒、一軒、虱潰《しらみつぶ》しに探せ。それと、茶々丸に与する国人どもの動きから目を離すな」

「ははッ」

早雲の命を受けた伊勢弥次郎が、手勢百人とともに、熱海に潜伏していた足利茶々丸を急襲したのは、年が明けた明応四年（一四九五）二月のことである。

茶々丸の一党は烈しく抵抗し、十五人が死傷したが、当の足利茶々丸は近習に守られて辛くも脱出。

——島へ逃れたと、『妙法寺記《みょうほうじき》』にはある。

島とは、熱海の沖合に浮かぶ初島《はつしま》か、あるいはさらに遠くの伊豆大島のことであろう。

熱海襲撃と時を同じくして、早雲は伊豆国人の伊東祐遠《いとうすけとお》に命じ、茶々丸方の狩野道一を攻めさせ、これに甚大な被害を与えた。

早雲の襲来を恐れた茶々丸は、「島」を抜け出し、上野平井城の山内上杉顕定のもとをふたたび頼った。

山内上杉顕定にしても、茶々丸はたびたび関東へ侵入を繰り返す強敵早雲を除くための、とっておきの、

——駒

である。

「不埒者《ふらちもの》の早雲の手から伊豆を取り戻すため、微力ながら茶々丸さまのお手助けをいたしましょうぞ」

と、顕定は慇懃《いんぎん》な態度で茶々丸を受け入れ、早雲との対立姿勢を鮮明にした。

その年十一月、早雲は相州小田原の大森藤頼の手勢とともに、山内上杉領の武蔵国へ

乱入。敵方の城砦を荒らしまわり、周辺をおびやかしている。

しかし、平井城から南下した山内上杉軍と馬込で合戦におよび、勝利を得ることができずに伊豆へ撤退した。

このところ、早雲は運から見放されている。

伊豆入りの前後には何をやってもうまくいっていたものが、ひところの快進撃が嘘のように影をひそめ、むしろ山内上杉方に押しまくられている。歯車が狂っているときとは、こうしたものである。

そのうえ、上州平井城にいる足利茶々丸が、

「伊勢早雲は堀越公方に公然と弓引く逆臣なり。東国の秩序と平穏を乱す早雲を、断じて赦《ゆる》すまじ」

と、諸将に触れまわっているとあって、関東における早雲の評判はすこぶる悪くなっていた。

（いまは耐えることだ。いずれ、潮目の変わるおりが必ずやって来る……）

早雲は唇を噛んだ。

だが、その早雲をさらに窮地に立たせる事態が起きた。

二

翌、明応五年七月――。

山内上杉顕定の重臣長尾《ながお》景春《かげはる》が、扇谷上杉方の長尾右衛門尉《うえもんのじょう》を攻めた。

驚いた扇谷上杉朝良《ともよし》は、

「援軍を頼む」

と、早雲に泣きついてきた。

早雲は、同盟者である大森藤頼の小田原城下に駐留していた弟の伊勢弥次郎に出撃を命令。弥次郎は手勢一千をひきいて長尾右衛門尉の加勢に向かった。

しかし、どこから情報が洩れたものか、弥次郎の軍勢は、武蔵国へ入って野営していたところへ、長尾景春軍の夜襲を受けて惨敗。本来の目的を達することなく、本国の伊豆韮山へ撤退を余儀なくされた。

「われらの動きが、敵方に筒抜けになっていたようにございます」

配下の多くを失った弥次郎は、表情に悔しさを滲ませながら、兄早雲に報告した。

「味方に内応者がいると申すか」

早雲は目を剝いた。

「恐れながら」

と、その場に同席していた重臣の大道寺重時が声を上げた。重時はあるじ早雲の命により、今回の弥次郎の遠征に軍監として同道していた。

「われらを陥れたのは、小田原の大森藤頼さまではないかと思われます」

「藤頼どのが」

「はい」

「大森家は、先代氏頼どののときからの同盟者ではないか。それが、なにゆえに」

早雲は眉をひそめた。

「そのことでございます」

と、重時が膝をすすめた。

小田原城主大森藤頼は、切れ者だった父の氏頼に似ず、無能者と評判の男である。先代氏頼時代からの家老落合式部の進言によって、早雲から派遣された伊勢弥次郎勢の小田原駐留をみとめたものの、

(なんの、伊勢勢をわが城下に受け入れる必要やある。あの早雲とやらは、そもそも関東とは縁もゆかりもない他国者《よそもの》ではないか……)

と、内心、おもしろくない気持ちを抱いていた。げんに、このたびの出陣にも、病と称して加わっていない。

「われらが小田原城内に潜り込ませていた諜者が、近ごろ藤頼さまのもとに、山内上杉家と縁の深い、上州嵩山《たけやま》の修験者がしきりに出入りしていたと知らせてまいりました。もしや藤頼さまは扇谷上杉家に見切りをつけ、山内上杉方に寝返ったのではありますまいか」

「事実とすれば、ゆゆしきことじゃ」

早雲は大道寺重時に、大森藤頼の周辺を調べさせた。

すると、大森藤頼の寝返りは、まぎれもない事実であることがわかった。藤頼は、このところ早雲が山内上杉方に連戦連敗であることを理由に、家臣たちの反対を押し切り、勢い盛んな山内上杉顕定に誼《よしみ》を通じていたのである。

「なるほどな」

大道寺重時から報告を受けた早雲は、表情を動かさなかった。

大森藤頼の裏切りにより、西相模はほぼ、山内上杉方一色に染め上げられたことになる。またそのことは、箱根の坂ひとつ越えれば、伊豆の領内に山内上杉勢の侵入を許しかねないという危機的な事態を招いた。

「いまからでも思い直されるよう、藤頼さまに使いを送られますか」

重時が言った。

「さようなことはせずともよい。たとえ言ったとて、向こうが聞き入れるとは思えぬ。

「それよりも……」

と、早雲は言葉を呑《の》んだ。

（大森藤頼の裏切りは、小田原を攻める格好の大義名分になるやもしれぬ……）

危機はすなわち、次なる飛躍への絶好の機会にほかならない。そのことを、早雲は本能的に知っている。

だが、早雲にとって悪いことはなおもつづいた。

山内上杉家に身を寄せていた足利茶々丸が、頽勢《たいせい》に陥った早雲の苦境を見すまして、活発に動きはじめたのである。

茶々丸は、

「憎き伊勢早雲を滅ぼし、伊豆を取りもどす機会は、いまをおいてほかにない。すぐに出陣し、早雲を討たれたし」

と、山内上杉顕定に要請。

しかし、とうの顕定は、関八州の平定を当面の目標としており、茶々丸の求めにはかばかしい返事をしない。

業を煮やした茶々丸は、

「顕定はあてにならぬ」

と、山内上杉家を出て、甲斐《かい》の守護大名武田信縄《のぶつな》を頼った。

　このころ、武田氏の居館は石和《いさわ》にあった。

　甲斐入りした茶々丸は、その石和から八里離れた吉田《よしだ》の正覚庵《しょうがくあん》なる寺に入り、武田信縄に打倒伊勢早雲を要請した。

　信縄は、のちに戦国屈指の大名となる武田信玄の祖父にあたる。

　野心家で、したたかな戦略家でもあった信縄は、

（茶々丸をうまく利用すれば、海への出入口となる伊豆をわが武田領に組み入れることができるやもしれぬ……）

　と考え、茶々丸の要請を受け入れて韮山攻めの軍勢をもよおすことを約束した。

　これにより早雲は、東に山内上杉、北に武田という二つの大きな敵を抱えることとなった。

三

　この時代――。

　早雲は伊豆の独立した大名である一方、駿河今川家の半被官という、複雑な立場にある。

　今川家が伊豆や関東における早雲の活動を容認しているのは、早雲がいかに勢力を拡

大しても、それはあくまで今川の影響下にあるという考えがあるからであった。

甲斐武田家と一触即発の危機を迎えた早雲は、今川家の当主氏親に加勢をもとめた。

しかし、氏親は遠江方面の経略に忙しく、早雲の救援に手勢を割いているほどの余裕はない。

「みずからの力で武田を撃退せよ」

今川側の素っ気ない返答に、

（やはり、頼れるものはおのれの力のみか……）

早雲は拳を握りしめた。

ともあれ、今川の援軍を期待できぬとあっては、独力で武田と戦うしかない。

決戦の肚をかためた早雲は、韮山城のふもとにある居館に妻子をはじめとする一族を呼び集めた。

早雲の正室は、小笠原備前守《おがさわらびぜんのかみ》政清《まさきよ》の娘である。

名を、華子《はなこ》という。

父の小笠原政清は室町幕府の奉公衆のひとりであり、かつての早雲の同僚であった。

その縁で嫁いできた華子は、早雲の糟糠《そうこう》の妻といっていい存在である。夫婦のあいだには、嫡男の新九郎（氏綱）、次男の新六郎《しんろくろう》（氏時《うじとき》）という男子がいた。

早雲はほかに、東国へ下ってから側室にした駿河国衆葛山惟定《かずらやまこれさだ》の娘お峰《みね》、末子菊寿丸《きくじゅまる》

（宗哲《そうてつ》、のちの幻庵《げんあん》）と二人の娘をもうけたお梅《うめ》らを館の一画に住まわせている。

聡明《そうめい》で京風の素養を身につけた正室華子の差配のもと、女たちはこれといった諍《いさか》いもなく暮らしており、諸方転戦で不在がちな早雲の留守をしっかりとまもっていた。

この日の集まりには、むろん、嫡男新九郎、次男新六郎、お峰の生んだ三男八郎《はちろう》（氏《うじ》広《ひろ》）、ようやく四歳になったばかりの四男菊寿丸も神妙な顔つきで一座につらなっていた。

そのほか、早雲の片腕的存在の弟弥次郎、従兄弟で一の重臣の大道寺重時も、その場に顔をそろえている。

早雲が興した伊勢（北条）氏は、いかなる時においても一族の結束が固いことで知られる。家督相続をめぐって同族間の争いが日常茶飯事の東国の武士のなかにあって、このような例はきわめてめずらしい。

それは、早雲が西国出身であるということと無縁ではない。東国武士とちがい、西国武士は一族をひきいる惣領《そうりよう》に庶子たちが協力し、ともに一族の繁栄をはかることを習いとしている。平清盛《たいらのきよもり》を中心にして、一族全体が栄耀栄華《えいようえいが》を享受した平家一門を考えればわかりやすいだろう。

一族の者たちは早雲を信頼し、早雲もまた一族を信頼して、伊豆入り以来、ここまで走りつづけてきた。

その早雲の一族が、富士の峰をのぞむ大広間で一堂に会した。

早雲は私生活においては倹約家で、

「民百姓が汗水垂らして納めてくれた年貢で、つまらぬ散財をしてはならぬ」

と、日ごろは家族たちにもいっさいの贅沢《ぜいたく》を禁じている男である。

だが、この日ばかりはどうしたことか、妻の華子に命じて山海の珍味をふんだんに用意させ、みずからも、めったに嗜《たしな》まぬ酒をすすんで呑んだ。

「そのほうたちも、おおいに食え。好きなだけ呑むがよい」

早雲は上機嫌だった。

「いかがなされました、おまえさま。かような大いくさが近づいている大事のときに」

妻の華子が、怪訝そうに眉をひそめて聞いた。

「祝いよ、祝い」

早雲は土器《かわらけ》の酒を干し、からになった杯を縁側の向こうに投げ捨てて割った。

「祝いとは、何の祝いでございます、旦那」

あるじの肚のうちなら、何でも心得ているつもりの大道寺重時も不審顔である。

「いやさ、めでたいではないか」

新しい土器を手に取り、早雲はほがらかに笑った。

「京より東国へ下って三年。わしもようやく、周囲の大名たちに目の敵《かたき》にされるほどの存在になった。これをめでたいと言わずして、何と言う」

「お言葉ではございますが、兄上」

と、弟の伊勢弥次郎が早雲を見た。

「相模小田原の大森藤頼が山内上杉に寝返り、甲斐の武田信縄も、今日、明日にも国ざかいを越えて攻め入って来るやもしれませぬ。このように酒を食らっている場合ではありませぬぞ」

「されば、そなたはどうせよと申すのだ」

口もとに微笑を浮かべたまま、早雲は弟を見返した。

「いま一度、駿河の今川家に加勢をもとめる使者を立てられてはいかがでございます」

「その気のまるでない女に、せっせと付け文を送るようなものだ。それこそ無益というものよ」

「このままでは一族郎党、討ち死にするよりほかありませぬ。いっそ、一度京へもどって、幕府に足利茶々丸さまとの仲裁をもとめられるというのは」

「愚の骨頂じゃ」

もう一杯酒を飲み干し、早雲は庭石に土器をたたきつけた。

四

「よいか、聞け」

早雲はにわかに表情を厳しくし、弟や幼い息子たちを見渡した。

「たしかにいまは、存亡の危機だ。弥次郎の申すとおり、一族こぞって討ち死に、女子供も離散の憂き目に遭うやも知れぬ。だが、わしは何も恐れてはおらぬ」

「それは何ゆえでございます、父上」

早雲の長子新九郎が、曇りのないまっすぐな目で父を見た。

「危難こそが人を鍛え、人をより大きくするからよ」

十歳という年にしては大人びて、早くも武門の子としての自覚が芽生えはじめている息子に早雲は視線を向けた。

「これしきの危難に怯え、後込《しりご》みして、戦いから逃げているようでは、欲するものを何ひとつ攫《つか》み取ることはできぬ。むしろ、天が与えたもうた危難を悦《よろこ》び、感謝するようでなくてはまことの漢《おとこ》とは言えぬ」

「それゆえ、祝いの酒を呑んでいると」

「そのとおりだ、新九郎」

早雲はうなずいた。

「耐えておれば、必ず活路は開けるとわしは信じている。しかし、不幸にして思いかなわず、道が閉ざされることもある。わしは、わし自身が選んだ道ゆえ、微塵《みじん》の後悔もない。それにそなたらを巻き込むことが、唯一の心残りと言えば、心残りか」

「何を申されます、おまえさま」

と、妻の華子が柳眉《りゆうび》を逆立てた。

「おまえさまが望んだ道ならば、わたくしは地獄へなりとも、いずこへなりとも、喜んで付いてまいります。その思いは、ここにいる誰もが同じはず」

「奥方さまの申されるとおりじゃ。それがしも、どこまでも付いてまいりますぞッ！」

大道寺重時が、持ち前の大声で叫ぶように言った。

「わしもだ、兄上。さきほどは臆病風に吹かれ、あらぬことを口走ってすまなんだ。京へもどろうなどとは、二度と言わぬ」

伊勢弥次郎も誓った。

みな、目をうるませている。眼前にせまっていた危機に浮足立っていた一族の心が、揺るぎのない早雲の決意を聞いたことで、ふたたび結束しはじめていた。

「父上、わたくしも合戦場へお連れ下さいませ。およばずながら、父上の手助けがしとうございます」

まだ元服前の新九郎まで、戦いの場へ出ることを志願した。

「わたくしも」

「わたくしも……」

年端のゆかぬ次男新六郎、三男の八郎も、兄にならって声を上げた。母のお梅の腕に抱かれた四歳の菊寿丸だけが、何のことやら理解できずに、またたきの少ない目で父や兄たちを見つめている。

それを見た早雲の胸にも、込み上げてくるものがあった。

「みな、武家の男《お》の子じゃ。よくぞ申した。だが、新九郎。そなたには前線ではなく、この城でやらねばならぬことがある」

「何でございます、父上」

「母上や弟たちを守るのじゃ。万が一、われらが武運つたなく武田に敗れたとき、そなたは母や弟を連れて駿河の今川家へ逃げるのじゃ」

「そのような、男子が敵に背を向けて逃げるなどと……。卑怯《ひきょう》はできませぬ」

新九郎が唇を噛んだ。

「いや、卑怯ではない」

早雲は言った。

「たとえ苦しくとも、一族をささえて捲土重来の秋《とき》を待て。それがそなたの役目ぞ」

「……」

「わかったな、新九郎」

「はい」

新九郎が眉を凜々《りり》しく引き締めうなずくと、袂《たもと》で顔を押さえた側室たちの口からかすかなすすり泣きが洩れた。

五

早雲という男の最大の長所は、何といっても肚がすわっていることであろう。

周囲が敵ばかりという大危機にもかかわらず、早雲はいささかも慌てていない。若き日に京の大徳寺に参禅し、精神の修養を積んだことで、一種の不動心が練り上げられたのだろう。だが、それ以上に、生まれついての楽天家で、物ごとをつねに肯定的に捉えるところがあった。

「国を盗る」

と決意したことに、何らの裏付けがあったわけではない。胸に湧き上がる熱いものの命ずるままに、ただそう思った。

早雲が常人と異なっているのは、思ったことを実現するために、日々、何をすべきか考えをめぐらし、そのための労力を惜しまぬことである。それをつづけていれば、おのれが今日すべきこと、明日なさねばならぬことが見えてくる。

伊豆の野山に秋の気配が深まりはじめた十月下旬――。

早雲は、弟弥次郎と一の重臣の大道寺重時を居室へ呼んだ。

「わしに考えがある」

二人を前にして、早雲は言った。

「どのようなお考えでございます」

弥次郎と重時が食い入るように、早雲の口もとを見つめている。

「甲斐の武田のことよ」

「兄上ッ。よもや、武田の前に膝を屈すると申されるのではございますまいな」

兄に比べて血の気の多い伊勢弥次郎が気色ばんだ。

「いやいや、そうではない」

早雲はゆっくりと首を横に振った。

「聞け」

と、知恵を秘めた切れ長な目を光らせ、

「武田はたしかに強敵だが、けっして一枚岩というわけではない。そこを揺さぶれば、おのずと活路が見えてくるではないか」

弟弥次郎と大道寺重時を、唇に微笑を含んで見た。

「武田を揺さぶる……」

両人には合点《がてん》がいかぬらしい。

「それはどういうことでございます、旦那」

重時が聞いた。

「わしは甲斐へ諜者を送り、武田家の内情を調べさせておった。それによれば、武田の一門のなかに、当主信縄のやり方に不満を持っている者がおるらしい」

「誰でございます」

弥次郎の問いに、

「信縄の父、信昌《のぶまさ》よ」

早雲は声をひそめるようにして言った。

「当主の父が……。よもや、そのような」

「この乱世、同じ一族でも、おまえのごとく当主に異心を抱かぬ者は稀《まれ》だ。わしはよき弟を持ったぞ、弥次郎」

早雲はにやりとした。

諜者の報告では、武田家の先代信昌は、五年前に嫡男信縄に家督をゆずって万力《まんりき》郷落《おち》合《あい》の地に隠居したものの、まだまだ生臭さを残し、内政、外交にもしばしば口出しをするらしい。当主として力をつけてきた息子信縄にすれば、何かにつけて自分のやり方に意見をする父の存在はおもしろくない。信縄が庇護《ひご》している足利茶々丸のことも、信昌はあのような者の意のままに軍勢を動かすなどもってのほかと、反対しているようだった。

父子はしだいに対立するようになり、双方を取り巻く家臣団のあいだにも不協和音が生じはじめていた。

「隠居の信昌は、意のままにならぬ信縄を廃し、代わりに油川《あぶらかわ》家の養子になっている次男の信恵《のぶしげ》を当主に立てようと画策しておるらしい」

「事実とすれば、ゆゆしい事態にござりますな」

大道寺重時が言った。

「われらからすれば、もっけの幸いよ。敵の内紛を逆手に取り、こちらから攻めに転じることができる」

「付け入る隙があるということでございますな」

「しかり」

「重時」

早雲は大きくうなずいた。

「はッ」

「そのほう、甲斐への密使を頼まれてくれ。落合の地へおもむき、隠居の信昌に会って、われらは信昌どのと次男信恵どのにお味方すると伝えてまいるのだ」

「承知ッ」

「それから、弥次郎」

と、早雲は弟に目を向けた。

「そなたにも、働いてもらわねばならぬ」

「何をすればよろしいのでございます」

「相模へ兵を送る」

「相模……」

「大森藤頼めに一泡噴かせ、小田原城を乗っ取ってくれようぞ」

早雲の双眸は早くも、いきいきと輝きだしている。

六

苦境を打破するため、敵の一角に加わった大森藤頼の小田原城を奪取し、それをもって反転攻勢の足がかりとする——それが、早雲のもくろみである。攻撃こそ、最大の防御というわけである。

しかし、小田原城を乗っ取ると一口にいっても、ことはそう安易ではない。

何しろ小田原城は、西に箱根の連山を擁する天険の要塞である。伊豆から攻め込むといっても、東海道一の難所と言われる箱根の坂は険しく、兵たちの勢いはおのずと殺《そ》がれてしまう。

むろん、小田原攻めの難しさは、箱根湯本の早川のほとりに草庵を結んで、現地にしばしば足を運んでいる早雲がほかの誰よりもよく知っている。

そこで早雲は、ある秘策を考えた。

詭道を用い、敵を油断させてその隙に乗ずるのである。

幸い、早雲の弟伊勢弥次郎は小田原駐留の経験があり、いまは敵味方に分かれたとはいえ、城主の大森藤頼とは親しい間柄である。

「そなた、わが使いとして小田原城へおもむき、藤頼にこのように申すのだ」

早雲は弟に知恵を授けた。

「兄の早雲は、大森どのと同じく、じつは扇谷上杉家にほとほと愛想が尽きている。心の内では山内上杉方に参じたいと願っているが、なかなかそれを言い出せずにいる。そこで、その仲介の労を、長い付き合いの大森どのに取ってもらいたいと申すのだ」

「兄上、よもや本気で山内上杉に……」

「頭を下げるわけがなかろう。大森藤頼の警戒心をゆるめさせるための策よ」

「安堵いたしました」

弥次郎が得心した顔をした。

「しかし、さような話、大森藤頼が信じましょうか。山内上杉方に寝返ってからは、それがしも藤頼とは絶縁状態でございますぞ」

「案ずることはない」

と、早雲は笑った。

「大森藤頼は、さほど疑い深い男というわけではない。それに、以前からまんざら知らぬ仲でもないそなたを前にすれば、話を聞いているうちについつい、心を開いてしまうものだ」

「そのようなものでしょうか」

「相手の疑心を解くため、手土産を持ってゆけ。土肥《とい》の金山で採れた砂金がよかろう。藤頼めは、黄金の輝きに目が眩《くら》むはずだ」

早雲の内命を受けた伊勢弥次郎は、ただちに大森藤頼のいる小田原城へ向かった。わずかな供廻《ともまわ》りのみを従え、馬の背にぎっしりと砂金を詰めた革袋を七つ積んでいる。

その豪儀な手土産を見た大森藤頼は、それだけでだらしなく相好を崩した。

「早雲も、よほど窮しているものとみえるのう」

藤頼が底意地悪そうに言った。

「わが兄は、藤頼どのだけが頼みの綱だと申しております。なにとぞ、われらをお助け下されませ」

弥次郎は真に迫った演技で、藤頼にうったえた。

「わしだけが頼りか」

「はい」

「あの傲岸不遜《ごうがんふそん》な男らしゅうもない、殊勝なことを申すものだ」

「それは、生きるか死ぬかの瀬戸際にござりますれば」

伊勢弥次郎は、あくまで低姿勢な態度を崩さない。

「さようか」

「ご返答のほど、いかがでございましょうか」

「それは、かねてより顔見知りのそなたとわしの仲じゃ。願いを聞き入れてやらぬものでもないが」

「されば……」

「それはそうと、伊豆の領地ではかような黄金が採れるのか」

大森藤頼は、弥次郎が持参した砂金のほうに強い興味を持っている。

「さようにございます。土肥の金山は、掘れば掘るほどに黄金が泉のごとく湧き出る、宝の山にございまする」

「宝の山か」

思わず身を乗り出し、藤頼は紅を差したような赤い唇を嘗めた。

「山内上杉家へのお口添えさえしていただければ、この先、藤頼どのへいくらでも黄金を献上しようと兄は申しております」

「よかろう。父の代から盟友であった早雲を、無情に見捨てるわけにはいかぬ。このわしにまかせておくがよかろう」

「藤頼どのの広きお心、感謝の言葉もございませぬ」

伊勢弥次郎は深く頭を下げた。

韮山城にもどった弥次郎は、兄早雲に首尾を報告した。

「ようやった、弥次郎。大森藤頼もつくづく甘い男よ。もっとも、黄金を目の前に積まれて心が動かぬ者など、世には稀ではあるが」

早雲はつぶやき、さらに折を見て小田原城に出入りし、大森藤頼と交誼《こうぎ》を深めておくよう弥次郎に命じた。

一方、甲斐の武田家対策を命じられた大道寺重時も動いている。

こちらも手土産の黄金をたずさえて、甲斐国落合の隠居所にいる武田信昌に近づき、武田家の分断策を着々とすすめていった。

早雲は目下のところ、武田家の敵ではあるが、信昌は息子信縄の外交方針を不服に思っている。と言うより、日ごろより対立している嫡男の、やることなすことすべてが気に入らない。

「ここだけの話でございますが、甲斐に身を寄せている堀越公方足利茶々丸さまは、ご当主信縄さまの厚遇に付け入り、山内上杉顕定と謀《はか》って、甲斐一国を乗っ取らんとしているという噂にございますぞ」

　重時は信昌の耳もとでささやいた。

　むろん、根も葉もない作り話である。だが、息子の廃嫡を狙っている信昌は、渡りに船とばかりに話に乗ってきた。

「おおかた、そのようなことだと思うておったわ。信縄めは、由緒ある武田の当主たる器ではない」

「しかし、ご当家には聡明なるご次男の信恵さまがましましょう」

と、大道寺重時は、これもあるじ早雲からの指示で、信昌の心を煽《あお》りたてるように言った。

「それよ」

と、信昌は舌打ちし、

「いま思えば、信恵を油川家へ養子に出すのではなかった。あれは信縄とは違い、世の中というものをよく存じておる。信恵を嗣子に立てておけばと、悔いる毎日よ」

隠居の気軽さからか、聞き上手の重時相手につい愚痴をこぼした。

「いまからでも遅くはございませぬぞ」

「どういうことだ」

「わがあるじ早雲は、もし甲斐にて争乱が起きたさいには、喜んで信昌さまにお味方つかまつろうと申しております。よこしまな策謀をめぐらす堀越公方を庇護する者は、われらにとっても敵。信昌さまの号令ひとつで、すぐさま参陣するでありましょう」

「心強い言葉じゃな」

武田信昌がうっそりと笑った。

七

表面上、四面楚歌《しめんそか》の苦境は変わっていないものの、相州小田原の大森、甲斐の武田に対する早雲の裏面工作はつづいている。

年が明け、明応六年（一四九七）になった。

暦こそあらたまったが、この年は春が遅く、温暖な韮山にも雪が降った。

正月早々、早雲は弟伊勢弥次郎を小田原へ使いに送った。

「箱根の山中で巻狩りを催したいと存じますゆえ、なにとぞ領内立ち入りのお許しをたまわりますように」

弥次郎はいつもに倍する砂金の革袋を差し出し、大森藤頼に願い出た。

鎌倉将軍源頼朝の時代より、巻狩りは野を馬で駆けめぐる武士の娯楽である一方、山の神に祈りをささげる神事であり、また兵を動かす軍事教練としての側面も持っている。

領内での巻狩りの申し入れは、本来であれば警戒しなければならないところだが、度重なる砂金の献上で気をよくしている大森藤頼は、

「箱根山中はよき狩場であるからのう」

と、取り立てて大ごとには考えなかった。

「巻狩りをおこなうからには、人数も要ろう。早雲は、どれほどの者をひきいてまいるのじゃ」

「ごくごくわずかばかりの、気心の知れた近習のみにございます」

弥次郎は答えた。

「さようか」

「いかがでございます。お許しいただけましょうか」

「差支えなかろう」

そこは育ちのよさで、藤頼は疑うことなく鷹揚《おうよう》にうなずいた。

「ただし、巻狩りの当日には、忘れず当方に知らせよ」

「承知つかまつりましてございます」

韮山へもどった弥次郎は、藤頼からの返答を早雲に伝えた。

「まずは上々の首尾じゃ」

早雲は手にした扇で膝をたたいた。

「さて、ここからが難しい」

いかに相手が油断しているとはいえ、城をひとつ乗っ取ろうというのである。策は慎重に練り上げねばならない。

伊勢早雲が、箱根山中で巻狩りをもよおしたのは、まだ山の木々が芽吹いていない一月下旬のことである。

狩りの場所は、

——仙石原《せんごくはら》

を選んだ。

仙石原は、大昔は芦ノ湖の一部であったが、周辺の烈しい火山活動によって土砂が流れ込み、陸地になったと伝えられる。

その成り立ちゆえか、あたりには草の生い茂る湿地帯が広がり、雉《きじ》や水鳥、鹿などの禽獣《きんじゅう》が数多く生息している。

季節が早春ということもあり、見渡す限り一面の枯れススキに埋め尽くされ、箱根の外輪山から吹き下ろす小雪まじりの荒涼とした風が野をわたっていた。

その仙石原の野に、早雲は鹿を追い立てる、

——勢子《せこ》
と称して、三百人あまりの手勢を伏せていた。

そのほか、手だれの精鋭五百人が狩り装束に身をつつんだ早雲に従っている。

「ごくわずかの近習」

と言った大森藤頼との約束とは違うが、

(領内に入ってしまえば、こちらのものよ……)

早雲は向かい風に目を細めた。

早雲の号令一下、

「ほうッ!」

「ほうッ!」

と、山の各所に散った勢子たちが大声を上げながら、野に身をひそめていた鹿を追い立ててゆく。

巧妙な勢子の誘導で、鹿の群れが斜面を駆け下りてきた。なかで、もっとも立派な角を持った牡鹿が、沼のほとりで待ち受ける早雲たちのほうへ、まっしぐらに向かってくるのが見えた。

「氏綱、そなたが射止めてみせよ」

早雲は、狩りに同道してきた嫡男の新九郎を振り返った。

この正月、十一歳の新九郎は元服を果たし、

——氏綱
と名乗りをあらためている。

若いとはいえ、元服したからには一人前の武士である。早雲の後継ぎとして、家臣たちの前で力をしめさねばならない。

「それがしがでございますか」

と、新九郎氏綱が角を振り立てる大鹿を見つめて生唾《なまつば》を呑んだ。

「そうだ。それとも、鹿が恐ろしいか」

「いえ、さようなことはございませぬ。それがしにやらせて下さいませ」

形のいい唇をきゅっと引き結び、氏綱がむきになったように言った。

氏綱は背中の箙《えびら》から切《き》り斑《ふ》の矢を一本引き抜くと、弓につがえ、慎重に狙いを定めた。

手元がやや震えているのは、緊張のせいであろう。

「逸《はや》ってはなりませぬぞ、氏綱さま。十分に引きつけてから、両角のあいだの急所を狙って矢を放つのです」

かたわらに控える大道寺重時が言った。

「わかっておるわ」

「いま少し、いま少し」

まわりを取り巻く家臣たちは、固唾《かたず》を呑んで、しだいに距離が狭まってゆく鹿と氏綱を見つめている。

草を蹴散らし、牡鹿が三間《けん》の近さまでせまったとき、氏綱の弓から、

——ヒョウ
と、切り斑の矢が放たれた。

狙いあやまたず、矢は牡鹿の眉間をつらぬいた。鹿は大きくのけぞり、いったん倒れそうになってから、ふたたび四肢をふんばって、断末魔の苦しまぎれに氏綱めがけて角を振り立てながら迫ってくる。

「若殿ッ！」

とっさに氏綱をかばって間に割って入った大道寺重時が、抜刀一閃、荒れ狂う牡鹿を斬り伏せた。

どうと鹿が倒れ、家臣たちのあいだからやんやの喝采が上がった。

「ようなされましたな」

肩で大きく息をしながら、重時が氏綱を振り返った。

それから二刻《とき》（約四時間）ほど、早雲とその家臣たちは、仙石原の野で鹿狩りに打ち

興じた。

日が西に傾きはじめ、箱根の山中に体の芯まで凍えるような黄昏《たそがれ》が忍び寄るころ、早雲のもとに早足の者が来た。

手勢二千とともに別働隊として、箱根越えの古道、

——湯坂道《ゆさかみち》

を経由して、相模国へ向かっている伊勢弥次郎からの使いである。

「万事、手筈通りにすすんでおります。夜半には、箱根湯本に到着できましょう」

使いの口上を聞いた早雲は、

「よし、よし」

と、うなずいてみせた。

さらにこれとは別に、早雲は笠原信為、山中盛元、荒木兵庫頭らによって編成される千五百の軍勢を、足柄《あしがら》越えの古道から小田原へ向かってすすませている。

海上からは、軍船三十艘に分乗した渡辺基、高橋将監、山本太郎左衛門ら、伊豆の海賊衆総勢七百が、小田原をめざしていた。

総力戦といっていい。

韮山城の守りは極度に手薄になるが、

（わしが生き残る道はこれしかない……）

小田原城乗っ取りに、早雲はおのが命運を賭けていた。

早雲は、寒風の吹きわたる仙石原で日が暮れ落ちるのを待った。

やがて、あたりが闇につつまれ、真夜中といっていい時刻になった。

瞼《まぶた》を閉じ、刻限を待っていた早雲は、

「まいるぞ」

大きく目を見開き、床几から決然と立ち上がった。

早雲の手勢八百は、松明《たいまつ》に火を点《つ》けず、夜の闇のなかを黙々と進軍した。幸い、夜になって雲が払われ、星明かりで足元が照らされている。

宮城野《みやぎの》
宮之下《みやのした》
塔ノ沢《とうのさわ》
と、渓流ぞいの道をすすみ、箱根湯本に下りた。そこから小田原城下までは、わずかに一里の距離である。

八

箱根湯本には、すでに湯坂道を来た伊勢弥次郎の別働隊が到着していた。両軍は合流し、あわせて二千八百の軍勢となった。

「胴震いがいたしますな」

弥次郎の頰がそそけ立っている。小田原城乗っ取りという大仕事を前に、やはり緊張の色は隠せない。

「渡辺基、高橋将監らの西伊豆衆も、そろそろ真鶴《まなづる》沖を過ぎ、早川河口に近づいているころであろう」

早雲は言った。

「さきほどこちらに届いた知らせでは、足柄越えの隊も峠を越え、すでに小田原の北方に潜伏しておるとのよし」

「われらの動き、大森方に気づかれてはおるまいな」

早雲は青光りする目で弥次郎を見た。

「京より呼び寄せた猿楽師《さるがくし》の一座を小田原城内に送り込んでござれば。宴に興じ、いまごろは、酒に酔うて眠り込んでいるころでありましょう」

「城内の内応者は？」

「重臣の落合式部が調略に応じ、合図と同時に城門を開かせる約束をいたしております。他にも、事前の調略でわれらの側に寝返った者が数名」

「手抜かりはなかろうな」

「はい」

早雲の軍勢は、夜道をひたひたと小田原城へ近づいた。

同じころ——。

小田原城の外港、早川湊に西伊豆衆の軍船が次々と着岸。海賊衆は、船溜《ふなだま》りに係留されていた大森家の船に火矢を放ち、周辺の民家に火をつけてまわった。

真夜中のこととて、湊の番小屋にはわずかな番卒が置かれているきりである。

突然の襲撃に、番卒は驚きあわて、十余町離れた小田原城へ報告に走った。

「まさか、かような夜更けに……。わが城へ攻め寄せて来る者があるものか」

愛妾と同衾《どうきん》中の大森藤頼は、半信半疑で湊の方角を見た。

たしかに、夢ではない。

闇の底が、立ちのぼる炎で真っ赤に染まっている。

「誰ぞあるッ！　敵はどこの勢じゃ」

寝巻き姿の藤頼は、うろたえながら近習を呼びつけた。

「ただいま調べさせておりますが、よくわかりませぬ」

「わからぬということがあるかッ！」

藤頼は近習を叱りつけた。

「大手門より、ただちに軍勢を繰り出せ。何者か知らぬが、早川の川岸で防ぎ止めるのじゃ」

　藤頼は下知を飛ばしたが、

「殿、湯本の方角からも敵がッ！」

　別な近習の声が、悲鳴のごとく城内に響いた。

「湯本からの敵は、蝶丸《ちょうまる》の四半《しはん》の旗を押し立てております」

「蝶丸じゃと」

「はッ」

「蝶丸と申せば、伊勢氏の紋……。敵は、伊勢早雲かッ」

　大森藤頼は血走った目を、カッと大きく見開いた。

　伊勢早雲は、昨年暮れ、山内上杉方に転じたいと弟の弥次郎を使者として藤頼に仲立ちを頼んできた。

　藤頼は、山内上杉顕定にその旨を伝えたが、顕定はうかつには信じず、

「いま少し、ようすを見よう」

　と、いい顔はしなかった。

　その後も早雲の側からは、帰属の件をよしなにと、しばしば口利き料の砂金とともに申し入れを受けていた。その間、藤頼は山内上杉顕定の意向を早雲には伝えず、砂金だけふところに入れて、返答を先延ばしにしてきたのである。

（わしの二枚舌を、早雲に見破られたか……）

早雲勢の来襲を聞いた大森藤頼は、とっさにそう思い、顔色を青くした。あらかじめ、この日を見越しての早雲の深謀遠慮だったとは、気づくよしもない。

「巻狩りにことよせて夜襲をかけるとは、卑怯千万なり。早雲めの兵を、城のうちへ一歩も入れるなッ。大手、搦手の備えをかためよッ」

寝屋を飛び出た藤頼は命を下し、小姓の手を借りて先祖伝来の黒革縅肩白《くろかわおどしかたじろ》の腹巻《はらまき》を着込んだ。

小田原城内で、いくさ支度があわただしくはじまった。

城内に籠もる大森勢は二千。

これに対し、箱根湯本から駆け下った伊勢早雲の軍勢は二千八百。さらに、早川湊に上陸した西伊豆衆七百も加わっている。

兵数のうえでは、早雲勢のほうが上回っているが、城攻めには城内に籠もる兵の三倍の人数が必要だと言われている。

小田原城の大手門に押し寄せた早雲勢は、雨あられと矢を射かけ、空堀を乗り越えて塀に取り付き、城門を打ち破らんものと激しくせまった。

九

大森氏時代の小田原城は、後世、早雲の末裔が築いた北条氏の大城郭とはまったく様相が異なっている。

まず、城と城下町全体を鉄壁の要塞と化した、壮大な、

——惣構

は、存在していない。

惣構は早雲の子孫たちが、膨大な労力と財力をかたむけて構築したものである。

本丸の位置も、北条時代のそれとは違い、谷をへだてた八幡山《はちまんやま》の頂上に築かれていた。

その八幡山の本曲輪を中心に、

東曲輪

西曲輪

藤原平《ふじわらだいら》

など七つの曲輪が、空堀によって区切られているのが、大森氏時代の小田原城の姿である。構造は中世の山城のそれであり、正門にあたる大手門は南の東海道に面し、搦手門は城の北側にもうけられていた。

湯本から東海道を東上した早雲勢は、小田原城の大手口を攻め立てた。

だが、大森方の守りは頑強で、なかなか門を打ち破ることはできない。城壁に群がる早雲勢に対し、城方は櫓の上から矢を射かけ、石を投げ落として応戦した。

早雲勢に死傷者が続出した。当初こそ、一気に城門を突破する勢いだったものの、兵たちはしだいに後退し、疲労の色が濃くなってきた。あきらかに攻めあぐねている。

「遅うございますな」

東海道筋に構えた本陣にいる伊勢弥次郎が、兜《かぶと》の目庇《まびさし》の下から早雲を見た。

「落合式部か」

「はい。頃合いを見て、城内に火をかけると約束いたしておったのですが。よもや、いまになって、臆病風に吹かれたなどということは……」

「焦るな」

早雲は表情を変えずに言った。

「戦いは、まだはじまったばかりよ。足柄越えの笠原、山中らの軍勢も、間もなく搦手口に到着しようほどに」

早雲が夜空を見上げたとき、城の大台所のほうで火の手が上がった。

手筈どおり、早雲方に寝返った落合式部が、本丸の大森藤頼の居所にほど近い大台所に火を放ったのである。

「風向きが変わったな」

早雲は愁眉《しゅうび》をひらいた。

落合式部の裏切りにより、小田原城内は大混乱におちいった。

そこへ、たたみかけるように、搦手口に到着した足柄越えの笠原信為、山中盛元、荒木兵庫頭らの軍勢が攻撃を仕掛ける。城兵の大半は大手の守りに回されていたため、防御の手薄な搦手門はたちまち破られ、開け放たれた門から、笠原、山中らの将兵が城内へどっとなだれ込んだ。

大手のほうでも、内応者の落合式部の手の者が、内側から城門を開き、早雲勢を導き入れる。

早雲勢は東曲輪、つづいて西曲輪、尾根につらなる諸曲輪を次々と陥《おと》し、残すは城主藤頼の籠る本曲輪のみとなった。

ここで早雲は本曲輪に使いを立て、大森藤頼に降伏をすすめた。しかし、藤頼はこの勧告を頑として受けつけず、隠し道から城外へ逃亡した。のち、再起を期した藤頼は、大住《おおすみ》郡の真田《さなだ》城（現・神奈川県平塚市）に立て籠もるが、早雲勢の猛攻を受けて城は炎上。藤頼は自刃《じじん》して果てている。

伊勢早雲は、相模小田原城の乗っ取りに成功した。ときに明応六年正月二十八日のことである。

あざやかな勝ちいくさのあと、早雲は小田原城に嫡男の氏綱を置いた。ただし、氏綱は若年で統治に不安があったため、補佐役として伊勢弥次郎を小田原に常駐させている。

早雲自身は従来と変わらず伊豆の韮山城を本拠としたが、新領に組み入れた西相模の民政に心を砕いた。伊豆の領地と同様、ここでも四公六民の年貢優遇策をおこない、領民の心をつかんで大森氏時代の旧勢力を一掃することに成功した。

小田原城を手中におさめたことにより、早雲を取り巻く四面楚歌の状況も好転しはじめている。

翌明応七年――。

甲斐武田氏の家督をめぐる内紛が本格化した。

当主武田信縄に対し、次男信恵を推す先代信昌が叛旗《はんき》をひるがえし、打倒信縄の兵を挙げた。早雲はかねての約定どおり、信昌、信恵父子の支援を名目に、甲斐国へ三千の兵を送り込んでいる。

甲斐国内の混乱は、おのが領内の足場固めをはかる早雲にとって、願ってもないことであった。

(信縄を追いつめ、その庇護のもとにある足利茶々丸の息の根を止めてくれよう……)

西相模方面に当面の不安がなくなった早雲は、さらに兵を増強。信昌父子の加勢に力を入れた。

早雲の支援もあって、武田家の争いは信昌方有利に展開した。

ところが――。

その矢先の同年八月二十五日。合戦どころではない一大異変が起きた。

遠州灘を震源とする、

――明応の大地震

の発生である。

京の公家近衛《このえ》政家《まさいえ》の日記『後法興院記』には、その被害の模様が次のように書かれている。

――伊勢、三河、駿河、伊豆大波打ち寄せ、海辺二、三十町の民屋ことごとく水に溺れ、数千人命を没す。そのほか、牛馬の類その数知れずと云々《うんぬん》。前代未聞のことなり。

これにあるとおり、明応の大地震は中部地方に甚大な被害をもたらした。ことに現在の三重県から静岡県の伊豆半島にいたる東海地方沿岸部には、大津波が押し寄せ、民家が流されて数多くの人命が失われた。

伊豆国仁科《にしな》郷（現・静岡県西伊豆町）の佐波《さわ》神社の棟札にも、

――海が溢《あふ》れて陸地を十九町も登り浸した。

との記載が残っている。

古代以来、日本三津《さんしん》のひとつとして繁栄を誇ってきた伊勢安濃津《あのつ》（現・三重県津市）も、この大津波によって壊滅した。

甲斐国内でも城の櫓や寺社が倒壊、山崩れが起き民家や人が埋まった。河口湖、西湖《さいこ》周辺の村々には土石流が押し寄せ、多数の死者を出した。

未曾有の大災害である。

もはや、大名どうしが小さな争いに没頭している場合ではない。

この惨状に、

（一刻も早く、民の暮らしを立て直さねばならぬ……）

と、甲斐国に駐留していた早雲は和議を提案。

被害の甚大さを鑑《かんが》み、骨肉の争いを繰り広げていた武田信昌、信縄父子も、早雲の提案に異議なく応じて和睦を結んだ。

急遽《きゅうきょ》、韮山城へもどった早雲は、領国の治安回復と、地震、津波の被害により住む家もなくなり、食糧も枯渇した領民の救済につとめた。

こうしたなか、哀れをきわめたのは堀越公方足利茶々丸である。

非常事態により、頼みにしていた武田信縄からの支援を打ち切られた茶々丸は、行き場を失い、甲斐国内で自刃。長らく早雲の悩みの種となっていた深根城の関戸吉信ら、伊豆国内の茶々丸与党も壊滅した。

皮肉なことに、国を揺るがす大地震が、早雲の伊豆平定を援《たす》けたことになる。

第四章　風魔

一

相州小田原の南郊に、

――早川
なる河川がある。

その名のとおり早瀬が多く、箱根七湯の多くは、芦ノ湖に源を発するこの川の渓谷ぞいに湧き出している。

箱根の山を流れ下った清流は、やがて平地に出て相模湾へとそそぎ込む。早川の河口は舟着き場になっており、荷船や漁師船などが繋《つな》がれている。

早川河口の湊は、大森氏の時代から軍船の船溜りとしても使われていたが、小田原城を奪い西相模の新たな領主となった伊勢早雲もまた、みずからの支配下にある関船や小早船を城下にほど近いこの湊に係留した。

もっとも、川底が浅いため、三百石積を超える大きな船は早川湊に入ることができず、沖懸かりして、はしけで荷の積み下ろしをおこなった。

早雲が小田原に進出してから、早川湊の船の出入りは目に見えて増え、川沿いの村々も活況を呈するようになっている。

その早川の支流、須雲《すくも》川のそのまた支流——。

周囲をさわやかな楓の緑につつまれた谷あいに、七、八人ほどの若者が群がっていた。

みな小袖と袴を河原に脱ぎ捨て、褌《ふんどし》ひとつの素っ裸に近い姿になっている。

なかのひとりで、ひときわ背が高い若者が、

「上流と下流に土嚢《どのう》を積んで、流れをせき止めよ。魚をそこへ追い込むのだ」

と、手にした竹のササラを振って指図をした。

ほかの者たちと変わらぬ若さだが、その横顔は知恵深く老成しており、声におのずと威がある。

命じられた若者たちは、額や首筋に汗を流しながら次々と土嚢を運び、言われたとおりに川をせき止めた。

それが終わると、

「それッ、川の水を汲み出せ」

ササラを持った若者が、声を張り上げた。

ひとりひとりが持参してきた桶《おけ》を使って、川の水を汲み出してゆく。一刻《いっとき》（約二時間）ほどかかって、ようやく水かさが減り、川底の小石が見えてくると、カジカやオイカワ、ヤマメなどの川魚が二十四、いや三十四も、木漏れ日に鰭《ひれ》をきらめかせて大きく跳ねた。

若者たちがおこなっているのは川狩りである。

せき止めた川のなかで逃げ場を失った川魚を、若者たちは素手でつかまえ、魚籠《びく》に放り込んでゆく。

「かように大きなナマズもおりましたぞッ、兄者」

それまで河原にいて、年かさの若者たちの作業を見守っていた前髪姿の少年が、脛《すね》まで水につかり、嬉々《きき》とした歓声を上げた。

「はしゃぎすぎるでない、菊寿丸《きくじゆまる》。川底は苔で滑りやすうなっておるぞ」

兄者と呼ばれたササラの若者が、少年を叱りつけた。

その声も耳に入らぬように、

「このナマズはわたくしの獲物でございます」

少年が、川底で身をくねらせる大ナマズを両手でつかもうとした。その拍子に足を滑らせ、少年は大きな水しぶきを上げて浅瀬に尻餅をつく。

「それ、言わぬことではない」

若者が笑った。

ほかの若者たちも、ずぶ濡れになった少年を見て大笑いする。

川狩りをしているのは、早雲の嫡子で、父の命により小田原の城主となった新九郎氏綱とその近習たちであった。

この年文亀《ぶんき》元年（一五〇一）、氏綱は十五歳になった。

氏綱を兄者と呼んだ少年は、早雲の末子の菊寿丸である。のち、北条氏歴代の参謀役となり、その栄枯盛衰を見届けることになる北条幻庵の幼き日の姿にほかならない。

菊寿丸は氏綱より六つ年下の九歳。この日、兄にせがんで、初めての川狩りに来た。だが、なにしろ年端もゆかぬ少年である。何もかも兄たちと一緒というわけにはいかない。小田原城下からの二里あまりの道を、菊寿丸は氏綱の黒鹿毛《くろかげ》の馬に同乗させてもらい、たてがみに必死にしがみついてここまでたどり着いた。

「川狩りとは、おもしろきものにございますな」

近習が熾《おこ》した焚火《たきび》の炎で濡れた体と衣服を乾かしながら、菊寿丸が兄氏綱をまぶしげに見た。

「そなた、川狩りは初めてであったか」

「はい。韮山でも、近在の童たちが狩野川でアユ釣りなどをいたしておりましたが、そなたはゆくゆく仏門に入る身、殺生《せっしょう》はまかりならぬと、父上よりかたく禁じられていたのです」

「父上がさようなことを」

「徳高き僧侶となり、いくさで死んだ一族、家臣どもの菩提を弔《とぶら》えと口癖のように申されております」

「父上が積み重ねてきた数々の悪しき業を、そなたがその幼い肩にすべて背負わされるということか」

氏綱は少し皮肉な顔をし、枯枝を折って焚火に放り込んだ。

焚火のまわりには、さきほど獲ったばかりのカジカやヤマメが、竹串に刺されて香ばしくあぶられている。河原に、川魚の焼けるよい匂いがただよった。

「そなたも食え、菊寿丸」

ヤマメの刺さった竹串の一本を手に取り、氏綱が言った。

「さりながら、わたくしには父上の禁が……」

「今日ばかりは羽目をはずしてもよいぞ。そなたはやがて、箱根権現《ごんげん》の別当寺《べっとうじ》で得度《とくど》せねばならぬ。寺へ入ったら、かようなうまいものを食うこともかなうまい」

「まことによろしいのですか、兄者」

菊寿丸がごくりと唾を呑んだ。

「ああ、かまわぬ。小田原の城主は父上ではない。このわしだ。何をしようが、咎める者はおらぬ」

「されば」

と、菊寿丸は自分で獲ったナマズの串に手を伸ばし、脂《あぶら》のしたたり落ちる魚の身にかぶりついた。

「どうだ、うまいか」

「おいしゅうございます。かようなうまいものが食えるなら、わたくしは仏門に入らず、このまま俗世にとどまりたい」

「父上が聞いたらお怒りになろうぞ」

氏綱は笑った。

みなで魚を食い、水練《すいれん》などをして遊んでいるうちに、やがて夕暮れが近づいてきた。

夏とはいえ、谷あいの日没は早い。日がかげりだすと、にわかに風が冷たくなってきた。

氏綱はあたりを見まわし、落ち着かぬようすで立ち上がった。

「菊寿丸」

「はい」

「そなたは近習たちとともに、小田原へ帰るがよい」

「兄者は城へおもどりにならぬのですか」

菊寿丸が首をかしげた。

「わしにはゆくところがある」

「いずれでございます」

「そなたは知らずともよい」

そっけなく言うと、氏綱はひとり、黒鹿毛の馬に飛び乗った。

二

弟や近習たちと別れ、氏綱は馬を走らせた。

夕暮れの山道に、川の瀬音だけが高く、低く響いている。走っているうちに薄闇が垂れ込め、道を見定めることさえおぼつかなくなってきた。

だが、氏綱が迷うことはない。

この日だけでなく、今年になってからすでに何度か、同じ道を馬で駆けている。

やがて、四半刻《しはんとき》（約三十分）ほどゆくと、赤い鳥居の神社の前に出た。氏綱はそこで馬を下り、手綱《たづな》を神社の社前に枝を伸ばすナッツバキの木に結びつけた。

東の空に、冴《さ》えた三日月が浮かんでいる。

どこかで犬の鳴く声がした。

暗い杉木立を抜け、神社の横の石段を下りると、闇に沈む集落の茅葺《かやぶ》き屋根が見えてきた。

里の名を、

――風祭《かざまつり》

という。

集落のなかを東海道が通り、箱根の山越えへの入口となっている。

ただし、風祭はたんなる街道筋の宿駅ではない。集落の者の多くは、霊場箱根を守護する修験系の行者――すなわち、山伏《やまぶし》や巫女たちであった。

彼ら一党は、風間《かざま》の姓を名乗り、切り立った断崖をいとも易々《やすやす》と駆けのぼったり、火中を素足で歩いたり、暗闇のなかでも遠目がきくなど、常人離れした異形《いぎょう》の技を伝えている。

また、一族のなかには、鳶《とび》色や灰色、ときに碧《あお》い瞳をした者もおり、その先祖は古い時代に西域から日本へわたってきた渡来人ではないかともいわれている。

土地の人々は彼ら一党を恐れて、

――風魔《ふうま》

とも呼びならわしていた。

ともあれ、彼らのことを知らぬ旅人ならばともかく、日暮れを過ぎてから風祭の村に近づく者は滅多にいない。
笹藪をかき分けて街道へ下りると、氏綱はすでに寝静まっている家並の前を通り過ぎ、集落の奥にあるひときわ大きな茅葺きの屋敷の前で足を止めた。
風祭の里長《さとおさ》の屋敷であった。
屋敷には堂々たる冠木門《かぶきもん》があり、立ち入ろうとする者を拒むように注連縄《しめなわ》がめぐらされている。
門の前で一度、大きく息をつくと、氏綱は正面の冠木門はくぐらず、屋敷の裏手へまわり込んだ。あたりをはばかるようにして、裏門の扉を、
トン、トトトン
トン、トトトン
トン、トトトン
と、小刻みに三度たたく。
その合図を待っていたかのように、扉が内側から小さくひらいた。
「氏綱さま?」
闇のなかから、若い娘の声がした。
「ああ、おれだ」
「会いたかった……」

花の匂いのする吐息とともに、扉の向こうから白い腕《かいな》が伸び、氏綱の首にからみついた。

「おれもだ、加羅《から》」

氏綱は声のぬしを、長い黒髪ごと強く抱きしめた。

「わたしのこと、お忘れにならなかった」

「忘れるものか。あの空の三日月が満月になり、そしてまた三日月にもどるまで、おまえのことばかり考えていた」

「嬉しい」

娘が氏綱を見上げた。

淡く青白い月明かりのなかに、娘の顔が浮かび上がった。肌の色が、象牙を磨いてできたように白い。彫りが深く、鼻梁がひいでており、瞳の色が妖《あや》しい輝きを秘めた草色をしていた。

氏綱が風祭の長の娘、加羅と出会ったのは、いまから半年ほど前のことである。

その日、氏綱は小田原城主として西相模の宗教勢力を糾合するため、供を従えて箱根権現へ参拝した。

箱根権現は伊豆山《いずさん》権現と並んで二所権現と呼ばれ、山岳修験の道場として関東武士たちの信仰が篤い。韮山の父早雲が、末子菊寿丸を箱根権現へ送り込み、ゆくゆく別当にして一山を支配させようとしているのは、箱根の山伏たちをみずからの味方につけようとの意図あってのことであった。

参拝の帰途、氏綱の一行はにわか雨に降られ、とどろく雷鳴に追われて主従、散り散りになった。

悪いことに、雷に驚いた馬に振り落とされ、氏綱は腕に傷を負った。

（弱った……）

まだ春先のことで、ずぶ濡れになった体はどんどん冷えてくる。ぬしを失った馬は、いずこかへ走り去ってしまい、氏綱は深い森のなかで独りきりになった。

それでも、木立のなかを歩きまわって、雨がしのげそうな御堂《みどう》を見つけ、扉をあけて奥へ転がり込んだ。

そこに、やはり雨宿りをするために逃げ込んでいたのが、加羅だったのである。

軒にたたきつける烈しい雨音のなか、突然あらわれた自分を見たときの、娘の怯えと敵意に満ちた瞳の色を氏綱は忘れることができない。

やがて、氏綱が人品卑しからぬ若者で、しかも怪我《けが》をしていることがわかると、娘の刃物のような敵意はしだいにやわらいできた。

「大丈夫？」

おそるおそる声をかけ、娘が氏綱のそばへにじり寄ってきた。

「ああ……。だが……」

おそらく、氏綱の唇は血の気を失い、土気色《つちけ》になっていたであろう。歯の根が合わぬほど体が震え、意識も朦朧《もうろう》としてきた。

「寒いのね」

「すまぬが、火を熾してくれぬか」

「この御堂のなかで、火を使うことは……。でも、待って」

娘は言うと、濡れた氏綱の衣服を脱がせ、素肌にぴったりと自分の体を寄せてきた。

ひどく、あたたかかった。火のような体温を持った娘だった。

おのれを助けたのが風祭の里長の娘加羅であることを、氏綱はあとになってから知った。

この出来事を契機に、若い二人の恋は燃え上がり、氏綱と加羅は人目をしのぶ仲になった。

ただし、障害がないわけではない。

風祭の風魔一党は、伊勢早雲の小田原乗っ取り以前、前城主の大森氏に従っており、その後も帰趨《きすう》を明らかにしていなかった。

風魔一党とのあいだにいらざる波風が立つのを恐れ、氏綱は当面、加羅とのことを内密にしておくことにした。むろん、韮山の父早雲にも、おのが密事《みそかごと》は話していない。

三

「今夜は妙に、里が静かだな」

いつも逢引《あいび》きに使っている雑物蔵《ぞうもつぐら》で加羅の肩を抱きながら、氏綱はあたりの闇を見まわして言った。

「屋敷のうちにも人気が少ないようだが」

「今宵は年に一度の里の祭りですもの」

加羅の草色の瞳が氏綱を見上げた。

「祭り？」

「ええ」

と、加羅がうなずいた。

「毎年、八朔《はっさく》のころ、大風（台風）の害に遭わぬように、里人総出で風の神に祈りを捧げるのです。風祭りと、人は呼んでいます」

「里の名と同じだな」

「ずいぶん古い祭りで、わたしたちの先祖がこの地へ渡って来たころからつづいているらしいわ」

「やはり、おまえたちの先祖は、噂どおり異国人なのか」

「わからない」

加羅が笑った。

「そんな遠い昔の話はどうでもいいこと。わたしも、祭りに顔を出さなければ……。きっと父や兄たちが捜している。すぐに戻るから、ここで少し待っていてくれる」

「おまえが行くなら、おれも行く。風祭の里の祭りとやらを、一度この目で見てみたい」

若いだけに、氏綱には抑えきれない好奇心がある。

「里の神社は静かだったが、みなはどこに集まっているのだ」

「神社のずっと山の上、奥ノ院よ。そこに、馬場のような広場があるの」

「よし、行こう」

氏綱は加羅の手をつかんだ。

「でも、もしあなたが里の者たちに見つかったら……」

尻ごみする娘に、

「案ずることはない。見つからぬように、物陰にでも身をひそめている」

氏綱は言った。

「あなたはご存じない。風祭の里人のなかには、闇のなかでも十町先のものを見通せる者がいるのよ」

「ばかな」

「わたしたち一党が風魔と呼ばれ、ほかの里の者から恐れられていること、あなたも知っているでしょう」

「見つかったら、見つかったときのことだ。言いわけはそのときに考えよう」

後年、石橋をたたいても渡らぬ慎重さと周到な知恵深い領国経営で、北条一族発展の基盤を築いていくことになる氏綱だが、このときはまだ、年相応の向こう見ずで大胆な行動力を身にそなえている。

二人は雑物蔵を出て、風祭の集落の裏山をのぼった。

ほかの風魔一党と同じく夜目がきくのか、明かりも持たないというのに加羅は漆黒の闇のなかを迷うことなくすすんだ。

「まだか」

「もう少しよ」

加羅の細い手だけが、氏綱の唯一の頼りだった。

やがて、木立の向こうに明かりが見えてきた。

斜面をのぼりつめると、加羅の言っていたとおり、そこはちょうど馬場のような削平地になっていた。

その馬場を囲むように、あちこちに篝火が焚かれている。五十、いや百近くはあるように見えた。

「ここで待っていて」

氏綱を、クスノキの巨木の陰に導き入れると、加羅は馬場のほうへ小走りに駆け去っていった。

笙《しょう》や笛、鉦、太鼓といった、荘厳な音色が流れていた。雅楽《ががく》の調べに似ているかもしれない。

その音色にあわせ、馬場の中央にしつらえられた舞台の上で、髪をみずらに結った四人の稚児《ちご》が舞を舞っていた。色とりどりの美々しい衣装を身にまとい、手にした鈴を鳴らしながら蝶のごとくかろやかに踊る。

舞台を取り巻き、筵の上で濁り酒を酌《く》みかわしながら稚児舞を見物しているのは、風祭の里人であろう。

稚児の舞がおわると、代わって神社の奥ノ院へとつづく花道のほうから、緋《ひ》色の袍《ほう》に裲襠《りょうとう》をまとい、顔に金色《こんじき》の仮面をつけた長身の男が、床を踏み鳴らしながら舞台へ駆け上がってきた。

（蘭陵王《らんりょうおう》か……）

氏綱は目を細めた。

蘭陵王は、雅楽の曲目のひとつである。

中国南北朝時代の北斉《ほくせい》の国に、高長恭《こうちょうきょう》なる名将がいた。高長恭は女と見まごう優しげな美貌の持ち主であったため、戦場で敵にあなどられぬよう、猛々しい竜の仮面で顔を隠して出陣した。蘭陵王はその故事にちなんだ舞である。

舞い手は必ず黄金色に輝く竜の仮面をつけ、金色の桴《ばち》を両手に持って舞う定めになっている。

だが、風祭の里のそれは、氏綱の知識にある蘭陵王とは、明らかにどこかが異なっていた。

（仮面が竜ではなく、馬になっている……）

氏綱が思ったとおり、舞台の上の舞い手がつけている黄金の仮面は、口を大きくあけていななき、いまにも駆け出さんとしている馬の顔をしていた。

しかも手にした桴の先には、金色の紐《ひも》がついており、それが舞い手が舞うたびに鞭のごとく跳ね上がる。

どうやら風祭の里では、

――馬

を神使いとして崇《あが》めているらしい。

そういえば、氏綱は人の噂で、

「風祭の者どもは馬術にひいでている」

と聞いたことがある。里の裏山に馬場がもうけられているのもそのためであり、馬の面は彼らの遠い祖先である異国の草原の民を思わせた。

時とともに、楽の調べはしだいに速い曲調となり、舞台の上の舞も、跳び、跳ね、走りと、激しいものになってきた。

緋色の裲襠は、戦場でまとう甲冑のように見え、桴さばきはするどく、敵を攻撃するかのごとく殺気をはらんで躍動する。

やがて、舞台を囲んでいた里人たちがおのおの小笹を手にして立ち上がった。

ヤッサ、ヤッサ

ヤッサ、ヤッサ

里人たちは奇声を上げ、小笹を揺らしながら舞台のまわりを浮かれるように廻り出した。人々の足踏みで地が揺れ動きそうなほどである。

人々の奇声に招かれるように、馬場の奥から一頭の葦毛《あしげ》の馬があらわれた。

馬にまたがっているのは女であった。

（あッ……）

と、氏綱が息を吞んだのは、馬の背に乗っていたのが、異国風の深紫《ふかむらさき》の胡服《こふく》を身にまとった加羅だったからである。

加羅は舞台のまわりにいる里人たちを巧みに避けながら、曲乗りをはじめた。馬の背から右へ左へと大きく身を乗り出し、あるいは馬上に立ち上がって、ひらひらと長い薄絹の領巾《ひれ》を振る。手綱を使わず、立ったまま馬をあやつり、人々の頭上をあざやかに跳び越えた。

（あれが、さきほどまでおれの腕のなかにいたのと同じ娘か……）

氏綱は、華麗な馬さばきに目を奪われ、思わず木の陰から身を乗り出した。

馬上で加羅が領巾を振りながら祭文をとなえる。

風つ大神、御息《おんいき》な鎮めさせたまえ
風つ大神、御息な鎮めさせたまえ

夜気を震わす祭文にあわせて、里人たちがいっそう激しく小笹を振った。今宵の祭りの最高潮であろう。篝火が風にあおられて、銀色の蝶のような火の粉を散らす。

そのときである。

舞台の上の仮面をつけた大男が、突如、動きを止め、

「あれに、余所者《よそもの》がいる」

と、氏綱のいるクスノキの巨木の下を金色の桴で指し示した。

里人たちの視線が氏綱に向けられた。

篝火を映した瞳は、祭りの酔いのせいか、どこか狂気をおびている。

「あの者を捕らえよッ！」

仮面の男が叫んだ。

（逃げねば……）

身の危険を感じた氏綱は身をひるがえし、闇のなかを駆け出した。

だが、木の浮き根に足をとられ、前のめりに転んだ。そのまま急斜面を真っ逆さまに転がり落ちてゆく。

氏綱の記憶はそこで途切れた。

四

「氏綱の行方《ゆくえ》が知れぬと」

伊豆韮山城のふもとにある居館にいた伊勢早雲は、弟弥次郎からの知らせに顔をしかめた。

「はッ」

使者が頭を下げた。

早雲の弟弥次郎は、小田原城主に据えた嫡男氏綱の後見役をつとめている。若い氏綱では、関東攻略の最前線にあたる西相模の統治に不安があると考えたからだが、早くもそれが的中する形となり、氏綱が行方知れずになったとの急報が届いた。

「どういうことだ」

早雲は使者を問いただした。

「一昨日のことでございます。若殿は箱根の山中で菊寿丸さまらと川狩りをなさり、そのあと、忍びの用があると仰せになられて、供も連れず一人でどこぞへお出でになられたとか。それきり、城へお戻りになりませぬ」

「浅はかなやつめ」

早雲は舌打ちした。

「あやつは、おのれの立場の重さを心得ておらぬとみえる。して、弥次郎は何としておる」

「八方手を尽くし、氏綱さまの行方を探させておられます。さりながら、いまのところ何の手がかりもございませぬ」

「わしに敵意を抱く者はごまんとおる。万が一、山内上杉家の人質にでもなったら何とする気か」

まずは息子の生死を案ずるよりも、その軽忽《けいこつ》な振る舞いにより、おのれが苦労して描いてきた図に狂いが生じかねないことに早雲は腹を立てた。

「弥次郎さまは、みずから韮山へ報告にお出でになろうとも仰せられていましたが」

「それこそ愚の骨頂じゃ。いま城を留守にすることはまかりならぬ」

「いかがいたせばよろしいでしょうか」

「心当たりを探せ。氏綱が行方知れずになったことは、くれぐれも大森の残党、山内上杉方には知られぬようにな」

「ははッ」

氏綱の消息がわからぬまま、それから三日が過ぎた。

業を煮やした早雲は、ひそかに韮山城を抜け出し、小田原でのみずからの根城としている箱根湯本の草庵へ向かった。

湯本に着いたのは深夜である。

知らせを受け、さっそく弥次郎が飛んで来た。

「それがしが付いておりながら、面目しだいもござりませぬ、兄上」

「詫びなどよい。すべては氏綱自身の責任じゃ。それより、その後、何ぞ手がかりはつかめたか」

「定かな情報ではございませぬが、人の話では氏綱どのは少し前から、風祭の里長の娘のもとに通っていたとか」

「風祭とな」

早雲は目の奥をぎらりと光らせた。

「かの里の者どもは面妖《めんよう》な技を使うと、とかくの噂もござれば、もしや氏綱どのは風祭の里に閉じ込められているのでは」

「里長の娘に手を出した罰というわけか」

「どういたします、兄上」

弥次郎が早雲を見上げた。

「里長を呼び出したところで、素直に吐くような玉でもあるまい。兵を送り込んで家捜しというのも、いたずらに里人の感情を逆なでするだけであろう。はて、いかにするかだ」

早雲は天井を睨んで考え込んだ。

風祭の者たちは、敵か味方か、いまだ性根を見定めることはできてはいないが、

（何としても、ふところに取り込んでおきたい連中ではある……）

早雲は思った。

「風祭の内偵をせよ」

早雲は弥次郎に命じた。

弥次郎が去ったあとも、早雲の腹立たしさは消えなかった。おのれがことなら何とでもなるが、息子のことはままならない。

（小田原に置くには、まだ早すぎたか……）

苛立《いらだ》ちを鎮めるため、早雲は湯に入ることにした。

草庵から半町ほど離れた早川の岸辺に、こんこんと湯が湧き出す岩風呂がある。策をめぐらすとき、早雲は必ずといっていいほどこの湯に入る。

湯小屋もない、露天の岩風呂であった。

夕暮れともなれば、近在の者たちが湯浴《ゆあ》みする姿も見受けられるが、真夜中のことて、岩風呂に人気はなかった。

あたりにうっすらと川霧がただよっている。

天に月はなく、星だけが淡い光を放ちながらきらめいていた。

河原に衣服を脱ぎ捨て、早雲は湯壺《ゆつぼ》に浸かった。

箱根湯本の湯は透き通っており、泉質がやわらかい。肩まで身を沈めると、湯壺から湯が溢れ、大石の転がる河原へ流れてゆく。

夜風に吹かれながら、四半刻ほど湯に入っていただろうか。

岩風呂のふちに頭をもたせていた早雲は、

（む……）

と、大きく目を見開いた。

いつしか風が止まっている。さきほどまで聞こえていた梟《ふくろう》の声もやみ、あたりは死んだような静けさにつつまれていた。

（誰か、おる）

早雲は闇の底にひそむ、かすかな気配を感じた。

「何者じゃッ」

誰何《すいか》の声を放った瞬間、闇がむくりと動き、岩風呂の前に大柄な人影が片膝をついた。

「伊勢早雲どのにござるな」

影が言った。

「そなたは？」

「風魔にござる」

「風魔……。風祭の里の者か」

「さよう。風魔の長の跡取りで、小太郎《こたろう》と申す者にござる」

「その風魔が、わしに何の用だ」

早雲は湯気の向こうの闇を睨んだ。

刀は河原に置いており、いまは身を守るものとてない。襲われれば、それで終わりである。

だが、早雲は臆《おく》さない。隙を見せれば、いつなりとも斬りかかってきそうな剣気が、相手の巌《いわお》のごとき巨《おお》きな体にただよっていた。

「さすがでござりますな、伊勢早雲どの。風魔と聞いても、いささかも動じられぬとは」

小太郎と名乗る男が言った。

「われがここに参ったのがいかなる用あってのことか、それをご存じない早雲どのではござりますまい」

「氏綱がことか」

「いかにも」

「氏綱は、そのほうどもの里に囚《とら》われておるのだな」

「奇しき縁にて、わが妹加羅と契《ちぎ》りを結ばれましたゆえ、手厚くもてなしているだけでござるよ」

男が喉の奥で笑った。

「そのほうどもは、どうしたいのだ。氏綱を殺すつもりか」

早雲は聞いた。

「いまのところ、さようなつもりはござらぬ」

「いまのところとは？」

「早雲どのと取引がしとうござる」

風魔小太郎が言った。

五

行方知れずになっていた氏綱が小田原城へもどったのは、その翌朝のことであった。

「氏綱さまッ、よくぞ御無事で」

「お怪我はございませぬか」

「いままで、いずこにおいでになったのでございます」

家臣たちが、若い城主のそばへ群がるように集まってきた。

だが、氏綱はどのような問いかけにも、唇をかたく引き結んだまま何も語ろうとはしない。

「韮山から大殿がお見えになっておられますぞ」

その声を耳にしたとき、

「父上が……」

と、固くこわばっていた氏綱の表情がはじめて動いた。

早雲は、小田原城の御殿の広縁で座禅を組んでいた。

「父上」

と声をかけようとしたが、氏綱は言葉を途中で呑み込んだ。瞑想《めいそう》にふけっているとき、早雲が人に邪魔されるのを何よりも嫌うことを思い出したからである。

氏綱は父からやや離れて広縁にすわり、見よう見まねで座禅を組んだ。

外には、楓の名木があおあおと葉を茂らせている。泉水の引かれた夏の庭は、蟬《せみ》の声がかまびすしい。陽射しは強かったが、泉水をわたってくる朝の風が肌に心地よかった。

氏綱は半眼を閉じた。

もっとも、無念無想というわけにはいかない。頭のなかは、風祭の里で遭遇したさまざまな出来事が駆けめぐっていた。

あの夜、物陰から祭りをひそかに見ていた氏綱は、急斜面を転がり落ち、里人たちにつかまった。だが、氏綱に捕らわれたという意識はない。里人たちは、傷を秘伝の膏薬《こうやく》で治療し、芋粥《いもがゆ》や猪肉《ししにく》の干物、雉《きじ》の羹《あつもの》など、精のつくものを食べさせて手厚く遇してくれた。

ただし、氏綱を里まで導いた加羅の姿だけは、どこにも見出《みいだ》すことができなかった。食事を運んでくる小娘にたずねても、黙って首を振るばかりで要領を得ない。

そうこうするうちに数日が経ち、暁闇のうちに起こされた氏綱は、里の屈強な若者が担ぐ輿《こし》に乗せられ、小田原城へ送り届けられた。

すべてが夢のようであった。

(加羅……)

氏綱は、恋しい娘の湿った肌のぬくもりを思い出していた。

そのとき、

「何を考えておる」

突如、降ってきた声で、氏綱は現実に引き戻された。

はっと目を見開くと、父の早雲がその特徴のあるするどい目でこちらを睨むように見すえていた。

「女のことか」

「父上……」

「そなた、風祭の里の娘と契りを結んだそうだな」

「なにゆえ、父上がそれを」

氏綱はうろたえた。

「その娘の兄と名乗る、風魔小太郎なる者がわしをたずねてまいった」

「加羅の兄にございますか」

里にいるあいだ、氏綱はそうした者には会わなかった。いや、向こうはこちらを見ていたのかもしれないが、氏綱が気づかなかっただけかもしれない。

「加羅と申すか、その娘は」

「あ、いや……」

「いまさら、隠し立てしても仕方あるまい」

「申しわけございませぬ父上」

早雲の眼光から発せられる威圧感に、氏綱は思わず顔を伏せ、床に両手をついていた。

「そなたの色事を責める気はない」

「は……」

「若いときには、誰でも一度や二度は経験することよ。だが、この西相模の最前線たる小田原城を守る城主としては、いささか軽率に過ぎたかのう」

早雲が眉をひそめ、ゆっくりと座禅をくずした。

氏綱には返す言葉もない。

「風魔小太郎なる者、わしにかように言った。そなたの身柄を取り戻したければ、自分と取引をせよと」

「取引でございますか」

「うむ」

「それはどのような」

氏綱は食い入るように父を見た。

面妖な技を使う者どもの無理な要求を父が呑んだとあれば、それは自分の責任である。

色恋に心をとらわれていたとはいえ、たしかに軽率のそしりはまぬがれない。

「父上ッ……」

「風魔はのう、かように申した」

楓のそよぎに目を細めながら、早雲は顎を撫《な》でた。

「自分たちはこれまで、小田原城主であった大森氏のもとで働いてきた。しかれども、大森氏の臣下というわけではない。大森氏が小田原を去ったいま、代わりに新たな支配者となったわれらに、力を貸してやってもよいとな」

「風魔がさようなことを」

「しかり」

早雲はうなずいた。

「ただし、条件がある」

「条件……」

「小太郎の妹、すなわち里長の娘の加羅とやらをそなたの妻《め》に迎えよと言ってきた」

「加羅を、わが妻にでございますか」

氏綱は唾を呑んだ。

考えてみれば、小田原城の足元にある風祭の里の長が、一族の娘を通じて城主と縁戚関係を結びたいというのは当然のことであるかもしれない。その一事によって風魔一族の立場は強くなり、もし跡取りの男子でも生まれれば、自分たちの血筋が西相模の支配者になることになる。

（しかし……）

まだ十五歳とはいえ、氏綱も伊勢氏の惣領である。たんなる恋の相手ならともかく、正式な妻に迎えるというのがどういうことか、それがわからぬほど子供ではない。

「して、父上は何とご返答なされたのでございます」

「わしか」

「はい」

「聞くまでもあるまい。それはできぬと申した」

「やはり……」

予期していたこととはいえ、氏綱の心は揺れた。

「武家の正室や側室は、ただの色恋によって選ぶものではない。相手の家柄、その縁組が政略の役に立つか否か、それを最優先せねばならぬ。よって、風魔の娘をそなたの妻にすることはできぬ。だが、それしきのこと、向こうも先刻承知であったようだ」

早雲は、口もとにかすかな笑いを浮かべた。

「ならば、正式な妻でなくともよい。娘の身柄は風祭の里に置き、そこに小田原城主たるそなたが通ってくるのではどうかと言うてきたわ」

「それはつまり……」

「隠し妻というやつか。おそらく、風魔の狙いは最初からそこにあったのであろう。そなたを女で蕩《とろ》かして一族のうちに取り込み、自分たちの思いのままにあやつる。げに、おなごとは恐ろしきもの」

「加羅はさような娘ではございませぬ」

氏綱はめずらしく、父に口ごたえをした。

が、早雲の表情は変わらない。

「そなたの相手がどういう娘であろうが、それはどうでもよいことじゃ。肝心なのは、風魔のごとき化生《けしょう》の者どもが、この先のわれらの戦いにとって、必要欠くべからざる存在であるということよ」

「父上……」

「風魔は、わしの、そしてそなたのよき耳目《じもく》となろう。わしは風魔小太郎に、風祭の里の年貢、諸役、永代免除する旨を約束した。彼らを慰撫《いぶ》しておけば、必ず役に立つ。怒らせて祟《たた》り神にせぬよう、そなたもせいぜい心しておくがよい」

早雲は言い放つと、御殿の縁側から立ち上がった。

「父上、どちらへ」

「用はすんだ。韮山へもどる」

飄然《ひょうぜん》と去っていく父の背中が、氏綱の目に巌のごとく大きく見えた。

第五章　父と子

一

このころ、伊豆韮山城《いずにらやま》の早雲《そううん》は、東奔西走の日々を送っていた。

この年九月、早雲は武田《たけだ》氏の領国である甲斐国《かいのくに》へ討ち入り、吉田《よしだ》城を攻めている。半月後には撤兵したものの、遠江《とおとうみ》の斯波《しば》氏攻撃をくわだてる駿河《するが》の今川氏親《いまがわうじちか》から、

「来援を頼む」

との要請を受け、今度は東海道を西へ兵を向けた。

今川氏親の母北川《きたがわ》殿は早雲の姉で、氏親自身は早雲の甥《おい》にあたる。氏親擁立のさい、北川殿を助けて早雲が奔走したこともあり、早雲独立後は、たがいに軍事同盟を結んでいた。

今川勢とともに遠江へ侵攻した早雲は、さらに西進して三河国《みかわのくに》の岡崎《おかざき》城、岩津《いわづ》城を攻

めている。

翌々年の永正元年《えいしょう》（一五〇四）、関東で山内上杉顕定《やまのうちうえすぎあきさだ》、扇谷上杉朝良《おうぎがやつうえすぎともよし》の両上杉氏の衝突が勃発すると、早雲は扇谷上杉方に加勢するため、箱根を越えて相州江ノ島《えしま》へと兵をすすめた。このさい、同盟者である今川氏親も、早雲とともに軍勢に加わった。

こうした両者の相互扶助を見ればわかるとおり、当時の今川氏と伊勢《いせ》氏は、軍事、外交面においてほとんど一体といっていい関係にあった。

両上杉氏の抗争が落ち着きをみせると、早雲は撤兵。今川氏親とともに、しばらく熱海《あたみ》に滞在して湯治《とうじ》をしたと、連歌師宗長《そうちょう》の『宗長日記』にはしるされている。

早雲が熱海の湯治から韮山城へもどると、そこに珍客が待っていた。

医師の陳外郎定治《ちんういろうさだはる》である。

「これは、早雲さま。ご壮健そうで何よりでございます」

温和な顔に愛想のいい笑いを浮かべ、陳外郎が頭を下げた。

「久しぶりじゃな」

旅塵《りょじん》を払う間ももどかしく、早雲は客の前にあぐらをかいた。

陳外郎と会うのは、十余年ぶりである。

だが、かつて早雲が伊勢新九郎《しんくろう》を名乗り、京で室町幕府の申次衆《もうしつぎしゅう》をつとめていたころは、毎日のように顔をつき合わせていた仲であった。

名からわかるとおり、陳家は海をへだてた明国《みんこく》からわたってきた渡来人である。一族の始祖、陳延祐《えんゆう》は浙江省台州《せっこうしょう》の出身で、元朝《げんちょう》に仕え、大医院並びに礼部員外郎《がいろう》という重職をつとめていた。

しかし、朱元璋《しゅげんしょう》によって元朝が滅ぼされ、明朝が成立すると、陳延祐は日本へ亡命、九州の博多《はかた》に住みつくようになった。

延祐の子の宗奇《そうき》のとき、三代将軍足利義満《あしかがよしみつ》に招かれて京へのぼり、侍医として室町幕府に仕えた。博学で海外事情に通じた宗奇は、たんに医者としてだけでなく、諸外国との折衝役もこなし、諸制度を定めるうえでの相談役になるなど、幕府になくてはならぬ存在となった。

陳外郎定治は、その宗奇の曽孫にあたる。

曽祖父と同様、侍医兼幕府の知恵袋として八代将軍足利義政《よしまさ》、九代将軍義尚《よしひさ》のもとにあり、当時、義尚の申次衆であった早雲と親しく交友を持つようになった。

陳外郎は目から鼻へ抜けるように頭が良いが、その才知を温顔のうちに秘め、いささかもおもてにあらわすことがない。

かつて、若かりしころ、早雲は陳外郎に冗談めかして言ったことがある。

「そなたとわしが組めば、国の一つや二つ、いや幕府を倒して新たな政権を打ち樹《た》てることも夢ではない。わしにはそれを実行するだけの胆力が、そなたには知恵がある」

幕府の申次衆をつとめる身としては、ずいぶんと大胆不敵な話だが、早雲の胸の底にはそのころから人には言えぬ大きな野心が秘められていた。

それを聞いた陳外郎はとりたてて驚いたようすも見せず、こう返答した。

「なるほど、おもしろい話にございますな。わたくしの見たところ、いまの幕府でまことに世を変える何かをお持ちなのは、新九郎さま、あなたさまお一人だけ。いつか、そのような日がきたら、喜んで力をお貸しするでありましょう」

「約束してくれるか」

「はい」

「ならば、あかしとして盃を交わそうではないか」

「まるで三国志にある、桃園《とうえん》の誓いのようにございますな」

陳外郎は笑いながら、早雲と誓いの盃を交わした。たがいにどれだけ本気であったのか、いまとなってはわからない。

だが、早雲が東国へ下って国盗《くにと》りをはじめてからも、おりに触れて文のやり取りをするなど、陳外郎との交友はその後もつづいていた。

早雲が暑気あたりで苦しんでいたとき、陳外郎が処方した「透頂香《とうちんこう》」なる家伝薬が京から届き、病がたちどころに癒えたこともある。

以来、早雲は陣中においても、つねに「透頂香」を携行し、長期の遠征で疲労がたまった将士たちにも分け与えていた。

「遠路はるばる、よくぞ来てくれた」

早雲は古い友の手を、戦場灼《や》けしたみずからの手でつかんだ。

「あなたさまは、ご自分の夢をみごとに実現されましたな」

陳外郎が早雲の手を握り返した。

「いや、まだまだ夢を果たしたとは言えぬ。わしのまことの戦いはこれからだ」

早雲は、朋友に朱塗りの盃をすすめ、手ずから瓶子《へいし》をかたむけて酒を満たした。

「よき匂いの酒でありまするな」

外郎が早雲を見た。

「江川酒《えがわざけ》というてな、このあたりの土地の酒よ」

「江川酒でござりますか」

「韮山にのう、江川家という長者がおる。そこで醸した秘伝の酒だ。香気よきこと、このうえない」

「ほう。この伊豆の国にも、かような芳しき香の酒がございましたか。不覚にも、存じませなんだ」

言いながら、外郎は押しいただくように盃の酒を呑《の》み干した。

「どうだ、旨《うま》いであろう」

「まことに」

「京にいると、東国はただの草深い田舎に見えるであろうが、それは大きな間違いぞ」

早雲は言った。

「かつて源《みなもと》頼朝《のよりとも》は、京から遠く離れた鎌倉の地に武家の都を打ち樹てた。その鎌倉幕府の執権《しっけん》、北条《ほうじょう》氏の根城だったところがこの韮山にほかならぬ」

「北条氏とは、鎌倉将軍家をもしのぐ、たいそうな力の持ち主だったと聞きおよんでおります」

「さよう。それゆえ、鎌倉幕府を倒した足利将軍家の世になっても、堀越《ほりごえ》公方《くぼう》がこの地に城館を構えた」

「その同じ地に、いまはあなたさまが城を構えておいでになる」

陳外郎が思わせぶりな目をした。

「これはたんなる偶然か。それとも早雲さまの強烈なご意志によるものか」

「わが心のうち、ほかならぬそなたなら、よく理解していよう」

早雲の言葉に、陳外郎が肉づきのいい顎《あご》を引いて深くうなずいてみせた。

「むろん、わかっておりますとも。わかっているからこそ、若き日の約束を果たすため、あなたさまのお招きに応じて、こうして東国へ参じたのです」

「将軍の侍医の役目はどうした」

「京のことは、弟にすべて任せることにいたしました。それゆえ、わたくしはいたって身軽な境涯で」

「やはり、友とはよきものだな」

早雲はゆったりと笑い、江川酒を口に含んだ。

二

その夜、早雲と陳外郎は、長い年月の空白を埋めるように盃を重ねた。

「のう、外郎。いまの東国で、一番の権威は何者であると思う」

早雲は、酒を呑んでもますます冴《さ》えわたる瞳を陳外郎に向けた。

「権威にございますか」

「うむ」

「それは何といっても、下総古河《しもうさこが》におわす古河公方さまでございましょう。堀越公方さまなきいま、鎌倉公方の唯一の末裔《まつえい》でございますからな」

「されば、古河公方の次は」

「公方さまの執事であった、山内、扇谷の両上杉氏でございますかな。もっとも、じっさいのところは、こちらのほうが公方さまよりも力を持っておるようですが」

「よく存じておる」

「これでも、東国へ下るにあたって、わたくしなりに、いろいろと調べをすすめてまいりましたゆえ。東国の侍たちは、この両上杉氏の権威を重んじ、扇谷につくか、山内につくか、そのいずれかに色分けされているそうにございますな」

「さよう。東国での国の切り取りにあたっては、そこが厄介なところよ。これをないがしろにすれば、東国武士たちのいらざる反発を招くことになる」

「いっそ、あなたさまも権威になられてはいかがでございます」

「権威……。このわしがか」

「はい」

「わしはしょせん、東国ではよそ者にすぎぬ。どうやって権威になれと申すのだ」

「姓を変えられてはどうです」

陳外郎が首をかしげるようにして、早雲の目をのぞき込んだ。

「姓を変えるとは、どういうことだ」

「さきほど仰せられたではないですか。この韮山は、鎌倉将軍をしのぐ権勢をほこった北条氏の本拠地であったと。その由緒を受け継ぐ形で、伊勢から北条に名乗りを変えるのです。さすれば」

「北条は、古河公方、両上杉氏にまさるとも劣らぬ東国の権威。東国の武士たちも、その名の前では無条件にひれ伏すのでは」

「さすがに外郎、人の思いおよばぬことを申す」

早雲はまんざらでもない顔をした。

「たしかに、北条の名は、東国において格別の響きを持っておる。いずれ、そのような折がおとずれるやもしれぬ。そなたの助言、心に留めておこう」

「して、わたくしは、この韮山で何をすればよろしいのでございます。どうぞ、何なりとお申しつけを」

陳外郎が言った。

「そなたには、韮山ではなく、わが息子氏綱《うじつな》のいる相州小田原《おだわら》へ行ってもらいたい」

「小田原でございますか」

「わしは遠からぬ将来、小田原を基点に、関八州《かんはっしゅう》へ勇躍していきたいと考えている。いや、わしの生きているうちには叶《かな》わぬやもしれぬが、息子、孫の代には、必ずや関東の覇者に」

「その心意気やよしでございますな」

陳外郎が目を細めた。


「さすれば？」

「そのためにはまず、先立つものが要る」

「金、にござりますな」

長い付き合いの早雲と外郎は、阿吽《あうん》の呼吸でたがいの考えがわかる。

「そのとおりだ。わしは未知の土地である東国へ乗り込むにあたり、領民の人心を魅《ひ》きつけるため、領国内の年貢を従来よりもずんと安くした」

「うかごうております。他国にはない、四公六民を実施しておられるとか」

「領民たちが喜んでいるのはたしかだが、諸方の戦線を維持するには、莫大《ばくだい》な矢銭《やせん》を注ぎ込まねばならぬ。そこで、それをおぎなうために、小田原を関東一の城下町となし、あきないによって国を豊かにしようともくろんでおるのだ」

「その城下町造りのお手伝いをわたくしに……」

「そうだ」

早雲は強くうなずいた。

「小田原城主となったわが息子氏綱は、まだ経験も浅く、世間というものを知らぬ。あれに手を貸してやってくれぬか」

「仰せとあらば」

「ゆくゆくは小田原の湊《みなと》に唐船《からぶね》を数多く呼び込み、唐人町《とうじんまち》を造って異国との貿易をおこないたいとも考えている。そなたにしかできぬ大仕事だ」

「ますます、おもしろうございますな」

陳外郎が目尻の皺《しわ》を深くして笑った。

それから三日、韮山に逗留《とうりゅう》して富士の眺めを娯《たの》しんだのち、陳外郎定治は相州小田原へ向けて旅立った。

三

翌永正二年になり、早雲にとって芳《かんば》しからざる政治状態が生じた。

山内、扇谷、両上杉氏の和睦である。

扇谷上杉朝良は、山内上杉顕定に対抗するため、これまで伊勢早雲の軍勢を頼りにしてきた。だが、早雲が扇谷上杉の家臣筋にあたる大森《おおもり》氏を追い出し、小田原城を乗っ取ってより以後、早雲に対して強い不信感を抱くようになった。

また、西相模《さがみ》に勢力を扶植した早雲は、これも扇谷上杉氏の家臣で東相模の土豪、三浦《みうら》氏に対しても、その領地を押領《おうりよう》するなど圧迫を強めつつある。

そもそも武蔵《むさし》、相模の両国は、扇谷上杉氏の領国と言っていい。もし、相模一国を早雲に奪われるようなことになれば、扇谷上杉氏の基盤は崩れる。

(早雲は、恐ろしき男じゃ。もはや、山内上杉といがみ合っている場合ではない。ここはたがいに手を結び、早雲の野心の芽をたたき潰しておかねば……）

扇谷上杉朝良は、そう判断した。

扇谷上杉方からの提案に、山内上杉顕定も乗った。長年の恩讐《おんしゅう》を超えて手を組まざるを得ぬほどに、早雲の脅威が大きくなっていたことになる。

扇谷上杉朝良と山内上杉顕定は、ここに和睦。ともに協力して早雲と戦っていく態勢をととのえた。

その知らせを韮山城で聞いた早雲は、ふんと鼻の先で笑った。

伊豆へ入ったばかりのころ、早雲は三島権現《みしまごんげん》（大社）に参籠《さんろう》し、そこで瑞夢《ずいむ》を見た。

二本の杉の老木の根元を小鼠《こねずみ》が食い、これを倒す夢である。

二本の杉の老木は扇谷、山内の両上杉氏、小鼠は早雲自身にほかならないと、その夢を解いた。

とすれば、両上杉氏が同盟を結んだいまこそ、腐りきった杉の大木を倒す千載一遇の好機ではないか。

「手を組みたいなら、組むがいい。いずれ、ともに食い倒してくれるわ」

早雲は、みずからへの逆風を、むしろすすんで受け止める覚悟をかためた。

とはいえ、関東での両上杉氏の力は、まだまだ侮《あなど》りがたい。両上杉と全面対決してこれを滅ぼすだけの軍事力、経済力は、いまの早雲にはなかった。

とにした。

早雲は関東での活動をしばらく自粛し、領国経営に力をそそいで決戦の機会を待つこ

（時を待つか……）

そのころ、早雲の要請で小田原へ入った陳外郎は、城主氏綱の相談役となり、城下町の整備に手をつけはじめていた。

外郎は氏綱に、

「商人たちの地子《じし》（固定資産税）を免除してはいかがでしょうか」

と、提案した。

「地子の免除か」

「はい。さすれば、関東各地から噂《うわさ》を聞きつけて商人どもが集まり、小田原の城下はおおいに賑《にぎ》わうでありましょう」

「しかし、地子のあがりがなくては、城の蔵が空になるではないか」

氏綱は当然の疑問を口にした。

「それでなくても父上の方針で、年貢を他国よりも安くしているのだ。どうやって、矢銭や家臣たちの禄をまかなえというのだ」

「地子の代わりに運上金《うんじょうきん》を取り立てるのです」

外郎は言った。

「運上金……」

「はい」

運上金、すなわち商工業者の売り上げに応じて取り立てる租税である。商業が発展し、商人たちが富み栄えれば栄えるだけ、運上金の額も膨らむことになる。

「ようするに、われらが保護して城下や湊、街道をととのえ、人や物の行き来が盛んになるようにすれば、商人どもも喜んで運上金を納めるということだな」

「さすがに早雲さまのご嫡男。氏綱さまは頭がおよろしい」

「世辞はいい」

氏綱は苦い顔をした。

「城下の地子を免除するというなら、韮山の父上にうかがいを立てねばならぬ。さっそく使いを送ろう」

「いえ、この件はすでに、早雲さまの了解を得ております」

「さようか」

「いまひとつ」

陳外郎が、つやのいい顔に笑みを浮かべながら言葉をつづけた。

「わたくしが以前から親しくしている京、博多の渡来系の商人たちに声をかけ、小田原に移住してもよいとの返答を得ております。いずれはご城下の一画に唐人町を造り、彼らをして海外との交易にあたらせようかと考えています」

「それも、父上と相談のうえか」

「はい」

「…………」

陳外郎の能力をみとめてはいるものの、氏綱にしてみれば、自分の頭ごしに父早雲と外郎が城下経営の計画をすすめているのは、やはりおもしろくない。

「海外との交易と一口に言うが、この小田原まで異国の船が来航する海の道は開かれているのか」

「それはまだ、確たる航路が開かれているわけではございませぬ」

陳外郎の温顔がわずかにくもった。

「九州の博多から瀬戸内海をへて、紀伊《きい》水道をまわり込む航路は、老練な水夫《かこ》でも恐れをなす海の難所。されど、大船なれば、紀州沖もかわすことができまする。黒潮に乗って伊勢湾を横切り、遠州灘《えんしゅうなだ》、駿河灘を通って、伊豆半島をまわり込めば、相州小田原まで交易の道が通じると、韮山の早雲さまも仰せられております」

「また、父上か」

「氏綱さま」

「もうよい」

話を一方的に打ち切ると、氏綱は立ち上がった。

「少し遠駆けをしてくる。城下の相談はまたあとだ」

血が鬱《うつ》していた。

十代の若さで小田原城主となった氏綱だが、それは自分の実力ではない。西相模の人々がひれ伏しているのは、おのれではなく、その背後にいる父早雲だった。

（わかっている。それしきのこと……。だが、ならばおれは、どのようにすれば、あの父の巨《おお》きな背中を乗り越えてゆくことができるのだ……）

苛《いら》立《だ》ちと焦燥が、体じゅうを駆けめぐっていた。

そうしたとき、氏綱が向かう場所は決まっていた。

（加羅《から》……）

箱根の連山から吹き下ろす風のなか、氏綱は風祭《かざまつり》の里にいる隠し妻《め》加羅のもとへ馬をひた走らせていた。

四

風祭の里へ着くと、氏綱は真っ先に、里長《さとおさ》屋敷の離れに暮らしている加羅のもとへ足を運んだ。

「お出でなされませ」

氏綱の隠し妻という立場になってから、加羅は目に見えて美しく、洗練された女になってきている。

氏綱にふさわしい女になろうとしているのか、和歌や茶の湯などを学び、立ち居振る舞いや作法も武家のそれをすすんで身につけはじめていた。

そうした加羅を、氏綱は以前よりもいっそう、

（愛《いと》しい……）

と、思うようになっている。

「すぐに食事の支度をいたします。酒《ささ》を召されますか」

「飯などいい」

氏綱は言うと、加羅を抱きすくめ、床に押し倒した。

「まだ、陽《ひ》も暮れ落ちてはおりませぬ。人が……」

「誰に遠慮もいらぬ。おまえは、おれのものだ」

「氏綱さま」

身にまとった衣を剝いでしまえば、人目を忍びながら逢瀬《おうせ》を重ねていたころと同じ、情熱的で、全身で愛する男に抱かれる悦《よろこ》びをあらわす加羅だった。

女を抱いているときだけ、氏綱は小田原城主としての重圧や、いつも身についてまわる巨きな父の影を忘れ去ることができた。

ことを終えたあと、氏綱は加羅の膝枕《ひざまくら》で床に寝そべった。

「のう、加羅」

氏綱は天井の闇を見つめた。

「おれは何者であると思う」

「何者とは……」

「おれには力がない。父上の後ろ楯《だて》がなければ何もできぬ。小田原城の主を名乗ってはいるが、町造りには何も口を出せぬ。これでは、ただの飾りものと同じではないか」

「何を言い出すかと思えば」

加羅が口元に手の甲を当てて、くすりと笑った。

「何がおかしい」

「だって、そうでございましょう。あなたさまはまだお若いのですもの。力がなくて当たり前のこと。最初から、何もかもご自分でできるはずがありませぬ」

「おまえには、男の苦しみはわからぬ」

氏綱は憮然《ぶぜん》とした表情をみせた。

「わかりませぬ。わかろうとも思いませぬ」

「人はありのままの自分を受け入れるしかありませぬ。そこからもがき苦しんで、どのように成長していくかが大事なのではありませぬか」

加羅の甘い息が、氏綱の火照りを帯びた額にかかった。

「言うたな」

「だが……」

と、氏綱は下唇を噛《か》んだ。

「おれは一日も早く父上の手のうちを抜け出して、おのれで何事かを成し遂げたいのだ。おまえのこととてそうだ。おれはおまえを隠し妻などではなく、妻としておおやけに小田原城に迎え入れたい。だが、それには父上の許しがいる。これでまことの城主と言えるのか」

「わたくしのことなど、どうでもよいのです。お父上に認められたかったら、認めていただけるような働きをなせばよいではありませぬか」

「愚痴を言っているだけでは、何も変えられぬか」

「そう。あなたさまには、お父上とは違う、あなたさまのやり方があるはず」

「おれのやり方……」

「あなたさまの後ろには、風魔《ふうま》一族がついております」

加羅が氏綱の耳元でささやいたとき、離れの縁側に影が差した。

さきほど加羅が灯《とも》した短檠《たんけい》の明かりが風もないのに揺れ、足音もなく大柄な男が入ってきた。

「小太郎《こたろう》か」

視界に入った黒い影のごとき男を見て、氏綱は言った。

「邪魔をいたしましたかな」

加羅とよく似た草色に透き通った目が、氏綱を見下ろした。

「いや」

氏綱は加羅の膝から身を起こした。

「それよりどうした。ここしばらく、おまえの姿を里で見かけなかったが」

「旅に出ておりましたゆえ」

表情も変えず、風魔小太郎が言った。

加羅の実の兄ではあるが、氏綱は小太郎がどのような人間か、まだつかみきれていない。兄妹の父で里長の阿沙羅《あじゃら》は長く病で臥《ふ》せっているとかで、一族の差配は小太郎が取り仕切っているようだった。

いまそこにいたかと思えば、一瞬のちには霞《かすみ》のように姿をくらまし、その動きはつねに神出鬼没であった。だが、妹の加羅にだけは、ともすれば肉親の枠を超えかねないほどの強い愛情をそそいでいるらしい。

むろん、加羅を通じて縁《えにし》を結んだ氏綱にも、影のごとき一族の立場をわきまえた丁重な態度で接している。

ただし、喜怒哀楽の感情をめったにおもてに出さぬ寡黙《かもく》な男であるため、肚《はら》の底がまったく読めず、氏綱が戸惑うことも多々あった。

「まあ、すわれ」

氏綱は自分の前にある円座を目でしめした。

「いや。それがしはこちらで結構でございます」

小太郎が縁側に片膝をついた。

「そうか」

「それよりも、いささか込み入った話がございますれば」

妹の加羅に、小太郎がするどい視線を送った。

席をはずせということであろう。

心得たようにうなずき、加羅が離れから去っていった。

二人きりになってから、

「氏綱さま」

小太郎が氏綱を仰ぐように見た。

「じつはそれがし、関東をめぐり歩き、両上杉の動向を探っておりました」

「両上杉の……」

「はい」

小太郎がうなずいた。

何のために、とはわざわざ聞くまでもなかろう。

長らく敵対していた山内上杉顕定と扇谷上杉朝良は、関東進出を着々とすすめる伊勢早雲に対抗すべく、先年、和睦。このため、早雲は関東攻略をいったん中断し、宗主ともいうべき今川氏親の要請に応じて、遠江、三河方面へ兵を繰り出していた。

だが、早雲は関東への野望を捨て去ったわけではない。

そもそも山内上杉と扇谷上杉は犬猿の仲であり、政治状況の変化によっては、ふたたび仲違《なかたが》いをする可能性があった。

伊勢氏としても、両者の動きにはつねに目を光らせておく必要がある。ことに、関東進出の最前線となる小田原城では、両上杉の動きに敏感にならざるを得なかった。

五

「いまのところ、両上杉氏の関係に目立った変化はござりませぬ。氏綱さまの父上、早雲さまの力をそれだけ恐れているということでございましょう」

風魔小太郎が抑揚のない声で言った。

「やはり、隙は見当たらぬか」

氏綱は眉をひそめた。

「もし、両者を分断することができれば、父上もふたたび関東へ乗り込むことができようものを……。何か、よき手立てはないものか」

父の早雲におのれの実力をみとめさせるためにも、氏綱は、

（手柄を挙げたい……）

と、切望していた。

小太郎が言った。

「差し出たこととは存じますが、それがしにひとつ考えがござります」

「構わぬ。申してみよ」

「公方さまをお使いなされてはいかがでございます」

「公方とは、古河公方のことか」

「いかにも」

小太郎が、がっしりとした顎を引いてうなずいた。

京の足利将軍家より関東へ派遣された公方のうち、堀越公方は早雲の手によって滅ぼされた。しかし、山内上杉家と結びついた古河公方は健在で、下総古河の地にいた。

「それがしの探索では、近ごろ古河公方は山内上杉顕定との仲がしっくりいっておらぬようす。ご自分に何の相談もなく両上杉が手を組んだことも、公方さまはおもしろく思っておられないようです」

「古河公方に揺さぶりをかけ、こちらの陣営に引き入れてしまえというわけか」

「両上杉氏は、さぞ慌てましょうな。疑心暗鬼になり、にわか作りの関係に亀裂が入るやもしれませぬ」

「よき策だ」

氏綱は感心したように、小太郎の巌《いわお》のごとき顔を見た。

「そなたは、風祭の里に埋もれさせておくには惜しい。いっそ家臣として、おれに仕える気はないか」

「お断り申し上げます」

こればかりはきっぱりと、小太郎が言った。

「武士などという窮屈なものは、真っ平ごめんにて。われらのごとき異形《いぎょう》の影は、影として闇に生き、影として死ぬのが定めにございます」

「そういうものか」

「いったん一族の女と契《ちぎ》りを交わした以上、あなたさまは風魔の頭領も同じ。われらは全力を上げ、あなたさまをお支え申すでありましょう」

「ふむ……」

氏綱は、風魔小太郎に両上杉氏の内偵をつづけるよう命じた。

小田原城へもどると、氏綱は小田原衆筆頭の松田《まつだ》盛秀《もりひで》を呼び、古河公方への働きかけの一件を相談した。

氏綱の後見役として重きをなした叔父の弥次郎《やじろう》は、すでに病死している。以来、西相模の松田郷を根拠地とする松田盛秀が、家老として若い氏綱をささえていた。

「古河公方さまに目をおつけになるとは、さすが若殿にございますな」

面長で顎のしゃくれた盛秀が、目をしばたたいた。

目から鼻へ抜けるような才気こそないが、誠実な人柄で、伊勢氏にとっては新参の家臣が多い小田原衆をよく束ねている。連歌の素養もある文化人であり、句会のつながりなどから、西相模のみならず、関東一円の地侍たちのあいだに顔が広かった。

「それがしも、古河公方足利政氏《まさうじ》さまとは、連歌の会で何度か同席させていただいたことがございます」

「ほう。それは、わたりをつけるに好都合だな」

氏綱は身を乗り出した。

「しかしながら、困ったことがひとつございます」

「何だ」

「政氏さまは、争いごとを好まぬ温和なご気性。悪く申せば、ことなかれ主義の性根の定まらぬお方にございます。山内上杉家に不満を抱いておるとはいえ、これと完全に手を切り、われらと同盟を結ぶだけの胆力があるとは思えませぬ」

「それでも、古河公方をこちらの陣営に引き入れねばならぬのだ。何か、妙案はないか」

「さように申されましても」

松田盛秀が首をひねった。

「政氏さまを動かすのは無理にしても、ご嫡男の高基《たかもと》さまならあるいは……」

「古河公方の嫡男か」

「はい」

と、盛秀がうなずいた。

松田盛秀の話によれば、古河公方足利政氏の嫡男高基は、覇気《はき》のない父親に似ず、なかなかの野心家であるという。

今年二十一歳で、氏綱とは年も近い。

山内上杉家に圧倒されて影が薄くなっている父に飽き足らず、

——一日も早く自分が家督を継ぎ、古河公方の権威を取り戻したい。

との希望を持っていた。

だが、父の政氏には跡目をゆずる意思はまったくなく、親子関係は冷え切っているらしい。

「おれが、その足利高基どのに会おう」

氏綱は言った。

「若殿が高基さまにお会いになるのでございますか」

「若い者どうし、直談判《じかだんぱん》して話をつける。それしか、古河公方家に食い込む手はあるまい。即刻、高基どののもとへ使者を送れ」

「承知つかまつりましてございます」

氏綱の命を受け、足利高基との対面に向けて松田盛秀が動きだした。

とはいえ、古河公方家は、堀越公方を倒して関東へ急速に力を伸ばしてきた伊勢氏に強い警戒心を持っている。

そこで、古河公方家側とのつなぎ役として、松田盛秀が目をつけたのが、足利政氏の次男で、高基の弟にあたる義明《よしあき》であった。

足利義明は、いっぷう変わった経歴の持ち主である。

早く出家して、鎌倉の鶴岡八幡宮《つるがおかはちまんぐう》の別当《べっとう》をつとめたが、僧侶暮らしを嫌い、還俗《げんぞく》して諸国武者修行の旅に出た。

出羽《でわ》三山、岩木山《いわきさん》など、武芸にひいでた山伏《やまぶし》たちが多い奥羽の霊場で腕を磨き、見聞を広めていまは関東にもどってきているという。

伊勢氏でも、早雲から惣領《そうりよう》として小田原城をまかされた氏綱の下に、弟たちがいる。すぐ下の弟である新六郎氏時《しんろくろううじとき》は、氏綱と母を同じくし、のちに相模玉縄《たまなわ》城主となる。三弟の八郎氏広《はちろううじひろ》の母は、駿河国の今川家臣葛山《かずらやま》氏の娘で、氏広は生母の実家へ養子に出されており、いずれ葛山の家督を継承することが決まっていた。

末弟が、箱根権現に入った菊寿丸《きくじゆまる》である。

家督を継がぬ一族の弟は、足利義明や菊寿丸のごとく、寺へ入れられて僧侶になるのが戦国の世のならいとなっていた。

十三歳になった、氏綱の弟菊寿丸は、いまのところおとなしく箱根権現で修行の日々を送っているが、足利高基の弟義明は僧堂におさまりきらぬ不羈《ふき》奔放な気性の持ち主なのであろう。

松田盛秀は、連歌の会でつちかった人脈を使って八方手をつくし、足利義明の行方《ゆくえ》を探した。

やがて、

「義明さまは、道了尊《どうりようそん》におられるそうにございます」

と、知らせてくる者があった。

——道了尊
は、小田原の北西二里あまりの山中にある曹洞宗《そうとうしゆう》の禅刹《ぜんさつ》である。

正しくは大雄山最乗寺《だいゆうざんさいじょうじ》といい、相模国出身の了庵慧明禅師《りょうあんえみょうぜんじ》を開山とする。了庵の弟子で、もともと密教行者であった妙覚道了《みょうかく》（道了尊）が諸堂の建立に力を尽くし、死後は天狗《てんぐ》となって寺を守護しているという言い伝えから、最乗寺も寺運興隆の功労者に敬意を表して、道了尊と呼びならわされるようになった。曹洞宗では、密教の呪術を取り入れて布教活動をおこなったという歴史があるため、禅宗と密教の伝説が混然一体となったものであろう。

天狗ではないが、山内には杖術《じょうじゅつ》や体術にたけた山伏が多い。足利義明も、そうした者をたずねて道了尊に滞在しているものと思われる。

「そうか。わが膝元の道了尊にいたとは、意外であったな」

松田盛秀から報告を聞いた氏綱は、膝をたたいた。

守護不入の霊場とはいえ、道了尊は伊勢氏の領内にある。

氏綱は供の者二十人あまりを従え、馬に乗って道了尊へ向かった。

六

季節は晩秋である。気候温暖な相模の国の山々も、山頂から裾野へ向かって、紅に黄に色づきだしている。

三門《さんもん》の前で馬を下り、あとは杉木立のなかの石段を徒歩でのぼった。

三町ほど行くと、目の前に瑠璃門《るりもん》があらわれた。その門の向こうに、本堂、金剛水堂《こんごうすいどう》、御真殿《ごしんでん》などが聳《そび》え立っている。

あたりは楓《かえで》の大木が多く、澄んだ秋の日差しを浴びて、あかあかと火が燃え立つようにあざやかである。

本堂の前で、白い裹頭頭巾《かとうずきん》を着けた寺の僧兵たちが氏綱を出迎えた。

「伊勢氏綱さまか」

「いかにも」

「お待ち申しておりました」

「義明どのはいずれにおられる」

「奥ノ院におわす」

「奥ノ院か」

氏綱は本堂の裏山に目をやった。ここから、さらに山をのぼったところに道了尊の奥ノ院がある。

「まいるぞ」

氏綱が供の者たちとともに先へすすもうとしたとき、

「お待ちあれ」

僧兵の頭《かしら》とおぼしき肩幅の広い男が、両手を広げて一行の行く手に立ちはだかった。

「これより先は、わが寺の聖地中の聖地にござる。ご家来衆は立ち入りをご遠慮下されたし」

「若殿お一人で奥ノ院へまいれということか」

血の気の多い近習《きんじゅ》の一人が色をなした。

「いかにも。腰刀も、こちらに置いてまいられよ」

「若殿の御身に危険がおよぶやも知れぬ。さようなことができるか」

近習が僧兵に食ってかかった。

「定めにござりますれば」

「何をッ……」

「よい」

熱くなる近習を、氏綱は手で制した。

「定めとあらば、わし一人でゆく」

「さりながら」

「そなたたちは、ここで待っておれ」

家臣たちに命じると、氏綱は腰刀を鞘《さや》ごと抜いて僧兵に渡し、単身、奥ノ院への昼なお暗い道を歩きだした。

厚く積もった落ち葉の上に、木漏れ日が落ちている。時おり鳥の声がする以外は、何の物音も聞こえなかった。

霊場独特の、玄妙な雰囲気が氏綱の肩を霧のようにつつむ。石段は深く苔《こけ》むして、くるぶしまで埋もれそうであった。

三百段ほどの急な石段が、木立のなかをまっすぐにつづいている。のぼっているうちに若い氏綱もさすがに息切れがし、額にうっすらと汗をかいてきた。

ようやく石段をのぼりきり、一息入れようと足を止めたときである。

頭上に影が差した。

(何だ……)

と、思う間もなく、かたわらに枝を伸ばす老杉の樹上から、何者かが、

「きえーッ!」

奇声もろとも、杖《じょう》を振りかざして舞い下りてきた。

氏綱は横へ転がり、かろうじて一撃を避けた。

白木の杖の先が、

――戞《かつ》ッ

と地面をたたき、くるりと弧をえがいて反転する。

(天狗か)

氏綱は我が目を疑った。

朱色の高下駄を履き、柿色の衣をまとった若い男だった。髪は総髪で、首からいらたか念珠を下げている。

目が細く吊《つ》り上がり、鼻梁《びりよう》が高くひいでていた。

その者が、氏綱を見下ろしてニヤリと笑った。

「行くぞ」

男が手にした四尺あまりの杖の先が、生き物のようにひるがえった。

身を起こした氏綱めがけ、男が激しく打ちかかってくる。

氏綱は武士の子の習いとしてひととおりの武術は身につけているが、相手の気迫は鬼気せまるものがある。必死に杖の先をかわし、攻撃をやり過ごすのがやっとだった。

「近ごろ関東で猛虎と恐れられている伊勢早雲の息子は、この程度のものか」

男が嘲笑した。

「それがしを愚弄するか」

氏綱はカッとした。

「得物を取れ。相手になってやる」

男が背中に紐《ひも》でくくりつけていたもう一本の杖をはずし、氏綱に投げつけた。

「きさまは……」

片手を杖に伸ばしながら、氏綱は男を睨《にら》んだ。

「古河公方家のはぐれ者の次男、足利義明よ」

声とともに、天狗のごとき男——足利義明が杖を大きく振り上げた。

——ぐわっ
と、目にもとまらぬ速さで振り下ろされた杖を、氏綱はおのが杖で受け止めた。そのまま力と力、いずれもゆずらぬ鍔《つば》迫《ぜ》り合いとなる。

「貴殿が義明どのか」

杖を間にはさんで、氏綱は相手に問うた。

「そうじゃ」

「それがしは貴殿と腕比べをしに来たわけではない。一対一で、肚を割って話がしたいだけだ」

「そうやってうまいことを言い、敵の寝首を掻《か》くのが早雲流の兵法《ひょうほう》であろう」

「おれと父上は違うッ」

氏綱は、渾身《こんしん》の力を込めて相手の圧迫を押し返した。

足利義明が、杖を引いて後ろへ跳びすさる。

「氏綱とやら」

義明が言った。

「おぬしと早雲は、どこがどう違うのだ。申してみよ」

「おれは父を超えたいと思っている」

「早雲を……」

「そのために何ができるのか、いまは手探りで道を探している。義明どのの武者修行と同じよ」

氏綱が言ったとき、

「隙ありッ！」

足利義明が高下駄で地を蹴った。軽々と宙を飛び、裂帛《れっぱく》の気合を込めて杖を振り下ろしてくる。

その刹那《せつな》──。

氏綱の杖が手から投げ放たれた。一直線に飛んだ杖は、義明の顔面を襲う。すんでのところで杖をたたき落としたものの、義明は体勢を崩し、もんどりうって地面へ転がった。

氏綱は石段上に落ちた杖を素早く拾い上げ、ダッと踏み込んで、相手の喉元に杖の先を突きつけた。

「やるな、おぬし」

「義明どのも」

氏綱は肩で大きく息をしている。

「よかろう。話だけは聞いてやる」

不敵に笑い、足利義明が柿色の衣についた泥をはらって立ち上がった。

七

道了尊奥ノ院の本堂で、氏綱は足利義明に古河公方と伊勢氏の同盟話を打ち明けた。

「なるほど。両上杉を出し抜くために、われらと手を組もうとは、早雲も考えたものだな」

暗い御堂のなかで、義明がするどく目を光らせた。

「これはわが父早雲の考えではない。それがしの策だ」

「おぬしの……」

「そうだ」

氏綱はうなずき、

「貴殿の兄の足利高基さま、それがし、そして貴殿という若手のあいだで、古いしがらみに縛られた関東の因習を崩すために同盟を組みたい」

「おもしろきことを言うやつだ」

義明が笑った。

武門の名流足利家の血を引くとはいえ、僧堂の暮らしに耐えられず、諸国流浪の旅に出たというだけあって、義明は新奇なことを好む気性であるらしい。

少し吊り上がり気味のよく光る眼《め》の奥に、型破りな言動とはうらはらな、知的な輝きがひそんでいる。

「わしも、やれ山内上杉だ、やれ扇谷上杉だと騒ぎ立てる、つまらぬ小競り合いにはうんざりしていた。それは、わが兄高基も同じであろう」

「されば」

「わしから兄上に話してみよう。両上杉家は、本来、足利公方家の臣下筋でありながら、あるじをないがしろにして、さんざん好き放題にやってきた。あの者どもに、吠《ほ》え面かかせてやるのも一興だ。ただし……」

と、義明が眉をひそめた。

「古河公方であるわれらが父は、両上杉家を恐れ、何かにつけて遠慮しておる。おそらく、われらがおぬしと足並みを揃《そろ》えることにも反対するであろう。そうした弱腰の父に、兄上もわしも、強い不満を抱いておるのだ」

「難物は、古河公方さまにござるな」

氏綱は言った。

「しかし、公方たる者が臣下の顔色をうかがっている時期は、そろそろ終わりにせねばならぬ。たとえ父と子が対立することになったとしてもな」

「……………」

「この話、わしの一存にて承知した」

足利義明が歯切れよく言った。

「ご英断、感謝いたしまする」

氏綱は深々と頭を下げた。

「それにしても、皮肉なものよのう。堀越公方を血祭りに上げた伊勢早雲の息子とわれらが手を組もうとは」

「これも乱世にござれば」

「まこと、一寸先、何が起こるかわからぬのが乱世じゃ。おぬしはわれらを利用するつもりであろうが、生き残るのは力のある者。最後は誰が笑うかはわからぬが、たがいにおのが目的を果たすまでは、せいぜい手をたずさえてうまくやってまいろうぞ」

足利義明と氏綱のあいだで、連携の話し合いはまとまった。

下総古河へもどった義明は、さっそく兄の高基に氏綱からの提案を伝え、高基もこれに同調した。

しかし、かねての予想どおり、二人の父である古河公方足利政氏は、話に難色をしめした。

「血に飢えた猛虎と噂の伊勢早雲などと、同盟できるものか。そのほうどもは騙《だま》されておるのだ。この話が両上杉家に聞こえたら、何とするつもりじゃ」

政氏は怯《おび》えた。

「あるじをあるじとも思わぬ両上杉家の増上慢《ぞうじょうまん》ぶり、目にあまるものがございます。彼らを恐れて何となさいます。ここは新興の伊勢氏と結び、両上杉家を倒して、古河公方の権威を関八州に知らしめねばなりませぬ」

足利高基は父を説得した。

「兄上の申されるとおりじゃ」

と、弟義明も横から言葉をそえた。

「そのようなことだから、わが古河公方家は時流に乗り遅れ、衰退の一途をたどっているのではござらぬか」

「待て、待て。そのほうどもは、まだ若い。ことを急《せ》いてはなるまいぞ」

政氏は息子たちをなだめた。

「伊勢早雲は野心家じゃ。あるいは両上杉家よりも、はるかに恐ろしい敵であるやもしれぬ。たとえ軽んじられておっても、形ばかりは両上杉家に担がれていたほうが、まだましというものではないか」

「野心家なればこそ、使いようで、古河公方家の権威を取りもどすための大きな力となるのです」

高基は主張した。

「このまま乱世の渦のなかで、うたかたのごとく消えてしまってもよろしいのでございますか」

「む……」

「父上ッ。父上がお立ちにならぬのなら、われらが勝手に話をすすめ、伊勢氏と手を結びますぞ」

義明も、父に強く迫った。

しかし、古河公方政氏の態度は、どこまでも煮え切らなかった。

そうこうするうちに歳月が流れ、永正七年（一五一〇）になった。

この年、山内上杉家に大きな事件が起きている。

第六章　三浦攻め

一

山内上杉家の当主顕定には、ひとつの趣味があった。
唐《から》の国から取り寄せた白毛の猿を愛玩し、これに芸などを仕込んで、妻妾、重臣らとともに眺めることを何よりの娯しみとしていたのである。
猿の世話をする小者を何人も雇い、
白雪《しらゆき》
吹雪《ふぶき》
越後《えちご》
と名づけた三匹を、さながらわが子のように可愛《かわい》がった。
白雪、吹雪はそれぞれ毛の白さにちなんでおり、越後も雪の多い北国にその名をなぞらえている。

「おお、越後。みごとに綱渡りしおるわ。このさま、越後国で死んだわが弟、房能《ふさよし》にも見せたかったのう」

ことに気に入りの毛並みの美しい猿の芸に喝采を送りながらも、ふと顕定は目もとに涙をにじませた。

山内上杉顕定は、そもそも越後上杉家の出身である。

さきの関東管領《かんれい》上杉房顕《ふさあき》が後継ぎのないまま陣中で没したため、越後上杉家から迎えられて、上野国平井《こうずけのくにひらい》城を拠点とする山内上杉家の当主となった。実家のほうは弟房能が継ぎ、越後国の守護となっていた。

ところが、永正三年（一五〇六）、越後守護代の長尾為景《ながおためかげ》が守護の房能に叛旗《はんき》をひるがえし、房能の養子定実《さだざね》を擁してこれと対立するようになった。野心家の家臣が主君に牙を剝《む》く――まさしく下克上である。

翌永正四年、房能は長尾為景勢の圧迫を受け、兄の山内上杉顕定を頼って関東へ逃れようとするところを、途中、敵の追撃を受け、天水《あまみず》峠で自刃《じじん》して果てた。

この一件以来、山内上杉顕定の胸には、

（いずれ、房能の無念を晴らしてくれよう……）

と、越後守護代長尾為景への復讐心《ふくしゅうしん》が燃えていた。

その顕定の宿願を果たす機会がおとずれたのは、弟房能の死から二年後の、永正六年七月のことである。

上越国境の三国《みくに》峠を越え、越後国内へ軍勢をすすめた顕定は、長尾為景に擁立されて越後守護となった上杉定実の立て籠もる越後府中《ふちゅう》の屋形を攻めた。

これに対し、上杉定実と長尾為景は連携して必死の防戦につとめるが、関東勢や越後魚沼《うおぬま》郡の地侍たちを従える山内上杉勢の前に惨敗し、隣国越中《えっちゅう》へと逃れた。

越後府中を押さえた山内上杉顕定は、定実、長尾為景に代わって越後一国の支配をはじめた。

しかし――。

越後上杉家の出身とはいえ、山内上杉を継いで関東管領となった顕定には、土地の地侍たちに対して、

(この田舎者どもめが……)

という思い上がりがある。

しぜん、その意識が高圧的な態度となって統治にあらわれ、これが越後国人《こくじん》たちの激しい反発をかった。

その内政の揺らぎを待っていたかのように、翌永正七年、失地回復を狙った長尾為景が反撃に打って出た。

さきの戦いとは違い、今度は多くの越後国人が長尾為景側についている。

山内上杉顕定は、越後からの撤退を余儀なくされ、関東へもどるべく、上越国境をめざした。

だが、魚沼郡の長森原《ながもりはら》で、長尾為景と結ぶ信濃《しなの》の武将高梨政盛《たかなしまさもり》の攻撃を受け、自刃して果てたのである。ようやく梅雨《つゆ》があけた、六月二十日のことであった。

——関東管領山内上杉顕定死す
の報は、越後一国のみならず、関東全域に大きな波紋を投げかけた。

関東でのさらなる勢力拡大をめざす伊勢早雲、氏綱父子も、むろんこの一報に無関心であるはずがない。

「ようやく、機が熟してまいったようじゃのう」

伊豆の韮山から相州小田原城へ出てきた早雲は、梅の種を奥歯でガリリと嚙みながら言った。

このころ、小田原城下の武家屋敷や民家の庭には、梅の木が多く植えられるようになっている。

梅の植林を城主の氏綱にすすめたのは、伊勢氏の経済顧問の陳外郎定治である。

「梅干しは、喉の渇きをいやし、かつ毒消しとなり、心身の疲労を回復させまする。これを陣中に携行すれば、将兵はいかなる長陣にも耐えられましょう」

この献言に従い、氏綱は梅の木を植えることを城下の者たちに奨励した。のち、梅干しは小田原の名物となるが、その基となったのが、早雲、氏綱父子による梅植林の施策だったのである。

「亡き管領顕定さまの跡目は、養子の憲房《のりふさ》が継いだとのこと。さりながら、顕定さまの死によって、山内上杉家は目に見えて弱体化しております。これこそ、父上が長いこと首を長くしてお待ちになっておられた、われらが巻き返しの好機かと」

氏綱が言った。

早雲は、

「ふん」

と鼻を鳴らし、奥歯で嚙みくだいた梅の種の殻を懐紙にくるんだ。

梅干しの効能かどうか、早雲は五十五歳になったいまでも心身壮健で、男盛りの精気がその五体に満ちている。山内、扇谷《おうぎがやつ》、両上杉が結んだことで、いったん頓挫しかけた関東進出の野望も、けっしてあきらめたわけではない。

ただし、ここしばらくは関東での軍事行動を自粛し、同盟者である今川氏親の加勢に専念して東海地方に兵を向けてきた。

早雲の協力もあって、今川氏親は隣国の遠江を統一。本領の駿河とあわせ二カ国の太守となって、三河の松平氏への圧迫を強めつつある。

また、甲斐国では早雲と争ってきた守護の武田信縄《のぶつな》が死去し、その子の信虎《のぶとら》が家督を継いでいる。

今川氏とその周辺をめぐる情勢は落ち着きをみせており、早雲が再び関東へ乗り出す条件はととのったと言っていい。

じっさい、早雲は前年の八月から、扇谷上杉家の重臣で相模国衆の有力者である三浦道寸《どうすん》と戦端をひらいている。

「そういえば、古河公方政氏の嫡子高基が、先日、父に対して叛旗をひるがえしたそうだな」

白木の三方《さんぼう》の上の土器《かわらけ》に山と盛られた梅干しに、早雲はふたたび手を伸ばした。

「さようにございます」

氏綱がうなずいた。

「仕掛けたのはそなたか、氏綱」

「高基の弟義明を通じ、働きかけをおこなってまいりました。なかなか思いきれなかったようですが、ようやく父の古河公方と袂《たもと》を分かってくれました」

「そなたも、さような寝技ができるようになったか」

早雲が、ギロリと息子を睨んだ。

「父上にご相談もせず、出過ぎたことをいたしましたか」

「いや。出過ぎるようでなくては、このわしの跡目はつとまるまい」

「は……」

「して、高基はいまいずれに」

「下総関宿《しもうさせきやど》におります古河公方家の重臣、簗田《やなだ》高助《たかすけ》のもとへ走っております」

「上々の首尾じゃ。そなたはせいぜい、高基とその弟を支援せよ」

「父上は？」

「わしにはわしの考えがある」

梅干しの酸っぱさにかるく眉をひそめ、早雲はむくむくと入道雲が湧きだした相模の空を睨んだ。

二

関東での勢力拡大のため、早雲が目をつけたのは、
――上田政盛《まさもり》
なる人物であった。
上田政盛は、早雲と敵対する両上杉氏のひとつ、扇谷上杉家の重臣である。

武蔵国橘樹郡《むさしのくにたちばな》の権現山《ごんげんやま》城を居城とし、相模と武蔵の国境あたりに勢力を伸ばしている。今日の横浜から川崎一帯が、その支配下にある。

事前の内偵では、政盛は扇谷上杉家の当主朝良に強い不満を持っており、

（調略しだいで、こちらに寝返るであろう……）

早雲はそう睨んでいた。

密使をつかわし、

「わが方につけば、武蔵国は貴殿の切り取り放題としよう」

と誘いをかけたところ、案の定、この餌に食らいついてきた。

そのうえで早雲は、上田政盛があるじを裏切り伊勢氏側に寝返ったとの情報を、扇谷上杉朝良のいる河越《かわごえ》城の周辺に流させた。扇谷上杉方を慌てさせ、混乱に陥れるためである。

「おのれ、政盛めがッ。これまで引き立ててやった恩を忘れおったかッ！」

朝良は色白の顔を真っ赤にして怒り、すぐさま上野平井城の山内上杉憲房にも急使をもってこれを知らせた。

かつて烈《はげ》しくいがみ合っていた両上杉家だが、伊勢早雲の脅威に対抗するということでは完全に意見が一致している。

「このままでは、早雲にふたたび関東の地を食い荒らされる。その前に、上田政盛を討

ち取ることが肝要」

先手を打って上田政盛を抹殺することを決めた山内上杉、扇谷上杉の両当主は、成田《なりた》、藤田《ふじた》、大石《おおいし》、渋江《しぶえ》、矢野《やの》ら、関東全域の地侍たちを糾合。

あわせて二万の大軍を編制し、権現山城へ攻め寄せた。

権現山城は、現在の横浜市神奈川区に位置している。すぐそばを鎌倉街道下《しも》ノ道（のちの東海道）が通っており、また海上交通の要衝神奈川湊を扼《やく》する地でもあった。

急峻な断崖の上に築かれた城は、本曲輪《ほんくるわ》、二ノ曲輪、三ノ曲輪のほか、月見曲輪や馬場などがつらなる要害である。

用意周到な早雲は、事前に少なからぬ矢銭《やせん》を上田政盛に渡し、

「この金をつぎ込んで、空堀《からぼり》を深くし、新たに土塀を高々と築いて、さらに防御を固められよ」

と、両上杉軍の来襲に備えさせていた。

しかし、城に籠もる上田勢はわずかに二千。二万の両上杉連合軍を向こうにまわしては、さすがに分が悪い。

空堀を渡り、土塁に取りついて城内に侵入しようとする敵兵に、崖の上から大石を投げ落とし、煮えたぎった湯を浴びせかけ、矢を放って必死の防戦につとめるが、両上杉勢が数にものを言わせて次々と新手を繰り出してくるため、追い払っても追い払っても

きりがない。

城方に負傷者が続出し、矢もそろそろ底を尽きかけてきた。

ことここに及び、城主の上田政盛は、

「早急に、後詰《ごづめ》の兵を遣わされたし」

と、韮山の早雲に対して救援を要請した。

「政盛を救わねばならぬ。急ぎ、出陣準備をととのえよ」

笠雲《かさぐも》のかかった富士の嶺《みね》を睨みつつ、早雲は一の重臣の大道寺《だいどうじ》重時《しげとき》に命を下した。

「加勢にまいられまするか」

重時が鼻のわきをこすった。

「権現山城を囲んでおるのは、二万の大軍でございますぞ」

「存じておる」

「それに対し、われらが駆り集められる軍勢は、小田原の氏綱さまの兵をあわせても、せいぜい八千にござります。敵は勢い盛んなれば、旦那が後詰に駆けつけたとしても、権現山城を救うことはかないますまい」

「だから、どうだと言うのだ」

早雲は富士を見上げたまま言った。

「無駄足を踏むだけ、ご損ではあるまいかと」

「ばかめ。いくさは損得勘定だけでするものではない」

「と、申されますと？」

「ときに、無駄だとわかっていても動かねばならぬときがある。負けるためのいくさというのも必要なのだ」

「負けるためのいくさ……」

大道寺重時が怪訝《けげん》そうな顔をした。

早雲の東国への下向以来、長きにわたって側近《そば》く仕えているが、いまだにこの切れ者のあるじの発想には、ついていけぬところがある。

「そう、最初から負けがわかっているいくさだ。だが、そのことが、次の一手への大事な布石となる」

「わかりませぬな」

「よいか」

と、早雲は重時を振り返った。

「もし上田政盛の求めを断り、わしが権現山城へ後詰に行かなんだら、それを見ている関東の諸将は何と思う」

「は……」

「伊勢早雲という男は、頼りにならぬ。同盟者が窮地に陥っても、なにもせずに見殺しにする。そのような者と手を組みたいと思う者は、誰もおるまい」

「なるほど」

「逆に、負けいくさとわかっていても救援に駆けつければ、早雲は困ったときに必ず来てくれる。頼み甲斐《がい》のある大将だという印象を、関東の者どもに強く植えつけることができよう」

「それが、旦那《だんな》が仰せの負けるためのいくさ……」

「得心したか」

「恐れ入りましてございます」

「わかったら、遠征の支度に取りかかれ」

早雲がふたたび見上げた富士の笠雲が、風に吹かれて東へ流されはじめている。

三

伊豆韮山を進発した伊勢早雲の軍勢は、途中、相州小田原で息子氏綱の手勢と合流し、上田政盛の籠もる権現山城へと向かった。

だが、城を囲む二万の山内上杉、扇谷上杉の連合軍が相手では、うかつに手を出すことができない。城内に兵糧《ひょうろう》を入れようにも、敵に行く手をはばまれ、城に近づくことすら難しかった。

「のこのこ伊豆から出て来おったが、あれでは子供の使いにもならぬではないか」

両上杉方の将兵たちは、無策の早雲を嘲笑《あざわら》った。

早雲は無理に仕掛けていたずらに兵力を消耗することなく、使者を送って両上杉方との講和交渉をはじめた。

条件は、上田政盛以下の城兵すべての助命と引き換えに、権現山城を明け渡すことである。

「悪くない話じゃ」

「まことに」

遠征が長期にわたり、矢銭が嵩《かさ》むことを嫌った山内上杉憲房、扇谷上杉朝良は、早雲の申し出を一も二もなく承諾した。

これにより、権現山城は開城し、形のうえで早雲は両上杉の前に屈したことになる。

「わしの力が至らなんだ。苦しい戦いによくぞ耐えてくれたな」

城から出てきた上田政盛の手を取り、早雲はその労苦を手厚くねぎらった。

「そなたと一族郎党は、このわしが末代まで面倒をみる。氏綱にもよくよく言い含めておくゆえ、安心せよ」

「もったいなきお言葉にございます。早雲どのが身の危険をかえりみず、みずからご出馬下されただけで、それがしは……」

上田政盛がはらはらと落涙した。

「わが一族、この先何があろうと、早雲どのとご子孫に、命をかけて恩返しをいたすとお誓い申す」

「その心だけで十分よ」

早雲はうむうむと、何度も深くうなずいた。のち、上田政盛とその末裔は、伊勢（北条）氏に属し、その家臣として関東平定戦の一翼を担っていくことになる。

権現山城は失ったが、早雲の東相模進出の野望はまだはじまったばかりである。

早雲が次なる目標に定めたのは、上田政盛と同じ扇谷上杉家の重臣で相模守護代をつとめる、

――三浦道寸
であった。

三浦氏は、かつて鎌倉幕府の草創期、執権北条氏に伍《ご》すほどの力を有した御家人で、武門の名家である。

三浦半島を本貫《ほんがん》の地とする三浦氏の勢力範囲は、相模の中央部の大住《おおすみ》郡にまで広がり、現在の平塚市の北郊に位置する岡崎《おかざき》城を拠点にしていた。

「いよいよ三浦と、本格的に対決するのですか」

小田原城に引き揚げてきた早雲に、嫡子氏綱が言った。

早雲は表情を変えずに、

「両上杉とまともにやり合っても、われらには、まだ勝目はない。関東における両上杉の権威は、それほど高い」

と、つぶやくように言った。

「そのこと、こたびの戦いでそれがしも骨身に沁《し》み入りましてございます」

氏綱がうなずいた。

「敵の勢い盛んなるときは、真正面からやり合ってはならぬ。兵法の基本じゃ」

「はい」

「両上杉の拠《よ》って立つ土台を少しずつ崩していき、足元をぐらつかせてからでのうては勝負になるまい」

「その土台のひとつが、相模守護代の三浦であると」

「三浦を倒せば、西相模とあわせ、東相模もわれらの版図《はんと》に入る。当面の目標は、相模一国の平定じゃ」

「お考えのほど、腹に落ちましてございます」

氏綱は顔を引きしめた。

このところ、氏綱は早雲によく似てきた。

たんなる風貌や仕草の問題ではなく、その怜悧《れいり》な戦略家としての物の考え方がである。古河公方家の分断を画策し、みずからの手で成功させたことにより、氏綱は父早雲とともに関東進出への道を切り拓《ひら》いていく自信をつけた。

以前より態度に重みが増し、めったなことでは感情をおもてにあらわさないようになっている。

「されど三浦道寸とて、関東にその人ありと知られたつわもの。新井《あらい》城主の三浦時高《ときたか》、高教《たかのり》父子との内部抗争を勝ち抜いて、三浦家の当主となり、守護代の座を実力でつかみ取ったほどの人物です。たやすく降《くだ》せるとも思えませぬが」

氏綱が、目を細めるようにして上座の父を見た。

「さきの権現山城の補修のさい、父上が岡崎城攻めにそなえて、それがしに築かせた住《すみ》吉砦《よしとりで》、高麗山《こまやま》砦も、いくさの混乱にまぎれて三浦道寸の軍勢に奪われました。ばかりか、道寸はこの小田原城下にまで侵入して、町家に火を付けてまわりました。幸い、留守居の者どもが撃退したため、大事には至りませなんだが、道寸を甘く見てはなりますまい」

「わかっておるわ」

早雲は少し鼻を鳴らして、考えるように腕組みをした。

「まずは手はじめに、奪われた住吉、高麗山の両砦を取りもどさねばなりませぬな。金《かな》目《め》川西岸の両砦は、岡崎城攻めの足がかりとして、何としても押さえておかねばならぬ拠点……」

氏綱が父早雲の前に相模周辺の指図《さしず》（地図）をひらいたとき、いきなり杉戸がからりと開いた。

「おお父上、兄者。こちらにおられたか」

よく通る声とともに、長身の若者が部屋に入ってきた。

「長綱《ちょうこう》、父上の御前であるぞ。控えよ」

氏綱が眉をひそめ、叱責するように言った。

「堅いことを申されるな、兄者。わしは、こちらへもどったばかりじゃ。父上に近江《おうみ》名物の鮒鮨《ふなずし》を差し上げたいと、わざわざ箱根権現から出てまいったのだ」

長綱と呼ばれた若者が、早雲の前に恐れげもなくどっかとあぐらをかいてすわった。

「無礼であるぞ、長綱」

「よいわ」

と、早雲が片手を上げて氏綱を制した。

「菊寿丸……。いや、いまは得度して長綱と名乗りをあらためたか。久しく見ぬ間に、立派に成人したものよのう」

「恐れ入りましてございます、父上」

色白く、鼻筋通り、女にも劣らぬ美麗な顔立ちをした若者が、あおあおと剃《そ》り上げた頭を下げた。

先ごろ近江三井寺《みいでら》での仏道修行を終えて箱根権現社へもどったばかりの早雲の末子、菊寿丸――あらため長綱であった。

四

長綱すなわち、のちの、

――北条幻庵《げんあん》
である。

早雲以後、五代にわたってつづく北条氏の栄枯盛衰をあますところなく見届け、歴代当主を陰でささえた参謀役にほかならない。そればかりでなく、幻庵は和歌、連歌、茶の湯、作庭、鞍《くら》作りと、諸芸に通じ、一節切《ひとよぎり》なる尺八の一種を考案して、みずから作曲もおこなった一流の文化人でもあった。

だが、その幻庵も、このときはまだ十八歳。不敵で自信満々の面構えをした若造に過ぎない。

「長綱、父上と政治向きの大事な話をしておったところじゃ。さしたる用がなければ、席をはずすがよい」

兄の氏綱が言った。

子供のころは、いつも氏綱のあとに付いてまわり、転んだり怪我《けが》をしたりしては泣きべそをかいていた長綱だが、三井寺へ修行に出てから人が変わったように奔放で自由闊達《かったつ》な性格になっている。向こうではよく寺を抜け出し、京の都へ繰り出しては、よからぬ場所で遊びまわっていたという噂も氏綱の耳には届いていた。

氏綱はそうした弟をやや苦々しく思っているが、父の早雲はそうではないらしい。早雲は、堅物の氏綱とは対照的に、どこか弾《はじ》けたところのある末子を可愛がり、上方での芳しくない風聞も、

「若いうちに、さまざま経験するのはよいことだ」

と、いっこうに気にかけるふうはない。

この日も、

「席をはずす必要はないわ。呼んだのは、このわしじゃ」

早雲は機嫌よく言った。

「長綱を呼び出されたのは、父上でございましたか」

氏綱が意外そうな目をした。

「いかにも」

「それがしは、何も聞いておりませなんだが」

「ならば、いまこの場でそなたも聞いておくがよい。わしは、長綱を箱根権現の別当の座に据えることにした」

「箱根権現の別当に……」

「そうじゃ」

早雲は氏綱にうなずいてみせると、長綱のほうにあらためて向き直った。

「そなたは箱根権現の別当として、仏の道に生きよ。三井寺へ修行に出したのは、そのためだ」

「父上」

長綱があぐらをかいた足を組み直した。

「それがし、近江へまいって、ひとつわかったことがございます」

「ほう、何だ」

「おのれは僧侶には向いておらぬということにござります」

「長綱」

と、氏綱が咎《とが》めるように弟を睨んだ。

「そなた、父上の前でいきなり何を言い出すのだ」

「いや、言わせて下さい、兄上」

長綱が不敵な光を溜《た》めた目で、父早雲を見つめた。

「それがしは抹香《まっこう》臭い寺のなかで読経《どきょう》しておるよりも、花鳥風月を愛《め》で、和歌など詠み散らし、歌舞音曲に親しんでいるほうが性に合っております。仏の道に生きるなど、もってのほか。姿は法体《ほったい》になっておりますが、身のうちは頭のてっぺんから足の先まで、どっぷりと俗世のアカにまみれておりまする」

「そなたの言いたいことはよくわかった」

さほど驚いたようすも見せず、早雲は言った。

「わしは何も、そなたに僧侶になれと申しているのではない。箱根権現の別当になれと言ったまで」

「それゆえ、僧侶は嫌だと」

「聞け」

底響きのする早雲の声の迫力に、不貞腐《ふてくさ》れた表情をしていた長綱も思わず背筋を伸ばした。

「そなたも関東制覇をめざすこのわしの血を受け継いでいるからには、ただの世捨て人になってはならぬ」

「どういうことです」

「そなたも知っておろうが、箱根権現の者どもは、たんなる坊主ではない。多くの山伏が寄宿し、僧兵どもを抱える一大武装勢力でもある。すなわち半僧半俗、聖と俗のあわいに成り立っている存在にほかならぬ。そなたが別当として彼らの頂点に立ち、これを押さえることは、わが一族にとってゆくゆく大きな力となるであろう」

「父上……」

長綱が、目が覚めたような顔をした。

「姿は僧侶、心は俗人でよい」

早雲は言った。

「むしろ俗から逃れられぬそなたのような者であるからこそ、半僧半俗の箱根権現を支配し、あやつることができるとわしは踏んでおる」

「父上……」

「いくさは、正面切って敵と刃《やいば》を交えるだけではない。聖と俗のあわいにいて、そこから兄を援《たす》けよ」

「よいな、長綱」

早雲はギロリと目を剝き、二人の息子を代わるがわる見つめた。

「何やらおもしろそうですな。父上のお与えになった役目は、詩歌管弦よりも血を沸き立たせるもののようにございます」

長綱が笑った。

「氏綱はどうじゃ」

「父上の仰せとあらば、それがしに異存はございませぬ」

「ならば話は決まった。されば、酒でも酌《く》み交わしながら、ゆるりと三浦攻めの手筈《てはず》で

も話し合うとしようぞ」

早雲の心は、すでに次なる戦いへと向かっている。

五

伊勢早雲、氏綱父子が、三浦道寸の拠る岡崎城に攻撃を仕掛けたのは、永正九年（一五一二）八月のことである。

これに先立ち、早雲、氏綱父子は、三浦方に奪われていた住吉、高麗山の両砦を奪還。金目川を越え、六千の軍勢をもって岡崎城へ攻め寄せた。

岡崎城は、現在の神奈川県平塚市から伊勢原市にまたがる丘陵に築かれた平山城《ひらやまじろ》である。

城の由緒は古く、鎌倉幕府初代将軍源頼朝の功臣であった三浦大介義明《おおすけよしあき》の弟岡崎四郎《しろう》義実《よしざね》が、丘陵のふもとに居館を築いたのにはじまる。その後、城郭として整備され、

本曲輪

二ノ曲輪
三ノ曲輪
南曲輪
のほか、周辺に五、六の出丸《でまる》がつらなる堅固な要害となった。城の三方は切り立った断崖に囲まれており、唯一ひらけた北側も深い空堀が二重に掘られている。しかも、まわりは深田や湿地で取り巻かれていて、攻め難いことこのうえない。

三浦道寸は、三浦半島にある本拠の新井城を息子の義意《よしおき》にまかせ、早雲と対抗すべく四千の兵とともに岡崎城に籠もっていた。

岡崎城を包囲した早雲、氏綱の軍勢は、付近の農家から徴集した戸板を湿地に敷き並べ、城へ迫った。

しかし、三浦方は櫓《やぐら》の上から矢を放ち、石つぶてを雨あられと浴びせ、伊勢勢を容易に寄せつけない。

早雲が岡崎城を囲んでから、またたくまに十日が経《た》った。

この間、伊勢勢は小さな出丸ひとつを陥《おと》しただけで、目立った戦果を上げることができずにいる。

「さすが屈強をもってなる三浦道寸じゃ。そう易々《やすやす》とは屈せぬな」

墨染《すみぞめ》の法衣《ほうえ》の上に黒革威《おどし》の具足をまとった早雲は、丘の上に揺るぎないたたずまいで聳《そび》える岡崎城を睨んだ。

「敵は城内に十分な兵糧と武器をたくわえているようす。このままでは、いたずらに味方が消耗していくだけです」

氏綱が顔に焦りの色を濃くして言った。

「ここはいったん、兵を退《ひ》かれるべきでは……」

「それはならぬ。三浦は何としても、ここでたたいておかねば」

「しかし、父上」

「いや、待て」

話しているうちに、ふと思いついたことがあり、早雲は憮然としていた表情をにわかに一変させた。

「兵を退けか」

早雲は考えをめぐらすように、ゆっくりと顎を撫《な》でた。

「そなたの申すとおり、たしかに一度、退いてみるのが良策であるかもしれぬ」

「どうなされたのです、父上」

父の豹変《ひょうへん》ぶりに、氏綱は戸惑いを隠しきれない。

「孫子《そんし》も言うておる。兵は詭道《きどう》なりじゃ。ここはひとつ、敵に罠《わな》を仕掛けてみようではないか」

息子の肩をかるくたたき、早雲は含み笑いを浮かべた。

八月十二日夜半――。

岡崎城を包囲していた伊勢氏の軍勢は、突如、撤退をはじめた。

その報は、ただちに岡崎城内の本曲輪にいた三浦道寸のもとへもたらされた。

「何ッ、早雲めが撤退をはじめたと」

入道頭《にゅうどう》の道寸は、二重瞼《ふたえまぶた》の大きな目を底光りさせた。

「われらの堅い守りに、城を陥落させるのは不可能と音を上げたのでございましょう。尻尾を巻いて逃げ出すとは、早雲も噂ほどのことはございませぬな」

家臣の大森越後守《おおもりえちごのかみ》が満面に喜色を浮かべ、弱腰の早雲を嘲《あざけ》り笑った。

「いかがでございましょう、殿。撤退する軍勢ほど弱きものはないと申します。いまこそ、追撃に討って出るべきでは」

「それは早計というものであろう」

道寸が、大森越後守をたしなめた。

「何と申しても、敵は無一物から伊豆一国と相模の西半分を切り取ったほどのしたたか者だ。軽率な行動は、わしが許さぬ」

「さりながら、早雲を仕留めるにはまたとなき機会でございますぞ。あやつの首を挙げたとなれば、関東における殿の声望はいやがうえにも高まりましょう」

「ならぬものはならぬ」

三浦道寸は、あくまで慎重な姿勢を崩さなかった。

しかし、ことはそれでは済まなかった。

功名にはやる三浦勢の一部が、あるじの許しを得ぬまま、城門を開き、退却する伊勢氏の軍勢を追撃しはじめたのである。

これを見たほかの城兵たちが、

「おのれ、抜け駆けは許さぬッ！」

と、我も我もと馬を駆り、岡崎城から討って出た。

まさにそれこそが、見せかけの撤退を命じた早雲の狙いであった。

早雲は、敵が十分な距離まで押し出してきたのを見定めてから、

「者ども、いまじゃッ。反撃に討って出るぞーッ！」

大音声を発し、全軍に命を下した。

三浦勢めがけ、伊勢氏の軍勢六千が猛然と攻めかかった。

城攻めと違い、野戦となれば兵数の差が大きくものをいう。敵味方とも田の泥にまみれ、湿地に足をとられながらの烈しい白兵戦のすえ、伊勢方は三浦勢を圧倒。

陽が昇るころには、あたりに三浦兵の屍《しかばね》が累々と積み重なり、戦いは早雲、氏綱勢の

大勝利に終わった。

「おのれ、早雲ッ」

三浦道寸は歯ぎしりして悔しがったが、この日の敗戦による痛手はあまりに大きかった。

翌十三日、三浦道寸は岡崎城を捨て、弟の道香《どうこう》が守る逗子《ずし》の住吉《すみよし》城へ落ち延びて再起を期した。

六

住吉城へ逃れた三浦道寸を追うように、早雲は軍勢を東へすすめて相州鎌倉へ入った。

鎌倉は、かつて将軍源頼朝が鎌倉幕府を創建した武家政権発祥の地である。のち、足利氏が京に室町幕府を開いてからも、この地には鎌倉公方のいる鎌倉府が置かれ、関東の政治の中心となった。

しかし、鎌倉公方はやがて、下総の古河公方と伊豆の堀越公方に分裂。以来、鎌倉の地に政治権力はなく、このころは神社仏閣だけを残す古都になっていた。

鎌倉入りした早雲が最初におこなったのは、息子氏綱と重臣たちを従え、鶴岡八幡宮に参拝することであった。

鶴岡八幡宮は源頼朝以来、源氏の守護神であり、関東武士の尊崇を集めている。その八幡宮に嫡子氏綱ともども詣でることは、

――これより、わが一族が関東制覇へ向けて本格的に乗り出してゆく。

という決意表明にほかならなかった。

早雲らは源平池にかかる朱塗りの赤橋を渡り、参道を歩いて、本宮の社殿につづく急な石段にさしかかった。

石段の左手に、年を経た銀杏《いちょう》の大木が天へ向けて枝を伸ばしている。いまはまだ、葉があおあおとしているが、晩秋ともなれば黄金色に染まるであろう。

「これが世に名高き、鶴岡八幡宮の大銀杏でござろうか」

石段をのぼりながら、氏綱が言った。

「二代鎌倉将軍頼家《よりいえ》を政争の果てに失った遺児の公暁《くぎょう》が、参道石段脇の銀杏の陰に身をひそめ、叔父にあたる三代将軍実朝《さねとも》を弑《しい》したと聞いております」

「木は何も言わぬが、まさしく鎌倉の世の生き証人じゃのう」

早雲は足をとめ、銀杏の木を見上げた。

「身内の抗争の果てに、鎌倉将軍源頼朝の直系は三代にして絶えた」

「さようにございますな」

「乱世のさだめとはいえ、親子、兄弟の争いは家を滅ぼす。わが一族はさような轍《てつ》を踏

んではならぬ。そのこと、よくよく肝《きも》に銘じておけ、氏綱」

「はッ」

氏綱はうなずいた。

鶴岡八幡宮に参拝した早雲は、一首の和歌を料紙に書いて奉納している。

枯るる樹《き》にまた花の木を植ゑそへて
　もとの都になしてこそみめ

早雲は、枯れた大木のそばに新たに花の咲く若木を植え添えるという言葉になぞらえて、

（衰退してしまった鎌倉を、新興勢力であるこのわしの手で復興してみせよう……）

と、高らかに歌い上げたのである。

このとき早雲の胸には、やがておのれが鎌倉のぬしとなり、東国武家政権の中心になろうという野心が熱く滾《たぎ》っていた。

鶴岡八幡宮への参詣をすませた早雲は、住吉城の三浦道寸を追い詰めるための拠点づくりを急いだ。

由緒ある武家の都とはいえ、鎌倉は城を築くのに適した土地とは言い難い。そこで早

雲は、鎌倉より一里北に、
――玉縄城
を築かせた。
玉縄城は、現在の東海道本線大船《おおふな》駅の北西に横たわる丘陵地にある。
百メートル四方の大きな擂鉢《すりばち》状の土地を本曲輪に定め、中央の低地を取り囲む隆起した尾根筋を、天然の土塁として活用している。早雲一流の、自然地形を巧みに利用した縄張である。
土塁のもっとも高いところには、のちに諏訪壇《すわだん》と称される物見台がもうけられ、南をのぞめば白波が打ち寄せる湘南《しようなん》海岸から、三浦氏の本拠である三浦半島まで、手に取るように見渡すことができるようになっていた。
本曲輪の土塁には二カ所の切れ目があり、南が大手、北が搦手《からめて》になっている。
そのほか、
二ノ曲輪
三ノ曲輪
太鼓櫓曲輪
など、諸曲輪を本曲輪の周囲につらね、幾重にも守りを固めた。
玉縄城は、近くを東海道が通り、柏尾《かしお》川を船で下って容易に相模湾へ出ることもできるという、水陸交通の要衝に位置している。

のち、早雲が築いたこの城は、北条水軍の拠点と同時に東相模支配の中心となり、一キロ四方にわたって城下町が形成されることになる。

早雲は、三浦攻めの最前線ともいえる玉縄城に、氏綱の弟にあたる次男の氏時を城主として入れた。

早雲の係累は暗愚な者が少なく、文武にすぐれた優秀な人材が多いが、氏時もまた幼少のころから兵書に親しみ、『孫子』をそらんじるほどの秀才であった。弓を取らせては家臣たちが舌を巻くほどの腕前で、

「行くすえ頼もしき弟よ」

と、兄の氏綱も信頼を寄せている。

ちなみにこの玉縄城は、武蔵鉢形《はちがた》城、同八王子《はちおうじ》城などと並び、伊勢氏――すなわち北条氏の一族が城主をつとめる重要拠点としてつづいていくことになる。

七

翌永正十年になると、築造なった玉縄城は、その威容を東相模にしめすことになった。

だが、三浦方も黙ってはいない。

正月、三浦道寸は軍勢をひきいて住吉城から打って出ると、伊勢氏が支配する鎌倉周辺を荒らしまわった。

玉縄城の氏時からの急報を受けた早雲は、韮山の手勢、および嫡男氏綱の指揮下にある小田原の軍勢とともに、東相模へ駆けつけた。

伊勢、三浦の両軍は、たがいの意地をかけて激突した。

この戦いに敗れれば、あとがない三浦道寸も必死である。

「ここが切所《せつしよ》ぞッ。鎌倉以来の名族三浦氏の名にかけ、なんとしても早雲の侵略を食い止めるのじゃッ！」

戦いは、双方が一歩もゆずらぬ激戦となった。時宗《じしゆう》の総本山である藤沢の遊行寺《ゆぎようじ》も戦火に巻き込まれ、灰燼《かいじん》に帰している。

『藤沢山過去帳　門末僧侶結縁衆』には、

――伊勢入道乱逆の時、此帳失却

と書かれており、早雲と三浦氏の合戦で兵火にかかった遊行寺は、檀家《だんか》の俗名、法名、没年をしるした過去帳まで焼失したことがわかる。

早雲は伊豆水軍の高橋《たかはし》党、渡辺《わたなべ》党を動員、海上からも三浦勢を攻め立てた。氏綱も風魔の者どもに命じて、敵軍の後方攪乱《かくらん》をおこない、陣中を混乱に陥れている。

両軍のせめぎ合いは半月あまりに及んだが、しだいに伊勢方が三浦勢を圧倒。戦いは早雲の勝利に終わった。

三浦道寸は逗子の住吉城を弟道香にゆだねると、

「わしはまだあきらめぬ」

と、三浦半島の南部にある新井城まで後退した。

しかし、伊勢方の攻勢はその後もつづく。

七月に入り、早雲は住吉城に猛攻を加え、城将の三浦道香を自刃せしめている。逗子の住吉城が陥落したことで、三浦氏は三浦半島の北部を失い、半島南部に追い詰められた。

伊勢軍の陣中は、相次ぐ戦勝に沸き返った。

こうしたなか、玉縄城に顔をそろえた早雲、氏綱、氏時の父子は、今後の戦略について話し合った。

「一気に、三浦勢をひねり潰すべきでありましょう」

玉縄城主の氏時が、勢い込んで言った。

「氏綱、そなたはどう思う」

早雲は長男の氏綱を見た。

「新井城は、天下に知れた堅城にございます。海に突き出た岬の上に築かれており、三方が海。城へ通じる道は、たった一本しかございませぬ。これを陥すのは一筋縄ではいきますまい。しかも、三浦の背後には、海をへだてた上総《かずさ》の真里谷《まりやつ》一党がついておりまする。うかつに攻め込むのは早計であろうかと」

氏綱が冷静沈着な表情で言った。

「よくぞ申した」

早雲は膝をたたいた。

「三浦氏と真里谷一党は、船いくさに長《た》けた海の一族よ。新井城近辺に放った斥候《せっこう》の知らせによると、かの者どもはすでに、船で兵糧の米二千俵を城内の千駄櫓《せんだやぐら》に運び込み、武器の備えも万全らしい」

「となると、無理攻めは味方の損害を大きくするだけでございますな」

氏綱が父を見た。

「しかり」

早雲はうなずいた。

「ここまで三浦を追い詰めたのだ。あとは焦らず、じわりじわりと攻めて、敵が衰えるのを待つ。これも兵法のうちよ」

「それに加え、父上。三浦の主筋《しゅうすじ》である扇谷上杉家が、このまま指を銜《くわ》えて黙っているとも思われませぬな」

氏綱が厳しい表情で言った。

「わしもそれを考えていたところよ。遅かれ早かれ、扇谷上杉勢が三浦道寸の救援に出張ってまいろう。だが、何としても退くわけにはいかぬ」

早雲はするどい輝きの目で次男氏時を一瞥《いちべつ》し、

「この玉縄城は、われらが一族の前線となる。よくよく覚悟しておくがよい」

と、つぶやくように言った。

早雲が予想したとおり、明くる永正十一年になって、これまで沈黙を守っていた扇谷上杉勢が伊勢氏討伐に向けて動きだした。

このころ早雲の勢力は、相模西部から国境を越えて武蔵西部にまで拡大し、久良岐《くらき》郡本目《ほんもく》の領主、平子牛法師《たいらくうしほうし》を支配下に置くようになっている。

扇谷上杉の当主朝良は、本城の武蔵河越城を養子の朝興《ともおき》にゆずり、みずからは同国江《え》戸《ど》城に隠居していたが、三浦氏の危機のみならず、武蔵国内にまで早雲の力が及びはじめた事態に、

「これ以上、看過することはできぬ」

と、重い腰を上げたのである。

五月、扇谷上杉朝良は軍勢とともに江戸城を進発し、東へすすんで荏原《えばら》郡に在陣。家老の太田《おおた》備中《びっちゅう》入道永厳《えいげん》に、相模への進軍を命じた。

だが、この情報を事前に察知した早雲は、小田原城の氏綱と玉縄城の氏時を出撃させ、太田永厳の軍勢を挟み撃ちにして、これを撃破。太田永厳を敗死せしめた。

この一戦に懲りたか、扇谷上杉朝良はその後しばらく、息をひそめたまま、目立った動きをしていない。

それでも早雲は、三浦攻めを焦らない。

三浦道寸を新井城に追い詰めてから、三年の月日が過ぎた。

真里谷一党からの海上からの兵站《へいたん》補給があるとはいえ、あまりに長期にわたる籠城戦に、三浦の兵たちのあいだにも厭戦気分と疲れが見えはじめた。

「そろそろ、仕上げの時が近づいてまいったかのう」

韮山城で家老の大道寺重時を相手に碁を打っていた早雲は、あたりの木立から湧き上がる蟬《せみ》しぐれに耳を傾けながら言った。

一時なりをひそめていた扇谷上杉勢が、ふたたび動きを開始したのは、永正十三年夏のことである。

扇谷上杉の当主朝興が、六千の軍勢をひきいて相模中部の平塚の地へすすみ、同所の八幡宮に陣を張った。

急報を受け、韮山城をひそかに進発した早雲は、わずか二千の軍勢で扇谷上杉陣に夜襲をかけ、これを散々に打ち破った。

この勝利を機に、

「三浦道寸を討つッ！」

早雲は新井城への総攻撃を宣言した。

早雲ひきいる韮山衆に、氏綱の小田原衆、氏時の玉縄衆が合流。あわせて七千となった伊勢氏の軍勢は、馬蹄《ばてい》の音を響かせて三浦半島を南下し、三浦道寸の籠もる新井城へ迫った。

これに先立ち、早雲の意を受けた高橋党、渡辺党の伊豆水軍が、上総の真里谷一党からの海上の補給路を遮断。城内はたちまち兵糧が窮乏しはじめ、逃亡する者が相次いだ。

さしもの剛の者三浦道寸も、進退きわまった。

「どうやらこれまでじゃな」

新井城から白い波頭の立つ海を眺め下ろし、三浦道寸が言った。

「殿ッ……」

大森越後守ら家臣たちが、声を殺して泣いた。

「わしは早雲に負けたのではない」

誰に言うともなく、道寸が風に向かってつぶやいた。

「どうやらわが一族は、時の流れの渦のなかに呑み込まれたらしい。早雲めは、その流れをうまく乗り切りおった」

新井城が陥落したのは、その年七月十一日のことである。

三浦道寸、義意父子は自刃。ここに、鎌倉以来つづく関東の名門三浦一族は滅亡した。

早雲は三崎《みさき》の湊に残存していた三浦水軍をみずからの傘下に吸収し、相模一国の平定を達成した。

第七章　北条の血

一

三浦氏滅亡により、伊勢一族は伊豆国に加え、相模一国を版図《はんと》におさめた。

このころ、一門にはさらなる慶事があった。

風魔の里にいた氏綱の隠し妻加羅が、男子を生んだのである。

「そなたによう似ている」

産着《うぶぎ》にくるまれた赤子を腕に抱き、氏綱が目尻に皺を寄せた。

「いえ、あなたさまに瓜《うり》二つでございます。ほれ、このように無邪気に笑ったところなど」

女としての幸せが、加羅の肌を磨き抜かれた珠《たま》のように美しくしている。

「それにしても、なにゆえ赤子が生まれたことをわしに知らせなんだ。すぐに知らせておれば、もっと早くに会いに飛んで来ていたものを」

「あなたさまは三浦攻めでお忙しい身でございましたもの。お心をわずらわせてはならぬと思いましたゆえ」

「かように嬉《うれ》しい知らせなら、いっそうこの身が奮い立っていたものを。そうだのう、和子《わこ》」

氏綱は、我が子を天に向かって高く差し上げた。赤子は恐れて泣くどころか、声を立てて笑った。

永正十二年（一五一五）に生まれた氏綱のはじめての男子は、

――伊豆千代丸《いずちよまる》
と命名された。

幼名伊豆千代丸、のちに北条氏三代を継ぎ、一族を隆盛にみちびくことになる氏康《うじやす》にほかならない。

「和子が生まれたのだ。そなたもそろそろ風魔の里を出て、小田原の城へ来い」

伊豆千代丸を加羅の腕に戻し、氏綱は言った。

「いえ、わたくしは……。窮屈なお城暮らしが性に合いませぬ」

加羅が微笑した。

「しかし、いつまでもこのままというわけにはいくまい。何といっても伊豆千代丸は、わしの世継ぎだ」

「わかっております。されど、わたくしのような素性の定かならざる者がお側にいても、氏綱さまのご迷惑になるだけでは」

「何を言う」

氏綱はむきになった。

「そなたがいると思えばこそ、わしは安んじていくさに打ち込むことができるのだ。わがままを申さず、言うことを聞いてくれ」

「はい……」

加羅が長い睫毛《まつげ》を伏せた。

母の腕のなかで安心したのか、伊豆千代丸が軽い寝息を立てはじめた。

氏綱の目がふと、赤子が着ている産着にとまった。

古い錦《にしき》で作られた産着である。色がかなり褪《さ》めてはいるが、上等な絹織物であることは、男の氏綱にもわかる。

（これは……）

と氏綱が驚いたのは、錦に織り出された紋様が、

——三ツ鱗《うろこ》
であることだった。

三ツ鱗の紋といえば、鎌倉幕府執権の北条氏が用いていたものにほかならない。

「この産着はどうしたのだ」

氏綱は加羅を見た。

「古い布で仕立てたものゆえ、お気に召しませなんだか」

「いや、そうではない」

「この錦は、亡くなったわたくしの母の形見にございます」

「形見だと」

「はい」

加羅が形のいい顎を引いてうなずいた。

「わたくしの母は、この風祭の里の近くで行き倒れになっていたそうにございます。それをわたくしの父――風祭の里長に助けられ、後添《のちぞ》えに迎えられて生まれたのがわたくしなのです」

「されば、小太郎とそなたは」

「腹違いの兄妹です。もともと体が弱かった母は、わたくしが幼いころにみまかりましたが、亡くなるとき、これは先祖代々伝えられたものだから大事にせよと、形見に遺されたのがこの錦。和子が生まれたとき、どうしても母の思いの籠もったものをまとわせてやりたいと、産着にしたのです」

「して、そなたの先祖とは」

氏綱は性急な口調で聞いた。

「わかりませぬ」

哀《かな》しげに加羅が首を振った。

「母は何も教えてはくれませんでしたゆえ」

「だが、一言くらい何か言い残したはずだ。ひょっとして、北条氏ゆかりの者とは言わなかったか」

「北条……」

顔色が変わった氏綱を見て、加羅が不思議そうな顔をした。

「存じませぬ、わたくしは何も」

「そうか」

氏綱はそれ以上の追及をあきらめた。

しかし、胸の奥には複雑な思いが渦巻きはじめている。

（もしや、加羅は北条の……）

母親が先祖伝来の宝として北条氏の三ツ鱗の紋入りの錦を所持していたとすれば、その可能性はおおいにある。加羅の母は何らかの事情があって流浪し、死にかけたところを風祭の里長に救われたのではないか。

むろん、確たる証拠は何もない。だが、おのれの推測が事実であるとすれば、

（伊豆千代丸は、鎌倉幕府執権北条氏の血筋であるのか……）

氏綱は何ともいえぬ奇妙な思いにとらわれた。

加羅に別れを告げ、里長屋敷をあとにしようと表門まで出たとき、氏綱の愛馬を厩《うまや》から曳《ひ》いてきた小太郎と目が合った。

「いかがなされましたかな」

小太郎が言った。

「顔色がよろしくござらぬようだ」

「小太郎、加羅の母親というのは……」

「その様子では、若君の産着にお気づきになったか」

小太郎が馬の首筋をたたいた。

「おまえは知っていたのか。加羅が北条氏の末裔であること」

「加羅は加羅だ。風祭の里長の娘、おれの妹以外の何者でもない」

「しかし……」

「加羅が幸せになれば、おれはそれでよい」

怒ったように顔をそむけると、小太郎は氏綱の従者に馬の手綱《たづな》を渡し、巌のごとく大きな背中をみせて立ち去っていった。

二

氏綱が小田原城へもどると、そこに父の早雲が待っていた。

初孫の顔を見ようと、しのびで韮山から出てきたらしい。

「そうか。伊豆千代丸はまだ風祭の里におるのか」

たいして落胆したようすもみせず、早雲は言った。

「それより、どうした。その暗い顔つきは。とても、世継ぎの和子を抱いてきた男の面《か》相《お》とは思えぬぞ」

「じつは、父上」

氏綱は、赤子の産着のこと、はじめて知った加羅の出自のことなどを、父に手短に語った。

「なるほどな。たしかに、そなたの申すとおり、伊豆千代丸の母は北条氏の末裔であるやもしれぬ」

早雲は何かに思いをめぐらすように、庭の池のほうへ目をやった。

「産着一枚のことゆえ、たしかなことは申せませぬが」

「いやいや、それだけで十分だ」

顎を撫でながら早雲はつぶやいた。

「氏綱」

「はい」

「そなた、人を使って小田原城下――いや、関東一円に噂を流せ」

「噂を……」

「そうだ。そなたの嫡子伊豆千代丸は、鎌倉執権北条氏の血筋を引いておるとな」

「しかし、父上」

「ことが真実《まこと》であろうがなかろうが、それはたいした問題ではない」

早雲が、息子を振り返った。

その双眸《そうぼう》が、戦場にあるときのような異様な光芒《こうぼう》を放ち出している。

「人は噂に流されやすいもの。わが一族が北条氏の衣鉢《いはつ》を伝える者であるとの印象が、関東の侍たちの心に刻み込まれればそれでよいのだ」

「それは、どういうことでございます」

氏綱は眉をひそめた。

「聞け」

早雲が息子の腕を、その痩《や》せた手で強くつかんだ。

「北条氏といえば、鎌倉幕府草創期以来、執権として東国の武者たちを統率してきた関東の名門。その威光には、足利公方の家臣にすぎぬ山内上杉、扇谷上杉家など遠く及ぶものではない。われらはこれまで、この関東に隠然たる力を持つ両上杉家の権威に苦しめられてきた。彼らに対抗するには、これを上まわる権威が必要だ」

「それが、北条の血であると……」

「しかり」

氏綱の目をひたと見すえて、早雲が深くうなずいた。

「わしも、はや六十一歳。わが命のあるうちに相模のみならず、関東全域に旗を打ち樹てんものと戦ってきたが、今生ではどうやらそれは果たせそうにない」

「父上、何をお気の弱いことを」

「いや、これは冷厳なる事実だ。わし一代で野望が果たせぬならば、この胸のうちで燃えさかる炎はわが子孫に託さねばならぬ。わし亡きあと、そなたは北条の姓を名乗れ」

「父上……」

「関東を制さんと欲するならば、それは何としても欠かせぬことじゃ。伊豆千代丸の出生の秘事を、一族の将来のためにあますところなく利用するのだ。それに……」

早雲が銀の粉を撒《ま》き散らしたように光る小田原の海を見つめた。

「わが城のある伊豆韮山の地は、北条氏の発祥の地ではないか。これはまさしく、天が下された奇縁にちがいなかろう」

「伊勢の名を捨て、鎌倉執権北条氏の衣鉢を継ぐ一族として、さらなる飛躍を期すのですな」

「そうだ」

と、早雲が顎に深い皺を刻んでうなずいた。

「いま申したことは、わが遺言《ゆいごん》と心得ておくがよい」

「ご遺言……」

「よいな」

「………」

父早雲のぎらぎらとした鬼気せまる眼差《まなざ》しの前に、氏綱はそれ以上、返す言葉を持たなかった。

伊豆韮山へもどった早雲が病の床に倒れたのは、それから二年後のことである。

一族、家臣たちは騒然とした。

戦国大名の伊勢氏は、早雲が徒手空拳から一代で築き上げてきた家である。小田原に嫡子氏綱がいるとはいえ、その存在感はあまりに大きい。

「うろたえるな」

早雲は、病に伏してもなお怜悧な輝きの衰えない大きな眼を光らせた。

「人はいつか死するものだ。わしにもどうやら、そのときが近づいてきたらしい」

「旦那……」

草創期から早雲をささえてきた大道寺重時が、陽灼けした太い腕であふれる涙を押しぬぐった。

枕元では、急を聞いて駆けつけてきた三男の葛山氏広、箱根権現の別当をつとめる末子の長綱らが、息を詰めるようにして早雲を見守っている。長男氏綱と、玉縄城主の次男氏時は、持ち場を離れることができず、この場には顔を見せていなかった。

「長綱」

早雲は、末子の名を呼んだ。

「子々孫々に言い遺しておかねばならぬことがある。わが言葉を書き留めよ」

「はい」

長綱が紙と硯《すずり》、筆を用意すると、早雲はややかすれた声で語りだした。

「朝はできるだけ早く起きるように。遅く起きれば、仕える者まで油断し、公私の用にさしつかえが出て、役に立たぬようになる。このことを深く胸に刻みつけよ」

「刀剣や衣服に関しては、他人に張り合って立派なものを身につけようと思ってはならない。見苦しくなければそれでよいと心得よ。人から借用したり、買い求めなどし、無駄遣いをして家計が苦しくなれば、結局、世間から嘲られるだけである」

「人との交わりを広くしても、揉《も》めごとを起こすようではいけない。何ごとも、まず人を立てるようにせよ」

「少しでも時ができたなら、懐中にしのばせておいた書物を取り出し、目立たぬように読むことが大事である。寝ても覚めても文字に親しんでいなければ、つい忘れてしまうものだ。書くことについても同じである」

「上下万民に対し、一言半句といえども嘘《うそ》をついてはならない。ちょっとしたことでも、ありのままを言うべきである。嘘をつくことに馴《な》れると、それが癖になる。そのようなことを続けていれば、やがて人に見かぎられるようになるだろう。嘘を人から質《ただ》されるようになるのは、一生の恥と思うべきだ」

「歌道をたしなまぬ者は、人としての品格に劣るので、これを学ぶようにしたほうがよい。歌道を学べば、口から発する言葉がおのずと奥ゆかしいものになり、人の胸中に秘めた思いも一言でわかるようになるものである」

「文武の道は常のことゆえ、語るにおよばない。左に文、右に武をともに具《そな》えることは、古来よりのたしなみであり、文武両道を日ごろから磨かぬようではだめである」

ほかにもおのが人生で得てきた知恵を口にし、早雲はやがて疲れたようにゆっくりと瞼《まぶた》を閉じた。

この早雲が遺した遺訓は、『早雲寺殿廿一ヶ条』としてまとめられ、一族代々に伝えられていくことになる。

早雲の生涯をつらぬいた思想の根幹は、政敵にはいかなる謀略を用いることも辞さないが、自身に対しては禅僧のごとき厳しい節制を課し、領国の民にはつねに誠実に接して嘘のない政治をおこなうことにある。

遺訓の原文にも、

――上下万民に対し、一言半句も虚言を申すべからず。

とある。

彼が理想としたのは「禄壽應穩《ろくじゅおうおん》」、すなわち領民の財も命も穏やかであるべしという思想である。数ある戦国大名のなかで、これほど民政に心を砕き、民に慕われた男もあるまい。その意味で、早雲は異色の武将といっていい。

おのが体力の限界を悟った早雲は、嫡男氏綱に家督を譲った。

隠居の身となり心がかるくなったのか、その後、早雲の病状は小康状態となり、翌永正十六年には三浦半島の三崎で舟遊びができるまでに回復した。

しかし、苛烈な戦いの日々に明け暮れた早雲の体を病は確実に蝕《むしば》んでいた。

同年八月十五日、一代の英傑伊勢早雲は、氏綱の手を握り、

「関東の王たれ」

と、最後の言葉を残して永眠した。六十四歳であった。

氏綱は、早雲が庵《いおり》を結んだ箱根湯本《ゆもと》の早川《はやかわ》のほとりに、大徳寺《だいとくじ》第八十三世以天宗清《いてんそうせい》を開山に迎えて、

——金湯山《きんとう》早雲寺
を建立、父の菩提《ぼだい》を弔った。

ともあれ、氏綱は父早雲の死により名実ともに一門をひきいる立場になった。

風祭の里から加羅と伊豆千代丸を小田原城へ正式に迎え入れた氏綱は、生前の父早雲との約束どおり、姓を、

——北条
とあらためることにした。

とはいえ、改姓は自分勝手に決められることではない。
氏綱は五摂家筆頭の公卿《くぎょう》近衛《このえ》尚通《ひさみち》に多額の金品を献じ、後柏原《ごかしわばら》天皇に改姓を願い出た。水面下での粘り強い運動が功を奏し、やがて、改姓の勅許が下され、北条の名乗りは公認のものとなった。
これにより、伊勢あらため北条氏綱は、
上杉
武田
今川
などの武家の名門に劣らぬ家格を獲得し、関東制覇へ向けて決意を新たにすることとなった。

三

戦国大名北条家の創始者である初代早雲の死によって、ひとつの時代が確実に終わりを告げた。

二代目たる者の役割は、初代の功績をいかに継承し、さらなる発展に結びつけていくかにある。

氏綱は真面目な男である。

父から託されたおのれの使命が、いかに重要なものであるかを、骨身に沁み入るようにわかっていた。

（わが一族の浮沈は、わしのこの肩にかかっている……）

朝廷から北条姓の勅許を得てほどなく、氏綱は先代早雲以来の経済面の相談役である陳外郎を小田原城へ呼んだ。

「そなたの忌憚《きたん》なき意見を聞きたい」

周囲の者に人払いを命じたうえで、氏綱は陳外郎をそばに招き寄せた。

「亡き父は、わしに言った。関東の王たれと。しかし、それは生易しい仕事ではない。げんに、あの人並みはずれた能力を持っていた父ですら、伊豆、相模の両国を手に入れることしかできなかった」

「さようでございますな」

外郎がつつしみ深くうなずいた。

「人が一代のうちになし得る仕事には、おのずと限界がございます。であるからこそ、早雲さまはあなたさまに、ご自分の見果てぬ夢を託されたのでございましょう」

「わしはどうすればよい。正直なところ、わしには父ほどの頭の切れも、剛胆さもない。民に慕われた父とちがい、人がわがもとについて来るかどうか」

「不安なのでございますな」

「そうだ」

京以来の父の盟友を前にして、氏綱は思わず弱音を吐いた。

関東の王になれと早雲は言ったが、ゆく道はかぎりなく険しい。生来、生真面目な性分であるだけに、氏綱の悩みは深かった。

「心をお楽になされませ」

陳外郎が言った。

「楽になれと」

「さようでございます」

渡来人の血を引いている外郎は、二重顎の皺を深くした。

「お父上の早雲さまでさえ、一代では望む山の高みのふもとまでしか辿《たど》り着けなかったのです。氏綱さまが、何もかも背負われることはない。心をもっとおおらかにし、ご自分を冷静に見つめられることです」

「見つめてどうせよと言うのだ」

氏綱は聞いた。

「早雲さまにあって、いまのあなたさまにないものを身につけられることです」

「わしに足りぬもの……」

「はい」

「それは何だ」

「強くなることです」

「敵を威圧する武力を身につけよということか」

「それだけではありませぬ」

外郎が首を横に振った。

「あるときは猛々《たけだけ》しく、あるときは柔軟に、硬軟自在に二つの顔を使い分ける。これが、知恵深くなるということです」

「なるほど」

「それに、もうひとつ」

紗《しゃ》がかかったような目で、外郎が氏綱を見た。

「悪くおなりにならねばなりませぬ」

「悪くなるとは、どういうことだ」

「何かを手に入れるには、切り捨てねばならぬものもあるのです」

「それは……」

「…………」

「申せ、外郎」

氏綱は重ねてたずねたが、陳外郎はそれきり口をとざし、何も語ろうとはしなかった。

関東平定という大課題を前にした氏綱に、いつまでも悩んでいる暇はない。

——関東の王

になるということは、すなわち、おのれが関東で唯一無二の権威になるということにほかならない。

しかるに、関東には、足利公方家とその門流のほか、関東管領職を受け継いできた山内、扇谷の両上杉家がいた。それらをことごとく倒さぬかぎり、関東に新しい秩序を創造することはできない。

家督を継いでしばらく、氏綱は胸に秘めた野心はおくびにも出さず、内政の充実に専念した。

ために、近隣の諸国では、

「先代の早雲は、他国を食い散らかす餓《う》えた虎のごとき恐ろしい人物だったが、二代目の氏綱は存外、凡庸で覇気のない男らしい」

という噂が立った。

だが、氏綱は伊豆、相模二カ国の民政に心を砕き、商都としての小田原の整備に力をそそぎつつ、ひたすら、

——時を待っている。

そのあいだ、加羅とのあいだに生まれた伊豆千代丸は、大病を患うこともなく、すこやかに成長した。

どうしたわけか、伊豆千代丸は父の氏綱にも、祖父の早雲にもあまり似ていない。色白で端整な顔立ちは母親の加羅ゆずりだが、武家の子としては優しすぎる性格で、武芸の鍛錬にはいっこうに興味をしめさぬのが氏綱の悩みの種だった。

箱根権現から、時おり小田原城下へ下りてくる末弟の長綱に、

「あれは何を考えているのか、さっぱりわからぬ子だ」

氏綱はこぼした。

「伊豆千代丸のことでございますか」

箱根権現の僧兵、山伏をひきいる長綱は、つねに杖術、棒術の鍛錬を欠かさず、俗人同様の不羈《ふき》奔放な暮らしを送っている。

「馬や刀には見向きもせず、暇さえあれば書物ばかり読んでおる」

「それがしと入れ替わったほうがよかったですかな」

長綱が高笑いした。

「冗談を言っているのではない」

　氏綱はにこりともしない。

　窮屈な城暮らしが性に合わないのか、近ごろ、加羅が体調を崩してしばしば寝込むようになっており、そのせいもあってか、伊豆千代丸はますます内向的になっていた。

「子供の将来《さき》は、わからぬものです。亡き父上がご遺言で、歌道をたしなまぬ者はだめだと申されておりましたが、伊豆千代丸は誰に習ったやら、なかなかよい歌を詠むとか。棒きればかり振りまわしている蛮勇の男《お》の子より、よほど見どころがあるのではござらぬか」

「ものも言いようだな」

　氏綱は苦い表情をわずかに崩した。

「それより、兄上」

　長綱がするどい目つきで兄を見た。

「父上が亡くなられて、はや五年。兄上は、まだ動かれぬのですか」

「ふん……」

「世間が兄上のことを何と噂しているかご存じですか」

「餓えた虎と呼ばれた早雲に似ぬ臆病者か」

「世の評判など、どうでもよいことです。それがしは、兄上が来《きた》るべき時のため、領内の民政に心を砕いていることを存じております。さりながら……」

「身をたわめ、牙を研いでいる時は過ぎたか」

「はい」

長綱がうなずいた。

「わしもそろそろ、立つべき頃合いであろうと思っていた」

「されば……」

「動く」

氏綱は決然と言い放った。

四

大永《だいえい》四年（一五二四）、三十八歳になった氏綱は満を持して勢力拡大に乗り出した。

当面の攻撃目標となったのは、両上杉家のうち、中武蔵から南武蔵に勢力圏を有する扇谷上杉朝興である。

北条領となった相模とは、領地の境を接しており、遅かれ早かれ対決をまぬがれぬ運命にあった。

正月早々、氏綱は重臣たちを小田原城本丸御殿の広間に招集した。

早雲の代に一の重臣であった大道寺重時は、すでに隠居し、息子の盛昌《もりまさ》が代わって筆頭家老になっている。父の重時に似ず、怜悧で知的な風貌をした能吏型の男である。

そのほか、

桑原盛正《くわばらもりまさ》

南条綱長《なんじょうつな* なが》

遠山綱景《とおやまつなかげ》

大草丹後守《おおくさたんごのかみ》

ら、新しい世代の側近衆が顔を揃えた。

「父の時代、山内、扇谷の両上杉家は、打ち負かそうにも負かすことのできぬ存在であった」

一同を見渡し、氏綱は言った。

「しかし、われらはここ五年のあいだに、じゅうぶん力をたくわえた。北条姓を名乗ることによって、この関東で両上杉家に匹敵する権威を手にしてもいる。上杉をたたくなら、いまをおいてほかにない」

「そのお言葉、待っておりました」

大道寺盛昌が、わが意を得たりとばかりにうなずいた。

「家臣一同、何なりと仰せに従いまする」

「うむ」

氏綱は深く息を吸い込み、

「まずは武蔵へ出陣する」

見えぬ敵に戦いを挑むように、眸《ひとみ》をするどく光らせた。

「されば、われらが敵は？」

遠山綱景が、勢い込んで聞いた。綱景は早雲の直臣遠山直景《なおかげ》の息子で、十文字槍《やり》を取っては敵なしと言われている。

「武蔵江戸城にいる扇谷上杉朝興よ」

「おお……」

と、家臣たちのあいだからどよめきが起こった。

扇谷上杉氏の本城は、中武蔵の河越城である。しかし、このころ扇谷上杉朝興は、南武蔵の経済の中心である江戸城に腰をすえていた。

「江戸城にございますか」

大道寺盛昌が、一同の前に広げられた関東一円の指図《さしず》（地図）に目を落として言った。

「さりながら、扇谷上杉朝興もなかなかのしたたか者。亡きお父上の早雲さまでさえ、手を焼かれておられました。江戸城を攻めると申しても、そう簡単にはまいりますまい」

「さればこそ、策を用いる」

氏綱は本丸御殿から見える、新春の陽射しにきらめく相模湾の金粉を刷《は》いたような照り返しに目を細めた。

「いかなる策でございます」

と、桑原盛正が膝を乗り出す。

この男は大食漢で相撲が強い。十歳になったばかりの氏綱の息子伊豆千代丸（氏康）など、いつも髭面《ひげづら》の盛正に投げられて体じゅうに擦り傷を作っている。

「内訌《ないこう》を誘うのだ」

「内訌……」

「かつて扇谷上杉家の重臣だった太田道灌《どうかん》の一件は、そのほうたちも存じていよう」

氏綱は家臣たちを見まわした。

太田道灌は、江戸城の築城にたずさわった、扇谷上杉家の家宰である。苦境に陥った主家をよくささえて立て直した功臣であったが、その声望の高さがかえって嫉《ねた》みを呼び、あるじの扇谷上杉定正《さだまさ》によって謀殺された。

その道灌の孫に、

——太田資高《すけたか》
という男がいる。

資高は、当代の扇谷上杉朝興に仕えているものの、内心では、祖父が苦労して築いた江戸城に朝興が入り、我が物顔で駐留しつづけていることに強い不満を抱いていた。

「太田道灌は主家によって殺されたのだ。孫の資高がそれを恨みに思っていないはずはない」

氏綱は言った。

「うまく誘いをかければ、こちらに寝返る可能性が高いということでございますな」

大道寺盛昌の言葉に、

「そうだ」

と、氏綱はうなずいた。

「すでにわが弟長綱を、ひそかに太田資高のもとに差し向け、内々に色よい返事も得ている」

「さすがに殿じゃ。やることが早うございますな」

桑原盛正が舌を巻いた。

「昨年暮れ以来、われらにいつなりとも出陣できるよう準備しておけと申されていたのは、そういうことでございましたか」

遠山綱景も、合点《がてん》がいったように膝をたたいた。

「して、ご出陣の日取りは？」

大道寺盛昌が聞いた。

「いまは正月だ。扇谷上杉家も、屠蘇《とそ》気分に酔いしれていよう。攻めるなら、早ければ早いほどよい」

凄《すご》みのきいた目で、氏綱が海を睨んだ。

「出陣は三日後。みな、そのつもりで武器、兵糧をととのえよ」

「ははッ」

一同が頭を下げた。

その瞬間から、武蔵出陣に向けた準備が慌ただしくはじまった。

五

正月十一日、氏綱を総大将とする北条軍は小田原城を進発した。

兵数九千余。

前線基地の玉縄城にすすんだ軍勢は、翌日、少雨のために水嵩《みずかさ》が減っている多摩川《たまがわ》を押し渡り、馬蹄の音も高らかに葦《あし》の生い茂る武蔵を疾駆して江戸城を包囲した。

当時の江戸城は、のちの徳川家康《とくがわいえやす》によって近世城郭に生まれ変わった江戸城とはおもむきを異にしている。

隅田川《すみだ》

荒川《あらかわ》（現・元荒川）

入間川《いるま》(現・荒川)という三本の河川が江戸湾にそそぎ込む西側の丘陵上に築かれた、中世型の城であった。

縄張は築城の名人といわれた太田道灌によるもので、もっとも高所にもうけられた本曲輪のまわりに、二ノ曲輪、三ノ曲輪などが配されている。おのおのの曲輪のあいだには、のちの世に「道灌堀」「三日月堀」「蓮池堀《はすいけ》」と呼ばれる深い水濠《みずぼり》がうがたれていた。海から入り込んだ日比谷《ひびや》入江が天然の外堀の役目を果たしており、攻めるには難しい城であった。

北条氏綱は、日比谷入江のある南と東以外の、北方、西方に、二手に分けた兵を配置した。

「おう、兄上。まいられましたな」

紅葉山《もみじやま》本陣に腰を据えた氏綱のもとに、山伏に身をやつした弟長綱が顔を出した。

長綱は昨年末以来、江戸城近辺に出没して、太田資高との、

——つなぎ

をつづけていた。

「首尾はどうだ」

氏綱は、人を食ったような顔をしている弟長綱に聞いた。

「抜かりはござらぬ。上々でござるよ」

「いまになって、資高が心変わりするようなことはないか」

「まず、ござるまい。相変わらず、兄上は慎重なことだ。父上が生きておられたら、笑われますぞ」

片えくぼを浮かべて、長綱がくすりと笑った。

「長綱、口のききようには気をつけるがよい。いまはわしが北条一門の総帥《そうすい》だ」

「さようでございましたな」

長綱が飄《ひょう》げた表情をあらためた。

「わしは、父上とは違うやり方で、北条家を強力な組織になそうと思っている」

氏綱は言った。

「家臣、一門衆を整然たる規律でまとめ、一致団結して、この関東に京の朝廷からも足利幕府からも独立した、東の政権を築くのだ」

「兄上はさようなことをお考えになっておられましたか」

まぶしげな目をして長綱が兄を見た。

兄と弟は肩を並べ、紅をしぼったような残照に染まる江戸の海を見つめた。

翌、十三日――。

夜明けとともに、江戸湾に時ならぬ轟音《ごうおん》がとどろいた。

氏綱が、明国製の青銅砲五門を江戸城めがけて放たせたのである。青銅砲は陳外郎を介して手に入れたもので、当時、こうした火器を戦闘に使う大名はほかになかった。

青銅砲の砲撃は、城方の度肝を抜いた。

その雷鳴に似た轟音を合図に、弓隊が前にすすみ、櫓にいる敵兵を狙って雨あられと矢を射かけた。

むろん、城方も弓矢をもってこれに応酬する。

ひとしきり、矢の雨が降ったあと、

——わーッ。

と、喚声を上げながら北条方の歩卒が突っ込んだ。水濠に板戸を渡して橋代わりにし、むらがるように江戸城三ノ曲輪の木の柵に取りついてゆく。

その兵たちに向かって、櫓の上から石つぶてが投げ落とされ、土塀から転落して水濠に落下する者が続出した。

「すすめッ。すすめーッ！　ひるんではならぬぞッ！」

家督を継いでから、これが初の本格的な大戦闘となる氏綱は、声をかぎりに叫び、味方の兵を叱咤《しった》した。

三ノ曲輪をめぐる戦いは、一進一退の攻防がつづいた。攻める北条方も必死だが、扇谷上杉方の守りも堅い。

「多数の死傷者が出ております。いかがいたしましょうか」

本陣にいた家老の大道寺盛昌が、椎《しい》の実形筋兜《すじかぶと》の目庇《まびさし》の下で顔をゆがめた。時刻はすでに午《ひる》すぎになっている。

「かくなるうえは、それがしがこの槍で突破口を切り開きましょうぞ」

遠山綱景が自慢の朱塗りの十文字槍を握り締めた。

「それはならぬ」

氏綱は、いまにも駆け出さんとする遠山綱景を制した。

「なにゆえでございます、殿ッ！」

「そろそろ動くはずだ」

氏綱は天を見上げた。

「動くとは、何が……」

遠山綱景が問いかけたとき、城のほうで異変が起こった。

城内の二ノ曲輪の方角に、白煙が上がっている。城方の兵たちが、にわかに騒然としているようすが見て取れた。

「あの煙は？」

大道寺盛昌が氏綱を見た。

「内応を約束していた太田資高が、かねてよりの手筈どおり、兵糧蔵に火を放ったのであろう」

「おお、されば」

「いまが攻めどきだ」

太田資高の内応に力を得て、北条軍の攻撃はいっそう烈しさを増した。

太田資高もみずからの手勢をひきい、扇谷上杉朝興のいる一ノ曲輪の柵に梯子《はしご》を掛けて攻めかかる。

この事態の急変に青ざめたのは、扇谷上杉朝興であった。

「資高め、裏切りおったかッ！」

朝興は叛旗をひるがえした太田資高を口汚く罵《ののし》ったが、時すでに遅い。

「殿、ここは危のうございます。すぐそこまで、敵がせまっておりまする」

女のように美麗な顔立ちをした小姓が、泣き叫ぶように言った。

「くそッ！」

もはや抗するすべはないと悟った扇谷上杉朝興は、配下の兵たちを見捨て、わずかばかりの近習に守られて北の隠し門から江戸城を脱出した。

朝興が逐電《ちくてん》した城は、ほどなく陥落した。

北条軍の追撃をくらました扇谷上杉朝興は、もともとの本拠であった河越城へ逃亡している。

江戸城を陥れた北条勢は、朝興のあとを追って武蔵野を北上した。

その勢いに恐れをなして、太田資高と同族で岩付《いわつき》城主の太田資頼《すけより》が氏綱に意を通じてきた。

さらに氏綱は、
蕨《わらび》城
毛呂《もろ》城
を相次いで攻略。

父早雲でさえ成し得なかった武蔵侵攻を着々とすすめてゆく。

北条勢の快進撃は、扇谷上杉朝興を震え上がらせた。

「このまま河越城におっては、わが命も危うい」

朝興は河越城を捨て、山内上杉憲房が滞陣する入間川近くの藤田《ふじた》の陣に逃げ込んで救いをもとめた。

これにより、北条氏綱の秘めた実力は、一躍、関東一円に知れ渡ることとなった。

(牙を持たぬ虎とあなどっていたが、存外、氏綱という男は父早雲にも劣らぬしたたか者であるかもしれぬ……)

そんな噂が、東国諸将のあいだでささやかれた。

扇谷上杉朝興から江戸城を奪った氏綱は、城の一ノ曲輪に重臣の富永政辰《とみながまさとき》を入れ、二ノ曲輪に遠山直景（側近衆遠山綱景の父）、三ノ曲輪に在地勢力の太田資高を配して、この三人を城代に任じた。

彼らは、

――江戸衆

と呼ばれ、それまでの相模玉縄城に代わって北条氏の最前線基地となった江戸城を守って、関東における勢力拡大の重要な役割を果たしていくことになる。

六

月明かりに照らされた小田原城内に横笛の音が流れている。哀愁を帯びた、嫋々《じようじよう》たる音色であった。

流れる雲に十三夜の月が隠されたとき、その調べがふと止《や》んだ。

「長綱どの、人とはかように変わってゆくものでしょうか」

横笛を唇から離した女が、縁側に座していた男を草色の眸で見た。

女は北条氏綱の妻加羅。男は箱根権現別当の長綱である。

「どうなされました、義姉《あね》上。今宵《こよい》は横笛にお心が入っていないように聞こえましたが」

「長綱どのには、昔から隠しごとができませぬね」

加羅が白い花のような清雅な微笑を浮かべた。

夫の氏綱が武蔵国で快進撃をつづけているのと同じころ、加羅は風邪をこじらせたのがもとで病の床につく日が多くなっていた。食事もあまり喉を通らず、周囲の者にも目に見えて痩せ衰えてゆくのがわかる。

だが、加羅は、

「戦場の氏綱さまに知らせてはなりませぬ。病のことは黙っているように」

と、夫に負担をかけることを恐れて気丈に振る舞っていた。

この日はいつもより気分がいいというので、陳外郎が処方した薬を届けにきた長綱の前で横笛を吹いていた。

「義姉上が変わったと申されるのは、氏綱兄上のことでございますな」

庭に咲く芙蓉《ふよう》の花を眺めながら、長綱が言った。

「さよう、兄上は強うなられた」

「強くなるということは、それと引き換えに何かを失うということではありませぬか」

加羅の目に淋《さび》しげな翳《かげ》がよぎった。

「兄上が何を失ったと申されるのです」

「わたくしにもよくわかりませぬ。ですが、亡きお父上早雲さまから受け継いだ、関東の王になるという野望が、あのお方を縛っているような気がするのです」

「野望を持つのは、男にとって悪いことではござりませぬ」

「そのために、あのお方は北条の名を利用なされた」

「義姉上には思うところもございましょうが、わが一族が厳しい乱世を生き抜いていくうえで、それは致《いた》し方のないことなのです」

長綱は言った。

「いずれ、伊豆千代丸も野望の渦のなかに呑み込まれていくのでありましょうか」

「それは……」

「怖いのです」

と、加羅がため息をついた。

「はじめて風祭の里に忍んで来たころの氏綱さまは、もっとみずみずしい心を持ったお方でした。氏綱さまが追いもとめてゆく野望の先に、いったい何が待っているのか」

「義姉上は、病のせいでお気が弱くなっておられるのだ」

長綱は笑い飛ばした。

「兄上の水ぎわだった采配ぶりをお見せしとうございます。扇谷上杉朝興を江戸城から追い出し、わが北条家の版図は着実に拡がっておるのです。兄上には、われら血を分けた兄弟、一門衆、頼もしい家臣ども、それに義姉上の実家の風魔一族も付いております。

何も心配なされることはない」

「そうでしょうか」

加羅が小さく首をかしげた。

「それよりも義姉上は、しっかり養生なさることだ。将来の北条家を背負うべき伊豆千代丸はまだ十歳。そのほかの子らも、幼少にございます。伊豆千代丸らのためにも、一日も早くお元気にならねば」

「雨が……」

重く雲が垂れ込めた空を、加羅が見上げた。

海のほうで雷鳴がとどろいている。芙蓉の花に、烈しく雨がたたきつけてきた。


一方――。

武蔵の前線にいる氏綱である。

氏綱はこのころ、当初の快進撃が嘘のように苦境におちいっていた。

山内、扇谷の両上杉氏が連携し、北条軍に対する反攻を開始したのである。両上杉氏だけでなく、北条氏の急激な勢力拡大に警戒心を抱く甲斐の大名武田信虎も、この同盟に加わった。

六月、北条方の支配下にあった河越城が、扇谷上杉勢によって奪還された。朝興は本城の河越城へ帰還。さらに反転攻勢の機会をうかがった。

つづく七月、扇谷上杉朝興は太田資頼が守っていた岩付城を降伏させ、勢いに乗って毛呂城をも奪い取っている。

かろうじて江戸城は確保しているものの、武蔵入り以来、氏綱が攻略した諸城の多くはふたたび扇谷上杉方の手に落ちた。

「殿ッ。このままでは、扇谷上杉に押されていくばかりでございますぞ」

江戸城代のひとり遠山直景が、白髪《しらが》頭を振り立てて言った。

「焦るな」

氏綱は表情を変えない。

「いまは敵の勢いが盛んになっている。こうしたときは、へたに動かぬほうがよい」

「そうは申されましても……」

「この関東では、新興のわが一族に対する警戒感が根強い。東国武士の多くは、山内、扇谷の両上杉の権威にいまだ引きずられている。それを変えることは、一朝一夕ではならぬと思っていた。ともかく、あきらめず粘り強くやることだ」

江戸城の櫓から葦の生い茂る荒涼とした野を眺め下ろし、氏綱は無精鬚《ぶしょうひげ》の生えた顎を撫でた。

七

翌大永五年二月になり、氏綱は岩付城を奪還した。しかし、胃の腑《ふ》がきりきりと痛むような一進一退の攻防はなおもつづく。

そんな氏綱に、さらなる大きな衝撃が走った。

——真里谷武田《たけだ》家

との断交である。

上総国に海の豪族として勢力を有する武田氏には、

長南《ちようなん》武田家

真里谷武田家

の二つの流れがある。

長南武田家のほうが宗家で、真里谷武田家はその分家にあたっていた。

真里谷武田家はかつて伊勢早雲と争った三浦半島の三浦一族と親しく、新井城の攻防戦のさいには、その水軍力を駆使して兵糧入れをおこなっている。

しかし、三浦氏が滅亡するにおよび、早雲の前に膝を屈して同盟を結ぶようになった。

その真里谷武田氏が目をつけたのが、古河公方家の異端児、足利義明であった。

古河公方足利政氏には、二人の子があった。長男高基と、次男の義明である。だが、この兄弟は家臣筋にあたる両上杉家に押されて影の薄くなっている父に飽き足らず、対立するようになり、長男高基は下総の関宿に逃れていた。

やがて、いまから七年前の永正十五年（一五一八）に足利政氏が引退。そのあとを継いで新たな古河公方となったのが逃亡先の関宿から復帰した高基であった。

だが、これですんなりとことが収まったわけではない。

諸国流浪の経験があり、不羈奔放な性格の弟義明がみずから古河公方家の後継者になることを宣言したのである。

真里谷武田家の当主恕鑑《じょかん》は、

（この男をうまく担げば、わが真里谷一族は関東で重きをなすことができよう……）

と、一族をあげて義明を後援する方針をかためた。

真里谷武田家の招きを受けた足利義明は、下総国小弓《おゆみ》城に入り、兄の高基に対抗した。

以後、義明は小弓城を御所と称して、

――小弓公方

と呼ばれることになる。

氏綱と小弓公方義明の因縁は深い。

かつて、小田原北郊の道了尊で義明と会い、当時、父の古河公方政氏と対立していた高基、義明兄弟への支援を約束して彼らを味方につけたのは、ほかならぬ氏綱自身であった。

義明が古河公方家の後継者の座をめぐって兄高基と争うようになってからも、氏綱は一貫して義明方を支持。その後援者である真里谷恕鑑とも同盟を結んでいた。その真里谷恕鑑が、突如、北条家との関係を断ち、氏綱の敵である山内、扇谷両上杉氏の陣営に走った。となれば、真里谷恕鑑を後ろ楯にしている小弓公方義明も行動をともにしている可能性が高い。

（なぜだ……）

小田原城でその一報を聞いた氏綱は、愕然《がくぜん》とした。

「小太郎を呼べ」

氏綱は、風魔小太郎を召し出した。

「急ぎ下総へゆけ。小弓公方のようすを探るのだ」

「心得ましてございます」

庭に片膝をついた小太郎は、巨軀《きょく》を折り曲げるようにして頭を下げた。しかし、いつもなら迅速に動きだす小太郎が、この日は凝りかたまったようにその場を動かない。

「いかがした、小太郎」

「いえ……」

「言いたいことがあるなら申してみよ」

「小田原にお戻りになってから、お方さまにお会いになられましたか」

「加羅か」

「はい」

「会うたが、それがどうした」

氏綱は戦いの合間にときどき本拠の小田原城に戻っていたが、仕事に忙殺され、不覚にも加羅が体調を崩していることに気づいていない。

いや、妻の顔色の悪さを目にとめてはいたが、

(陳外郎が処方した薬を服しておれば、いずれ良くなるだろう……)

と軽く考え、目の前の難敵たちとの戦いのほうに全神経をそそいでいた。

「それがしのごとき身分の者が申し上げることではございませぬが、いま少し労《いたわ》ってやって下さいませ」

感情をおもてにあらわすことの少ない小太郎が、めずらしく双眸に真摯《しんし》な光を浮かべて言った。小太郎のような闇に生きる定めを背負った者でも、やはり肉親の情は断ち難いのであろう。

「言われずともわかっている」

氏綱はうなずいた。

「この戦いが落ち着いたら、熱海《あたみ》の湯へ湯治に連れていこうと思っている。案ずるな」

「はッ」

「されば、下総の件頼むぞ」

「心得ましてございます」

風魔小太郎は、下総の小弓御所へ飛んだ。

御所へひそかに忍び込み、また修験寺院である鹿野山神野寺《かのうざんじんやじ》の山伏や沿岸の網元衆から情報を仕入れ、半月後、小太郎は小田原へ戻ってきた。

小太郎がもたらした知らせによって、

（なるほど、そういうことか……）

氏綱は、小弓公方義明の肚のうちをつかんだ。

北条氏が相模国内に留まっているうちは、下総にいる義明、その後援者である上総の真里谷武田氏との利害は対立しなかった。

ところが――。

氏綱が江戸城に進出し、江戸湾西部沿岸を掌握するようになると、その状況は一変した。

江戸湾の東部沿岸の制海権は、小弓公方義明と真里谷恕鑑、そして安房の里見一族が握っている。

彼らは、

――北条氏綱はいずれ、われらの領域を侵そうとするのではないか……。

と、強い警戒心を抱き、北条と対立する山内、扇谷の両上杉氏と手を結んで、一致団結してこれに当たる決意をかためた。その反北条包囲網の中心にいて、同盟を画策した立役者こそ、小弓公方義明であるという。

(あの男……)

氏綱の脳裡《のうり》に、義明の不敵な笑いがよみがえった。

諸国を武者修行した武芸の達人というだけあって、義明は名門の子らしからぬ視野の広さと、策謀をめぐらす知恵を身につけている。

敵にまわせば恐ろしい相手であった。

(負けるものか)

氏綱は顔を上げた。

真の戦いは、まだまだこれからである。このようなところで歩みを止めているわけにはいかない。

小弓公方義明に対抗するため、氏綱は義明の兄である古河公方高基との連携を積極的にすすめた。

策士の弟義明と違い、高基は古河公方家を継いだものの、力のない者の哀しさで弱体化の一途をたどっている。

そこへ、北条氏綱から同盟を持ちかける話が来た。

「これは天佑《てんゆう》じゃ」

高基は二つ返事で話に応じた。


大永六年六月、扇谷上杉朝興が蕨城を攻略した。これと連携し、小弓公方義明と結んだ真里谷武田氏と安房《あわ》里見《さとみ》氏の軍勢が、軍船に分乗して、海路、北条方の江戸城付近に上陸。城下に火をつけてまわった。

同じ年の十一月、山内、扇谷両上杉軍が、氏綱の弟氏時の守る相模玉縄城に攻め寄せている。

玉縄城は、小田原城と前線の江戸城を結ぶ重要な中継基地となっている。山内、扇谷両上杉方は、この城を脅かすことで、小田原城と江戸城を分断しようともくろんでいた。

両上杉勢の攻撃と同時に、安房の里見水軍が相模湾へ侵入。鎌倉に上陸し、鶴岡八幡宮を焼き払った。

氏綱は軍勢をひきいて急ぎ玉縄城の救援に駆けつけ、両上杉勢らを退却させた。

かろうじて江戸城こそ死守しているものの、氏綱にとって苦しい戦いがつづいている。

（いまは辛抱の時期よ……）

氏綱は歯を食いしばって耐えた。
そのようなときである。
加羅が危篤におちいったとの知らせが、江戸城にいた氏綱のもとに届いたのは――。

第八章　三代目

一

伊豆との国ざかいに近い相模国の西端に、小さな半島が突き出ている。鶴が首を伸ばし、羽を広げたようなその姿から、

――真鶴《まなづる》半島
と呼ばれている。

その真鶴半島の付け根、赤褐色の断崖の下に位置する岩《いわ》の湊《みなと》から、二艘《そう》の船が沖をめざして漕ぎ出していた。

海には、細かいちりめんのような白波が立っている。

赤銅色に陽灼けした屈強な水夫《かこ》たちが漕ぐ、八挺櫓《ちょうろ》の船である。船体が細く造られているため、船足が異様に速い。船体の舳《へ》先《さき》近くの両側に、口を大きくあけた鮫《さめ》の絵が黒

漆で描かれていた。鮫の鋭い歯の部分には、金泥がほどこされ、それが春の明るい陽射しにまばゆく輝いた。

エイヤッ

エイヤッ

エイヤッ

と水夫たちの勇壮な掛け声が、半島先端の三ツ石《みいし》まで、強い南風に乗って響きわたる。

「これが鮫追船と申すものか」

二艘のうち、三ツ鱗の旗をかかげた船に乗った少年が、波しぶきのかかる船端をしっかと両手でつかみながら言った。

「さようにございます」

少年の後ろに控える大男が言った。

つい先ごろ、先代の死によって風魔一族をたばねる頭となった風魔小太郎である。少年は、小田原城主北条氏綱の嫡男伊豆千代丸にほかならない。

「鮫追船には由来がござります」

風魔小太郎が向かい風に目を細め、いかつい肩を少し揺らして言葉をつづけた。

「その昔、伊豆蛭ヶ小島《ひるがこじま》に流された源頼朝公が、平家打倒をめざして挙兵したものの、石橋山《いしばしやま》の戦いに敗れ、わずか数名の家臣とともに命からがら箱根山中へ落ち延びたそうにございます」

「その話なら、わしも知っている。平家方に追われた佐《すけ》どの（頼朝）は、森のなかを逃げまどい、土地にくわしい土肥実平《どひさねひら》の案内でこの真鶴の岩の湊に至ったそうだな」

この大永八年（一五二八）の正月で十四歳になった伊豆千代丸は、二重瞼の切れ長な目を輝かせた。

「はい」

と、伊豆千代丸には母方の伯父にあたる風魔小太郎がうなずいた。

「岩の漁師どもは、頼朝公に力を貸し、湊から船を出して海をへだてた安房の地へ送り届けたと申します。そこで軍勢を立て直した頼朝公は、やがて平家を打ち倒し、鎌倉に幕府を開いたのです。苦難のときに手を差し伸べてくれた漁師どもの恩に報いるため、岩の湊の鮫追船二艘については以後一切の諸役を免ずると約束なされたとか。その習いがいまに至るもつづいており、この地の漁師どもは高い誇りを持っておるのです」

「岩の湊の鮫追船には、そのようないわれがあったのか」

伊豆千代丸は、船を漕ぐ赤銅《しゃくどう》色の肌をしたたくましい男たちを、あらためて感心したように見渡した。

春の潮の匂いが鼻に甘い。

空は雲ひとつなく晴れ渡り、波間すれすれをカモメがかすめるように飛んでいる。

「よき風だな」

伊豆千代丸は潮風を胸いっぱいに吸い込んだ。

昨年の七月十七日、母の加羅を病で亡くして以来、小田原城中の居室に閉じこもり、書を読んで過ごすことの多かった伊豆千代丸だが、小太郎はそんな塞《ふさ》ぎ込みがちな伊豆千代丸の身を案じ、時おりこうして連れ出しては、外の空気に触れさせるようにしている。

漁業で栄える真鶴は、伊豆千代丸の父氏綱のときから北条氏の直轄領になっている。鮑《あわび》、海鼠《なまこ》、鮫のヒレ（フカヒレ）など、豊富な魚介類の多くが俵物に加工され、海の向こうの明国との重要な交易品にもなっていた。

「のう、小太郎」

伊豆千代丸がほつれた鬢《びん》の毛をなびかせながら、風魔小太郎を振り返った。

「城下の者どもが、わしのことを何と噂しているか知っておるか」

「いえ」

小太郎は首を横に振った。

「みなは、わしが北条の後継ぎにはふさわしくない、わしが三代目になれば北条の家は乱世の荒波のなかに呑み込まれるであろうと、陰でささやいておるのじゃ」

「誰がそのようなことを」

風魔小太郎が表情の少ない顔を、怒ったようにゆがめた。

「誰もかれも、みなだ」

「若君の思い過ごしでございましょう。万にひとつ、そのような不心得者がおるとしたら、それがしが生かしてはおきませぬ」

「さようなことをしたら、小田原城下の民を残らず斬らねばならなくなるぞ」

「若君……」

「よいのだ。ほかならぬわし自身が、そう思っている」

伊豆千代丸の端整な顔に、孤独の翳がよぎった。

母に似てか、伊豆千代丸は気が優しい。何より殺生《せっしょう》が嫌いで、食事の膳にのぼる雉《きじ》や兎《うさぎ》の肉を口にすることすら躊躇《ためら》うほどだった。

そんな息子を、

「女子《おなご》でもあるまいに、武家の嫡男がそのような軟弱な気構えで何とする」

父の氏綱は厳しく叱責した。

そのたびに伊豆千代丸は下唇を噛み、うなだれて父と目を合わせないようにするのがつねだった。

(なにゆえ人と人は争い、血を流して殺し合わねばならぬのだろうか……)

素朴な疑問が胸に湧いた。

梟雄《きようゆう》といわれた祖父早雲の血を引き、北条氏の名を関東にとどろかせた父氏綱の跡を継ぐべき宿命を背負って生まれた伊豆千代丸は、幼いころから自分自身の立場をとてつもなく重荷に感じていた。

いつぞや、城中の八幡山曲輪《はちまんやまくるわ》で、家臣どうしの鎧《よろい》組み討ちの鍛練を見ていたとき、伊豆千代丸は、あまりの恐ろしさに気を失ったことがある。

ふだんは肩車などして、自分の遊びの相手をしてくれる温厚な家臣が、ひとたび短刀を持つと人変わりしたように目が血走り、全身に冷たい殺気をみなぎらせる。背筋が震え、とても正視することができなかった。

その日から、

――若君は臆病者じゃ。

という噂が城下に広まった。

むろん、伊豆千代丸とて、

「武家の子らしくありたい」

と願わぬわけではない。武辺自慢の家臣たちの嘲笑うような視線も、幼い心を深く傷つけた。

(いっそ、武家の子になど生まれねばよかった……)

伊豆千代丸は思った。

二

やがて、八挺櫓の船は真鶴半島先端の三ツ石をまわり込み、熱海の沖に浮かぶ初島《はつしま》のほうへ舵《かじ》を切った。

初島の脇を通ってすすんでいくと、海は紺碧《こんぺき》の色を深くし、伊豆大島の島影がしだいに大きくなってくる。

あたりの海域は鮫が多い。

ヨシキリザメ、イタチザメなど、成長すれば体長一丈（約三メートル）をはるかに超える大型の鮫が生息している。獰猛《どうもう》な性質を持つこれらのサメは、ときに人を襲うこともあり、付近の湊の漁師たちに恐れられていた。

船端をつかみ、海の底をのぞき込んでいる伊豆千代丸に、

「危のうございますぞ、若君。あやまって海に落ちれば、間違いなく鮫どもの餌食になりまする」

風魔小太郎が言った。

小太郎の言葉は脅しではない。その証拠に、さきほどまでは陽気に櫓を漕いでいた漁師たちが、陽灼けした顔に緊張の色を浮かべはじめている。

「鮫漁は命がけにござる。ここ数年のうちに、鮫に手足を喰《く》いちぎられた漁師が三人はおります」

「そのように危険な思いをしてまで、漁師どもはなぜ鮫を追うのだ」

伊豆千代丸は小太郎に聞いた。

「生きるためにござります」

「生きるため……」

「さよう」

と、小太郎がうなずいた。

「若君は殺生がお嫌いでございましたな」

「うむ」

「されど、この世にあるかぎり、人は生き物の命を奪わねば生きてゆけぬのでございます。明国に高値で売れる鮫のヒレは、フカヒレと申しましてな。漁師どものよい稼ぎになります。また、鮫を殺さねば、漁場の魚が食い荒らされ放題に荒らされ、このあたりの湊々の者どもは、女も子供も餓え死にするしかなくなるのです」

「生きるための殺生か」

伊豆千代丸は蒼《あお》い顔をしてつぶやいた。

そのとき、船の舳先のほうにいた漁師が、

「ほうれッ」

と胴間声《どうまごえ》を発し、何か大きなものを海に投げ込んだ。

——ザブリ
と、真っ白な水しぶきが上がる。

漁師たちが海へ投げ込んだのは、荒縄につながれたイノシシだった。箱根山中で捕獲されたものである。

荒縄に結わえつけられたイノシシは、鮫追船の横に沿うようにして波間をただよった。まだイノシシはかろうじて息がある。その体についた無数の槍傷から、紺碧の海へ鮮血が流れ出してゆく。

「なぜこのような酷《むご》いことをする。イノシシが哀れではないか」

伊豆千代丸は、咎めるような目を漁師に向けた。

「血の臭いで、鮫をおびき出すんでさぁ。やつら、たまらず獲物に群がってまいりましょうて」

老いた漁師が陽射しの照り返しに目を細めた。

海上に生臭い臭いがただよった。

漁師たちのなかでも、ひときわ肩の筋肉が隆々と盛り上がった若者が、船の舳先に立ち、背中をたわめて銛《もり》を構える。

「しくじるなよッ。仕損じれば、こっちの命が危うい」

老漁師が、銛をかまえた若者の背中に声をかけた。

船上の男たちは、固唾《かたず》を呑んで海面を見つめた。伊豆千代丸も息をつめて漁のようすを見守る。

しばらく時が経った。

やがて、海面にすっと青黒い影のようなものがよぎった。

「来たぞッ！」

漁師たちが叫んだ。

青黒い影と見えたのは、鮫の背であった。

鮫は警戒するようにイノシシの周囲を二度、三度と、かすめるように泳ぎまわったのち、突如、波を切り裂くように獲物めがけて襲いかかってきた。

体長一丈半はあろう。海のぬしのごとき大きな鮫である。

「銛打てッ！」

老漁師が喉も裂けよと叫んだ。

銛をかまえた若者が、のけぞるように身を反らせた。

「やーッ！」

と気合もろとも、鮫の頭めがけて銛を放つ。

狙いあやまたず、するどい銛の先端が鮫の脳天に深々と突き刺さった。

「仕留めたのか」

伊豆千代丸は知らず知らずのうちに、拳を強く握りしめていた。

「いや。大変なのは、これからにござる」

風魔小太郎が言った。

頭に銛を突き立てられた鮫が、狂ったように暴れはじめた。巨体を右へ左へくねらせ、海の底へ潜り込もうと必死にあがく。

舳先に仁王立ちになって銛とつながれた綱を握っていた若者が、危うく海へ引きずり込まれそうになった。

「何をしている。おめえたち、仲間を助けねえか」

老漁師の一声で、漁師たちが若者の加勢に駆けつけた。声をそろえて綱を引き、鮫を深みへやるまいとする。

鮫と漁師たちの格闘は、半刻《とき》近くにも及んだ。

やがて、日が中天にかかるころ、さしもの鮫にも疲れが見えはじめた。

漁師たちは、渾身の力で綱を引いた。荒い息を吐きながら、ゆっくりと鮫を船の近くまでたぐりよせる。

青光りする巨体が海面近くに浮かび上がってきた。それでも鮫は最後の力を振り絞り、尾びれを捩《ね》じって逃れようとする。

(これが、生きるための戦いというものなのか……)

鮫を見つめる伊豆千代丸の胸に、言い知れぬ恐怖とともに、いままで感じたことのない熱の塊のような感情が湧き上がってきた。

そのとき、船端から身を乗り出した漁師が、手にした棍棒《こんぼう》で鮫の頭を殴りつけた。繰り返し、繰り返し、鮫の息の根が止まるまで何度も棍棒をたたきつける。

死にゆく鮫の目から大粒の涙がこぼれたように、伊豆千代丸には見えた。

「そうれッ!」

掛け声もろとも、漁師たちが鮫を船の上に引き揚げようとした。

瞬間、苦しまぎれに鮫が尾びれで海面をたたいて宙へ撥《は》ね跳んだ。

——わーッ

と、湧き起こる漁師たちの怒声、悲鳴を耳の底で聞きながら、伊豆千代丸はいつしか意識を失っていた。

三

伊豆千代丸が目覚めたのは、小田原城内の居室であった。

白い霞がかかったような頭に、まだ恐怖の余韻が残っている。

「お気がつかれましたかな」

目を上げると、そこに叔父《おじ》の北条長綱がいた。

「わしは……。漁師どもは無事か。あの鮫はどうなったのです」

「ご無理をなされてはなりませぬ。鮫は漁師が見事に仕留め、湊へ持ち帰りました。たいそうな大物だったそうにございますな」

「うむ……」

伊豆千代丸の胸にゆるやかな安堵《あんど》の波が広がった。

「小太郎はいかがしたのです、叔父上」

「風魔小太郎は、血相を変えて若君を城まで抱きかかえてまいりました。もしものことがあったら何とすると、重臣の大道寺盛昌からきつい叱責を受けておりましたが」

「悪いのは小太郎ではない。怯懦《きょうだ》の心をもって生まれついたわしが悪いのだ」

「若君」

長綱が憐れむような顔をした。

「そのようにご自身をお責めになることはない。人は誰しも、初めて目にしたものには恐れを感じるものです。肝要なのは、その恐れから逃げず、真正面から向き合おうとすることではござらぬか」

「真正面から向き合う……」

「さよう」

と、長綱が目を細めた。

「若君のお父上も、いまでこそ北条一門の棟梁《とうりよう》としてその名を関東一円にとどろかせておられますが、最初から猛く智恵《ちえ》深い武将だったわけではござらぬ。人は失敗のなかから何ごとかを学び、昨日《きのう》より今日、今日より明日《あす》と、未熟なおのれを鍛え、高めてゆくものなのです」

「わからぬ、わしには」

伊豆千代丸は頭から薄絹の夜具を引きかぶった。

そんな甥を、長綱は唇に微笑を含みながら眺めた。

「加減がよくなったら本丸御殿に顔を出せと、お屋形さまが仰せでござりましたぞ」

「父上が」

夜具の下から、伊豆千代丸は顔をのぞかせた。

「どうせまた、そなたは北条の世継ぎにふさわしからぬ情けないやつと、お叱りなされるにちがいない」

「さあ、どうですかな」

「半僧半俗の身である叔父上はよい。そうやって、世の中をいつも斜めから見て、余裕たっぷりに笑うておられる」

「いや、若君。それがしのごときどちらつかずの立場も、これはこれで辛《つら》いもので。何が幸いかは、軽々しく決められるものではござらぬぞ」

「さようなものか」

「はい」

長綱がうなずいた。

父から呼び出しを受けてはいたが、伊豆千代丸はそれから三日、部屋に引き籠もったままでいた。

自分に向けられるであろう、父氏綱の落胆と軽蔑を含んだ目を見るのが嫌だった。

(父上のご期待に、決して背かぬ武者におなりなさい……)

没する前に髪を切って出家し、養珠院宗栄《ようじゅいんそうえい》の名を与えられた母の加羅は、いまわのきわにそう言い残して逝《い》った。

伊豆千代丸は冷たくなった母の手を握って泣いた。だが、父は物言わぬ母の亡きがらを前にしても、一粒の涙も流さなかった。

(父上は、母上を大事には思うてはおられなかったのか……)

伊豆千代丸は、感情をおもてに出さない父の態度を恨みに思った。

鬱々としたまま、日を過ごした。

優しく美しかった母の面影がひたすら懐かしかった。

その母の月命日にあたる二月十七日、伊豆千代丸は久しぶりに小者だけを連れて小田原城外へ出た。

行く先は決まっている。

母の墓がある、箱根湯本の金湯山早雲寺《きんとうざんそううんじ》である。

早雲寺は初代祖父早雲の菩提を弔うために伊豆千代丸の父氏綱が建立したもので、住持は京の大徳寺から招かれた以天宗清《いてんそうせい》がつとめていた。

ハッ
と鞭《むち》をくれ、伊豆千代丸は鴾毛斑《つきげまだら》の馬を飛ばした。武術の鍛錬は得意ではないが、馬を操ることだけは家中の誰にも負けぬという自信がある。

小田原城下から箱根湯本までは一里。早川ぞいの樹林につつまれた道をゆく。

やがて、行く手に寺の山門が見えてきた。

門前で馬を下り、供の者をそこで待たせて、苔むした早雲寺の境内を歩いた。

境内に人気はない。

禅刹《ぜんさつ》らしく、あたりは閑寂そのもので、研ぎ澄ましたような静けさに満ちている。ただ早川の瀬音と、風が揺らすアラカシやスダジイの葉ずれの音だけがさわやかに聞こえた。

加羅の墓は、早雲の墓所の近くではなく、方丈の裏手にぽつりとひとつだけ離れてあった。

途中、母の好きだった椿《つばき》の花を手折《たお》り、竹林のなかの道を歩いていくと、墓の前に人影があった。

(あれは……)

伊豆千代丸は、はっと足を止めた。

母の墓の前にうずくまり、大きな背中をみせて手を合わせているのは、父の氏綱にほかならなかった。

四

伊豆千代丸は草鞋《わらじ》の底で苔を踏みながら、ゆっくりと父氏綱に近づいた。

よほど深く祈りをささげているのか、氏綱が息子に気づく気配はない。墓に向かってただ、両の手を合わせている。

風雪にさらされた木像のごとき、孤独で悲哀に満ちた背中であった。

このような父の姿を、伊豆千代丸はかつて目にしたことがない。北条一門をひきいる父は、伊豆千代丸にとってつねに冷厳であり、一分の隙もなく、近寄りがたい存在であった。

だが、いま目の前にあるこの背中の、

(なんと淋しげなことか……)

伊豆千代丸は、寸刻たりとも気をゆるめることが許されない乱世の戦いのなかで、父が胸のうちに秘めてきたもうひとつの貌《かお》を見る思いがした。

早雲寺の境内をおおう木々の葉ずれの音がした。

声をかけることもできないまま、木洩《こも》れ日のなかに立ちつくし、どれほどの時が経ったか——。

やがて氏綱が立ち上がり、こちらを振り返った。

「いたのか」

「はい」

伊豆千代丸はうなずいた。

「父上も、母上の墓参りに……」

「加羅のやつに恨みごとを言いに来た」

「恨みごととは?」

「なにゆえ、わしを独りにした。わしだけでは肩に背負うべき荷が重すぎるとな」

にこりともせずに氏綱が言った。

「もしや、父上は……」

伊豆千代丸は握り締めた拳を小刻みに震わせた。

「母上をお責めになっておられたのですか。このような臆病で人の上に立つ器量のない息子、なぜに生んだのだと」

「伊豆千代丸」

顔面を蒼白《そうはく》にしている息子を、氏綱がめずらしいものでも見るような目で見下ろした。

「そなた、おのれのことを人の上に立つ器量がないとまことに思っているのか」

「人はみな、そのように申します」

「人がどうこうではない。そなた自身がどのように考えているかだ」

その口調は、いつもの厳しい父のそれだった。上から押さえつけるように問いつめられると、伊豆千代丸は心の逃げ場を失ってしまう。

「答えよッ、伊豆千代丸」

「わたくしは父上の跡など継ぎとうございませぬ。武士は嫌にございます」

不意に何か熱いものが胸に込み上げ、伊豆千代丸は吐くように言った。生まれてはじめての父への口ごたえだった。

「ほう、武士は嫌か」

氏綱が目を細めた。

「それはなぜだ」

「漁師は魚を漁《すなど》るのが仕事《なりわい》にございます。百姓は田畑を耕し、米や麦、菜を育てます。商人《あきんど》は物を売り買いして町を富ませ、刀鍛冶《かたなかじ》や鎧《よろい》職人はものを造ります。それに引きかえ、武士はただいくさに出て、人を殺《あや》めるのが仕事。そのような家に生まれたことを、わたくしは恨みます」

「そなたの口から、そのような言葉を聞こうとは思わなんだ。わしは心底落胆したぞ、伊豆千代丸」

「父上……」

「わしについてまいれ」

氏綱が、伊豆千代丸の腕をぐいとつかんだ。

「どこへ行くのです」

「黙ってついて来ればわかる」

黒鹿毛《くろかげ》の馬に飛び乗るや、氏綱は平手で馬の尻をハッとたたいた。

勢いよく走りだした黒鹿毛のあとを追い、伊豆千代丸も鴇毛斑の愛馬にまたがり、父に従った。

父子は早川ぞいの道をさかのぼった。

武芸のなかで唯一、伊豆千代丸は馬術を得意としている。

（馬は裏切らぬ。心を通わせれば、必ずこちらの思いに応えてくれる……）

馬の肌から伝わって来るぬくもりは、どこか遠い日に甘えた母のふところのあたたかさを思い出させた。

やがて——。

道が川べりから少し離れ、瀬音が遠くなったところで氏綱が不意に馬を止めた。

「下りよ」

伊豆千代丸に命じると、氏綱はみずからも馬の背から下り、手綱を道端の灌木《かんぼく》につないだ。

あたりには竹林が広がっている。

生い茂った笹《ささ》の葉で周辺は昼なお暗く、湿った土のにおいが鼻をついた。

「ここは、どこでございます」

伊豆千代丸は左右を見まわした。

「よく見るがよい」

「ただの竹林のようですが」

「そのように見えるか」

氏綱が言った。

「はい」

「そなたの目は節穴か」

かるく眉をひそめると、氏綱は竹林のなかを指さした。

奥の窪地に、真っ黒に焼け焦げた木材のようなものが積み重なるように転がっていた。その近くに、丸石も散らばっている。どうやら、家の礎石のようである。

「あれは……」

伊豆千代丸は、父氏綱に物問いたげな目を向けた。

「ここはかつて、朝日千軒《あさひせんげん》と言われるほど栄えた集落があったところだ」

「朝日千軒……」

「そうだ」

「その栄えた集落が、なにゆえこのようなことになったのですか」

「そなたの祖父が相模入りする以前、このあたりは大森氏の領するところであった。だが、大森氏には領内の民を守るだけの力がなく、村は箱根山の野盗どもに襲われ、略奪のかぎりを尽くされた」

「……」

「家々は火で焼かれ、抵抗する男どもは皆殺しにされて、女子供は人買いに売り飛ばされた。見てのとおり、いまは住む者とてなく、荒れ果てた竹林になっている」

「酷《ひど》うございます」

伊豆千代丸は唇を震わせた。

「酷いだと」

氏綱が、するどい目つきで息子を振り返った。

「これが乱世の冷厳な現実だ。身を守るすべを持たぬ者は、生き抜くことができぬ」

「……」

伊豆千代丸はその場に立ちつくしたまま声もない。

「そなたは、人を殺すのが武士のなりわいだと言ったな」

氏綱は腕組みをし、集落の焼け跡を静かに見つめた。

「たしかに、いくさに出ればわしとてためらいなく敵を殺す。そうせねば、自分が命を奪われるからだ。だが、それは一面にすぎぬ。武士の役目はいくさのみではない。土地を治め、武力をもって民の暮らしを外敵から守る。それが、われら武士が天から与えられた仕事だとわしは思っている」

「父上……」

「武士が嫌だと申すなら、いますぐにでも縁を切ってくれる。どこへなりとも行くがよい。そして、この乱世で生きることの厳しさを骨の髄まで味わうがよかろう」

「わたくしは……」

「おのれがこの世に生をうけたことの意味を、一度、じっくり考えてみるのだな」

氏綱が突き放すように言った。

五

その日を境に――。

伊豆千代丸の姿は小田原城内から消えた。家臣たちはおおいに慌てたが、ひとり当主の氏綱のみは平然としていた。

「騒ぐことはない。あれも、すでに十四歳だ。おのが目で見るべきものを見、おのが耳で聞くべきものを聞いてくればよい。途中で野垂れ死ぬようなら、あやつはそれだけの器だったということよ」

それきり氏綱は伊豆千代丸のことを話題にすることを周囲に禁じ、領内の経営と周辺の大名との外交に没頭した。

このころ、北条氏綱の身辺には変化があった。

公家最高の家格を持つ五摂家筆頭、前関白《さきのかんぱく》近衛尚通の息女を、京から後妻に迎えたのである。

「これも、兄者の言うまつりごとでござりますか」

末弟の長綱が、皮肉な目をして氏綱に言った。

「伊豆千代丸が知れば、さぞや怒り哀しむことでございましょう」

「まつりごとはそのように甘いものではない。この関東の地で、足利公方家や両上杉氏と対抗していくためには、わが北条氏の権威を高めねばならぬ」

「新しい奥方どのは、その道具にござるか」

「そなたのごとき気楽な立場の者には、わしの思いはわからぬ」

氏綱は弟を睨んだ。

「昔の兄者は、そのようなことを口にするお方ではなかった」

「人は変わるものだ。いや、変わっていかねばならぬ」

「家が大きくなればなるぶんだけ、一族の上に立つ当主の果たすべき役目も重くなる。兄者は、その重みに耐えられるほどの強さに伊豆千代丸の性根をたたき直すため、わざと外へ放り出したのでござろう」

「伊豆千代丸のことは、口にしてはならぬと禁じたはずだ」

「さて……」

と、長綱が肩を揺らすようにして縁側から立ち上がった。

「たまには風祭の里へでも行って、馬の鞍作りをしてまいりますかな」

かすかな含み笑いを残すと、

〽我が恋は
水に燃え立つ
蛍々
物言わで
笑止の蛍

長綱は京で流行《はや》りの俗謡を口ずさみながら立ち去っていった。

近衛家の姫を氏綱の正室に迎えたことで、北条氏は京の朝廷との結びつきが強くなった。また、氏綱は従五位下左京大夫《さきょうのだいぶ》の官位官職を朝廷より与えられ、戦国大名としての立場をより強固なものとした。

初代早雲が歩み出した、

――関東の覇王
への道は、二代氏綱に至り、さらに大きく拓けようとしている。

一方――。

小田原から消えた伊豆千代丸は、旅の空にある。

一人ではない。供を従えていた。

「そろそろ腹がへってまいりましたのう」

と、早足で歩く伊豆千代丸の背中に声をかけたのは、北条家の相談役にして御用商人となった陳外郎の末子、林太郎《りんたろう》である。

伊豆千代丸より三歳年上の十七歳だが、父に従って小田原城へ出入りするうちに、年の近い伊豆千代丸と親しくなった。

林太郎は背がひょろりと高く、馬のように長い顔をしている。耳学問ではあるが、店にやってくる諸国の商人や唐人を通じて幅広い世間の知識を持っており、無類の書物好きであることが伊豆千代丸とのあいだを近しいものにしていた。

「腹がへったと申しても、このあたりには茶店ひとつ見当たらぬ。室《むろ》ノ津《つ》の湊へたどり着くまで、ひたすら歩きつづけるしかあるまい」

「殺生な。腹と背中の皮がくっつきそうでございますぞ、若殿」

林太郎が情けない声を上げた。

伊豆千代丸は足を止め、林太郎を振り返った。

「だから付いて来るなと言ったのだ。わしの気ままな旅に、おまえまで付き合うことはない」

「そうはまいりませぬ」

額の汗をぬぐい、林太郎がこればかりは譲れぬといった顔つきで言った。
「どのようなことがあっても、若殿を命がけでお守りせよと、つねづね、父からきつく言われております。若殿の行くところなら、地獄の果てまでお供してまいるつもりです」
「困ったやつだ。城下を抜け出すとき、そなたに見つかったのが運のつきだったな」
「さようで」
林太郎が後ろ首をかいて笑った。
二人がいるのは関東から遠く離れた西国、播磨国《はりまのくに》である。
小田原城下をひそかに旅立った伊豆千代丸と林太郎は、諸国往来自由の山伏のなりに身を変え、東海道を西へ向かった。
北条領の伊豆国を出たあと、
駿河
遠江
と、北条氏とは友好関係にある今川氏の勢力圏内を通過し、さらに、
三河
尾張《おわり》
美濃《みの》
近江

と、見聞を広めながら半月近くかかって京の都へたどり着いた。

応仁《おうにん》・文明《ぶんめい》の大乱以来、京の都は打ちつづく戦乱で荒れ果てている。細川《ほそかわ》氏、三好《みよし》氏らが私闘を繰り返し、武家の棟梁たる足利将軍家でさえ、おちおち都に留《とど》まっていられないありさまである。

京の町は、王朝文化が花開き、華やかな繁栄をほこったころの平安京の姿ではない。御門《みかど》や公家《くげ》、武家の住む上京《かみぎょう》と、町衆が暮らす下京に分かれ、それぞれが周囲に空堀と土塀をめぐらして、頻発する野盗や一揆の襲来にそなえている。

誰もが騒乱に脅え、女子供は昼日なかでも人気の少ない路地をうかつに歩くことができない町になっていた。

治安から言えば、北条氏の城下町小田原や、今川氏の膝元である駿府《すんぷ》のほうがはるかに安全であろう。

(国の中心である京の都へ行けば、おのれを変えるすべが見つかるのではないか……)

そのように考え、小田原からはるばる京へ上ってきた伊豆千代丸であったが、どうやらここにも、探し求めるものの答えは発見できそうになかった。

むしろ、荒廃した京を目のあたりにして伊豆千代丸が痛切に感じたのは、

(父上が言っていたとおり、これが乱世の冷厳な現実というものか。力なき者は生きてはゆけぬ。いや、天下を治めるべき者が力を持たぬからこそ、国は麻のごとく乱れ、民

は苦しんでいる……）

ということだった。

伊豆千代丸は、けっして愚鈍な若者ではない。繊細すぎるほどの鋭い感性を持ち、何が真実であるかを瞬時に見抜く直観力を身にそなえている。

であればこそ、領土拡大のために血で血を洗う戦いをつづける武士のありかたに疑問を感じ、父氏綱に反発したのだった。

だが、

（どうやら、父上のお言葉は正しかったようだ。目の前の戦いから逃げているばかりでは、世の中は変えられぬ……）

伊豆千代丸はおのれの間違いを素直に受け入れた。

「わしは強うなるぞ、林太郎」

船岡山《ふなおかやま》から京の町並みを見下ろしながら、伊豆千代丸は言った。

「もはや、みずからの運命から逃げぬ」

「若殿」

「おのれを鍛え上げ、この乱世に風穴をあける漢《おとこ》になってみせよう」

伊豆千代丸は心に誓った。

「しかし、若殿。一口に強くなると申されても、いったい何をなされるおつもりでございます」

「うむ……」

伊豆千代丸にも、これといったあてがあるわけではない。

「さしあたって、兵法でも学ぶか」

「兵法とは、剣の道にございますな」

「どうせ学ぶなら、天下一の剣の名人の教えを受けたいもの。そなた、誰か心当たりはないか」

林太郎の父陳外郎は、畿内はもとより、西国にもあきないの情報網を張りめぐらしている。

林太郎は、

「はて」

と首をかしげてから、はたと手を打った。

「それなら、鎮西《ちんぜい》の日向国《ひゅうがのくに》に、天下無双の剣の名人がいると聞いたことがございます」

「何という者だ」

「たしか、名を愛洲《あいす》移《い》香斎《こうさい》と申したと思います」

「愛洲移香斎か」

「はい。もとは志摩《しま》あたりの海賊だったとかで、若いころに明国へ渡り、日本へ戻ってからも諸国をめぐり武芸の技を磨いて、陰流《かげのりゅう》なる剣の流派を打ち立てたとか」

「その者が日向にいるのか」

「いまは隠居し、日向の鵜戸《うど》八幡宮で悠々自適の暮らしを送っているらしいと、鎮西からあきないに来た薬種商人が噂いたしておりました」

「よし、日向へ行く」

こうと決めたら行動が早いのが、若者の特権である。

伊豆千代丸と林太郎は京をあとにし、山陽道を歩いて、鎮西へ向かう船が出るという播磨室ノ津の湊をめざしていた。

「握り飯だ、食え」

街道を歩きながら、伊豆千代丸はふところに入れていた握り飯の竹皮包みを林太郎に差し出した。

「これは、若殿の……」

「おまえのほうが図体《ずうたい》がでかい。そのぶん、腹もへるだろう。わしは湊に着くまで我慢できる」

「若殿」

「何だ」

「なにやら、旅に出てから若殿は変わられましたな。一回り、たくましゅうなられたと申すのか……」

「くだらぬ世辞はいい。先を急ぐぞ」

伊豆千代丸は頬を引きしめた。

空にカモメが舞っている。湊が近いのであろう。

第九章　目指すもの

一

――この泊《とまり》、風を防ぐこと室《むろ》の如《ごと》し、故に因《よ》りて名をなす。

と『播磨国風土記《はりまのくにふどき》』にもしるされた室ノ津は、瀬戸内海を行き来する船の風待ちの湊として古くから栄えてきた。

波の立たない深い入江のまわりには、諸国から集まってくる船乗りたちを目当てにした遊郭が二、三十軒ほど建ち並んでいる。

海風にまじって脂粉の匂いがただよい流れ、雑多ななかにも華やかな風情をかもしだしていた。

「カモメが飛んでおるな」

波止《はと》の突端にある波切り石に腰を下ろした伊豆千代丸は、足の速い雲が流れる空を見上げた。

「外洋から波が打ち寄せる相模や伊豆の海と違い、このあたりの海は穏やかだな。風も静かだ」

「たしかに瀬戸内の海は静かでございますが、よいことばかりではございませぬぞ」

供の林太郎が、近くの漁師の家から手に入れてきた干し蛸《ほだこ》の足をにちゃにちゃ嚙みながら言った。

「どういうことだ」

「風がなければ、船は動きませぬ。それゆえ、頃合いの風が吹くまで、船は湊で待っていなければならぬのです」

「風待ちか」

「はい」

食いまするかといったように、林太郎が伊豆千代丸に干し蛸の足を差し出した。

「いらぬ」

「旨《うも》うございまするぞ」

「腹は減っていない。それよりも、早く鎮西へ向かう船に乗りたい」

「申し上げたでございましょう。帆を膨らませる風が吹くまで、船は出ぬと」

「されば、鎮西行きの船は……」

「さきほど船頭に聞いてまいりましたが、西へ向かう船は、ここ二、三日、湊に碇《いかり》を下ろしたままだそうにございます。このぶんではしばらくのあいだ、東風《こち》は吹かぬのではなかろうかと」

「ここで足止めか」

「はい」

「つまらぬ」

鎮西の日向国にいるという天下無双の剣の名人愛洲移香斎を思い、若い伊豆千代丸の心は逸《はや》った。しかし、天に逆らうことはできない。

主従が今後のことを語らっていると、沖のほうから一艘の小端船《こはしぶね》がゆっくりと漕ぎ寄せてきた。

船の上から、
チュー
と、鼠のような声がする。

(何だ……)

伊豆千代丸が目を上げると、小端船の船べりから身を乗り出すように、派手な小袖に身をつつんだ女が二人、唇をすぼめて鼠鳴きをしていた。

「あの者どもは」

伊豆千代丸はいぶかしげな目をした。

「ご存じありませぬか」

林太郎がわけ知り顔で言った。

「室ノ津の遊び女《め》にございますよ。鼠鳴きは、男を誘う合図。身なりのよい若殿を上客と見たのでありましょう」

「遊び女……」

と聞いただけで、まだ女を知らぬ伊豆千代丸の顔は火照った。

小田原城下にも、そうしたたぐいの女たちがいなかったわけではない。だが、ひたすら母を慕う伊豆千代丸は、しぜんと耳に入ってくる近習たちのきわどい話も聞かぬふりをし、謹厳に身をつつしむようにしていた。

チュー

チュー

鼠鳴きをしながら、女たちが伊豆千代丸のほうへ近寄ってきた。

「可愛い顔をしたお兄さんだこと。私たちと遊んで行かない」

顔に白粉を塗り、小袖の胸もとをややしどけなくはだけた年増の女が、伊豆千代丸をからかうように声をかけてきた。

後ろにいるもう一人の女は、厚化粧こそしているが、その体つきは華奢《きやしや》で、どこか幼げな顔立ちをしている。

おそらく、十四歳の伊豆千代丸とさほど変わりのない年ごろなのではないだろうか。この道に入ってまだ日が浅いのか、鼠鳴きのしかたもどこか不慣れなようだった。

「あっちへ行け。若殿は、お前たちが声をかけられるようなお方ではない」

林太郎が手を振り、女たちを追い払うしぐさをした。

「あたしたちを馬鹿にするのかい」

年増の女が、かすかに細い眉を吊り上げた。

「若殿だか誰だか知らないけどさ、あたしと一緒にいるこの小観音《こかんのん》だって、世が世ならば京の公家の姫君だったのさ」

「馬鹿ばかしい。公家の姫君が遊び女とは笑わせてくれる」

林太郎がふんと鼻を鳴らした。

「よせ、林太郎。女を相手にむきになるな」

伊豆千代丸は林太郎を制した。

「しかし、若殿……」

「ほら、あんたより、この若殿さまのほうが世間をわかっているようじゃないか。どこへ行くつもりか知らないが、どうせ当分、この湊から廻船《かいせん》は出ないよ。たんと遊んでお行きな」

女が、伊豆千代丸を誘うようにしなをつくった。

「そういうわけにはいかぬ」

伊豆千代丸は毅然《きぜん》とした態度で誘いを断った。

「あら、どうしてさ」

「女を金で買うなど、人として許されぬと思うからだ。遊び女とて品物ではない。心がある。その心を踏みにじって契《ちぎ》りを結ぶことなど、私にはできぬ」

「うふ」

と、年増の遊び女が笑った。

「聞いたかい、小観音。世の中には、こんなうぶな男もいるんだねえ」

「よしましょう、千手姐《せんじゆねえ》さん。いらぬと申されるものを、無理強いするわけにはいきませぬ。きっとご迷惑なのです」

小観音と呼ばれた若い娘が、女の袖を引いた。

長い睫《まつげ》毛と白く形のいい顎が美しい。

遊び女にしては擦《す》れたような感じがなく、なるほど公家の姫といってもおかしくはない清雅な気品を漂わせている。

「いや。あたしゃ何だか、この世間知らずの若殿が気に入ったよ。見たところ、筆下ろしもまだなんだろう。どうあっても、今夜はあんたと添い寝がしたくなった」

年増の遊び女が、朱を塗った赤い下唇を嘗《な》めた。

「お代はいらないよ。湊のはずれにある桔梗屋《ききょうや》に来ておくれな」

「しつこい女だな。若殿が相手はせぬと言っておられるのだ。疾《と》く、去《い》ね」

林太郎がうるさそうに言った。

「あんたがそう言うんならいいけどね。あいにく今夜は、どこの宿も風待ちの客で一杯だよ。気が変わったら、いつでもおいで」

言い残すと、女たちを乗せた小端船は、ギイギイと櫓の音を響かせながら、波止を離れていった。

遠くでふと振り返った若い遊び女の淋しげな眼差しが、なぜか伊豆千代丸の胸に影絵のように残った。

二

どこの宿も一杯だという女の言葉は本当だった。

伊豆千代丸と林太郎は足を棒にして歩きまわったが、湊には風待ちの客があふれ、草鞋を解けそうな旅館は見つからない。

「弱りましたな、若殿」

　林太郎が申しわけなさそうに言った。

　世間通ぶってはいるが、林太郎もまだ若い。この分では、大事な北条の若殿に野宿をさせねばならぬのかと、途方に暮れた表情をしている。

「ならば、さきほどの女が言っていた桔梗屋なるところへ行こう」

　伊豆千代丸は言った。

「あれは妓楼《ぎろう》でございますぞ。若殿をさような場所にお連れするわけには……」

「泊まっても、女と添い寝せねばよいではないか」

「そういうわけにはまいりますまいよ」

　林太郎が首をすくめた。

「それとも若殿は、遊び女のうちのいずれかがお気に召されましたか」

「つまらぬことを言うな。ともかく、見聞を広めるのは悪いことではない」

　伊豆千代丸は、先に立って歩きだした。

　人に道を聞きながら歩いてゆくと、なるほど湊の北はずれに、紅殻《べんがら》を塗った格子戸の二階建ての楼閣があった。

　そろそろ日暮れどきがせまってきており、火が点《とも》された軒行灯《のきあんどん》に桔梗の紋がえがかれている。

格子戸の向こうには、色とりどりの派手な小袖を着た遊び女たちが、道ゆく男を白い手で手招きしていた。

伊豆千代丸と林太郎が、臙脂《えんじ》色の暖簾《のれん》をくぐって店に入ると、鼻のわきに大きなほくろのある男衆《おとこし》が小腰をかがめ、揉み手をしながら出迎えた。

「よういらっしゃいました。うちの店は、情の濃い床上手の娘が揃っておりまするよ」

「千手という女に、お代はただでもいいから桔梗屋へ来いと誘われたのだが」

林太郎が言った。

「ヘッ」

と、男が黒っぽい歯ぐきを剝き出して卑しげに笑った。

「ただでもいいというのは、単なる誘い文句でございましょう。お客さま、遊び女の言葉を真に受けられましたか」

「べつに、真に受けたわけではない。だが、千手と一緒にいた小観音という娘に会いたくてな」

伊豆千代丸は、さきほどから店に出ている遊び女たちの姿を目で追っていた。林太郎の反対を押し切ってここへ来たのは、別れぎわに浮かべた、娘の儚《はかな》げな表情が気になったからかもしれない。

「ああ、小観音」

男が意味ありげな目をした。

「旦那、お若いのに目が高うございますな。あの娘はなかなかの上玉でございますよ。さっそく、二階へお呼びいたしましょう」

「若殿、よろしいのですか」

伊豆千代丸の袖を、林太郎が横合いから引いた。

「少し話をするだけだ。まことに公家の姫なら、身の上が哀れだ」

「しかし……」

林太郎が渋っていると、そこへ、

「あんたたち、来ておくれかえ」

奥から出てきた千手が、二人の姿を見つけて、襦袢《じゅばん》の裾から白い脛《すね》をのぞかせながら駆け寄ってきた。

「何をしてるんだい。早く上がっておくれな」

千手が伊豆千代丸の手を取ろうとすると、店の男衆がそれをさえぎった。

「こっちのお客人の相方は、もう決まっていらっしゃる。おまえは、こっちのお付きのお方をおもてなししてくれ。ささ、お二人ともこちらへ」

男衆の案内で、二人は妓楼の二階へ上がった。

伊豆千代丸は、

——青貝ノ間

と書かれた部屋に、林太郎はその向かいの部屋にそれぞれ通される。

伊豆千代丸が足を踏み入れると、そこは名のとおり、墨をまぜた黒っぽい壁土に青光りする貝が埋め込まれた部屋だった。

部屋のすみに灯された短檠《たんけい》の火が、青貝にうらうら照り映え、海の底にでもいるような雰囲気だった。

天井は中央が高く、端へ行くほど低くなった舟底天井になっている。

（妓楼とは、かような場所か……）

みずから乗り込んでおきながら、伊豆千代丸はひどく落ち着かない気分になった。膝の裏のあたりがそわそわとする。

心を落ち着けるために目を閉じた。

遠く、潮騒《しおさい》を耳にしていると、

（自分はなぜ、このような場所にいるのだろう）

孤独感が胸に落ちてきた。

小田原を離れるべきではなかったのではないか。いまごろ父の氏綱は、関東を平定するために日夜、奔走しているであろう。そのようなとき、

（わしは……）

思ったとき、金箔をほどこした襖《ふすま》がすっと音もなく開いた。

瞼をひらくと、小袖の裾からのぞく白く小さな爪先が見えた。

「小観音か」

「はい」

衣《きぬ》ずれの音がし、伊豆千代丸と向かい合うように女がすわった。

「おいで下さり、嬉しゅうございます」

三つ指をつき、小観音が頭を下げた。水引《みずひき》で結んだつややかな黒髪が美しい。

先ほど船で会ったときと違い、ひどく大人びて見える。胡蝶《こちょう》柄を散らした黒綸子《くろりんず》の小袖のせいであろうか。

「酒《ささ》を召されまするか」

顔を上げた小観音が、小首をかしげるように伊豆千代丸を見た。

「いや。元服までは酒をたしなまぬようにと、父上からきつく言われている」

「お父上……」

「西国では聞いたこともなかろうが、わが父は相州小田原城のあるじ、北条氏綱という者だ。わしはその息子で伊豆千代丸という」

「伊豆千代丸さまでございますか」

小観音が伊豆千代丸のそばに、やや恥じらうように膝をにじらせてきた。野袴の上で堅く握った伊豆千代丸の拳に、そっとおのが手を重ねてくる。客にはそのようにせよと、妓楼の亭主から言われているのであろう。

女に慣れていない伊豆千代丸は、はじかれたように拳を引いた。

「わたくしがお嫌い？」

女の甘やかな息が頬にかかった。

「さようなことはない」

「関東の北条さまと申せば、もとは京の伊勢氏のご出身でございましょう」

「知っているのか」

「はい」

小観音がこくりとうなずいた。

「京におりましたころ、父が北条氏の家祖伊勢早雲さまは、かつて室町幕府の申次衆であったと話しているのを聞いたことがございます」

「公家の出であったというのは、まことなのか」

伊豆千代丸は聞いた。

「公家と申しても、明日の米にも困っていたほどの貧乏公家でございます。その父が、出入りの下女に生ませた子がわたくし。はやり病で父が死ぬと、屋敷からも逐《お》われ、流れ流れて室ノ津に……」

「気の毒な身の上だ」

伊豆千代丸は心から言った。

「そなたのような身分の者が、かような場所で働かねばならぬとは」

「乱世でございますもの」

小観音が微笑した。

「世を恨んではおりませぬ。苦界《くがい》に身を沈めたのも、ここであなたさまと縁《えにし》を持ったのも、さだめし前世からの宿命《さだめ》にありましょう」

「あきらめるな。わしはそなたを救いたい」

感情にまかせて口走ったのは、生まれてはじめての、

――恋
ゆえだとは、伊豆千代丸はまだ気づいていない。

ひたすら、この美しい娘の境遇が哀しく、胸が引き裂かれそうな気持ちになっていた。

「ご同情下されますのか」

小観音が、またたきの少ない切れ長な目で伊豆千代丸を見上げた。

「同情など、わしは……」

「この身を少しでも哀れとお思いなら、どうかお床入りを」

ふたたび小観音が伊豆千代丸に身を寄せてきた。

「できぬ」

伊豆千代丸は表情を硬くした。

「銭で女の身を買うことなどできるものか。わしは一人で寝る。そなたも今宵はゆっくり休め」

「そのようなことで、わたくしが救われるとお思いになりますのか」

小観音が挑むような眼差しを伊豆千代丸に向けた。

「なに……」

「あなたさまにいっとき憐《あわれ》みをかけられたとて、この先、わたくしは死ぬまで幾百、幾千の男と枕を交わしてゆかねばならぬのです。生半可な憐みは、かえって心を傷つけるものと思《おぼ》し召し下されませ」

「ならば、どうすればよい。わしはまだ若い。世を変えるだけの力も持たぬ。情けない、こんなおのれが……」

伊豆千代丸の目から涙が溢《あふ》れた。

わけもなく悔しかった。胸の底から、自分の無力さに対する怒りが込み上げてきた。

「ただ一夜の夢を……。それで、わたくしは十分に救われるのです」

小観音が言った。

「この世の極楽浄土へ、わたくしがお連れいたしますゆえ」

「極楽浄土など、この乱世のどこにあるというのだ」

「ここに……」

と、小観音が伊豆千代丸の手をやわらかくつかみ、おのが小袖の胸の膨らみに導いた。

襟もとから、柔肌《やわはだ》に触れさせる。

船酔いでもしたように、伊豆千代丸は頭がくらくらとしてきた。


翌朝——。

室ノ津に、にわかに強い東風が吹きだした。

波止を荷揚げの人足、水夫《かこ》、旅人たちが慌ただしく行き交い、湊に碇を下ろしていた船は次々と筵帆《むしろほ》を上げた。

伊豆千代丸と林太郎も、鎮西へ向かう廻船に乗った。

「いささか名残り惜しい別れでございましたな」

林太郎があくびを嚙み殺しながら言った。

「若殿はいかがでございました」

「林太郎」

船べりにもたれ、伊豆千代丸は遠ざかってゆく湊を見つめた。

「わしはあの哀れな女に、何の約束もしてやれなかった」

「相手は遊び女でございます。気に病むことはございませぬよ」
「いや」
伊豆千代丸は首を横に振った。
「わしにも何かできることがあるはずだ。この乱世を変えるための何かが」
「若殿」
「戦乱の世を終わらせねば、小観音のごとき境遇の者が救われることはない。わしには
いま、目指すべきものがはっきりと見えてきたような気がする」
帆に風をはらんだ廻船の船足は速い。
翡翠《ひすい》色の海のかなたに、貝を散らしたような室ノ津の家並はすぐに見えなくなった。
途中、
下津井《しもつい》
鞆《とも》ノ浦《うら》
上関《かみのせき》
などに立ち寄りながら、船が日向国にたどり着いたのは、室ノ津を出てから十日目の
ことである。

北条五代　第二部

伊東　潤

第一章　仁義の人

一

愛洲移香斎《あいすいこうさい》、という男がいる。剣術をよく使い、人の道にも精通しているという。

その移香斎が日向国《ひゅうがのくに》の鵜戸《うど》の岩屋で修行していると聞いた伊豆千代丸《いずちよまる》と陳林太郎《ちんりんたろう》は、移香斎に会うべく日向国に向かった。

林太郎は陳外郎《ういろう》の息子で、諸国の情勢に詳しい。その林太郎がある時、旅の商人と剣術の話になった。林太郎が「この世で誰が一番強いか」と問うと、商人は「そりゃ、ぼん、愛洲移香斎ってもんでしょう。移香斎が剣を構えただけで相手は勝てないと覚《さと》り、剣を放り出して逃げ出したという話を聞きました」と答えた。

その話を林太郎から聞いた伊豆千代丸は、強い男になろうと決意したこともあり、日向国へと向かうことにした。

伊豆千代丸こと、後の北条氏康《ほうじょううじやす》が十四歳の享禄《きょうろく》元年（一五二八）のことだった。
赤間関《あかまがせき》（下関）から船で九州に渡った二人は、陸路で日向国を目指した。
ようやく移香斎が修行しているという鵜戸の岩屋に着いたが、寂れた神社が一つある
だけで、人が住んでいるような気配はない。
それでも、どこかの岩窟《がんくつ》で座禅を組んでいるのではないかと思い、波濤《はとう》が打ち寄せる
岩の間を探したが、いっこうに見つからない。
波の飛沫《しぶき》を浴びて濡《ぬ》れ鼠《ねずみ》になった二人は、動けないほどの徒労感に包まれた。
致《いた》し方なく近くの漁村まで行くと、ちょうど佐土原《さどわら》まで便船が出るという。そこで二
人は、いったん佐土原に戻ることにした。
戦国大名伊東《いとう》氏の城下町の佐土原は、海上舟運が発達していることもあるためか、小《お》
田原《だわら》に匹敵するほど賑《にぎ》やかな町だった。
そこで二人は、宿の女中から驚くべき話を聞く。
「移香斎殿が、こちらの城下に住んでいると申すか！」
林太郎が驚く。
「ご領主様やお武家に何かを教えているようで、たいした羽振りです」
「羽振り、と申すか」

伊豆千代丸が問い返す。

「へえ。いらした当初は城内のお屋敷を拝領していたのですが、昨年から城下にも私邸と私塾を構え、塾生も百を超えています。何でも束脩《そくしゅう》（授業料）をたいそう取るとか」

「それは真か」

聞いた話とは全く異なる移香斎の姿に、伊豆千代丸は面食らった。

――天下にその名を轟《とどろ》かせている移香斎殿のことだ。そこには、きっと深慮遠謀があるのだろう。

通りを往来する人々に道を聞き、ようやくたどり着いた私塾は、豪壮な構えの商家のようなところだった。

案内を請うと、不愛想な女中が座敷に通してくれた。その部屋は宋《そう》風の見事な襖絵《ふすまえ》、七宝の釘隠《くぎかく》し、繧繝《うんげん》べりの畳、黒檀《こくたん》を使った簞笥《たんす》など、贅《ぜい》の限りを尽くしていた。

面食らっていると、ようやく痩《や》せぎすで小柄な男が出てきた。

「いらっしゃい。あたしが移香斎だが、あんたたちは誰だね」

「あっ、初めまして、それがしは――」

伊豆千代丸が名乗る。もちろんこうした場合の常で、従者の林太郎は紹介しない。

「という次第で、先生から剣術の極意を会得いたしたく、はるばる関東からやってまいりました」

「ああ、最近、関東で名を馳《は》せている北条家のご子息か。こいつは驚いた」

頭の後ろに手を当てて、移香斎は派手な動作で驚きを表した。

「先生の剣術の技を少しでも会得したいという一念で、ここまで参りました」

伊豆千代丸が、ずっと考えてきた挨拶の口上を述べる。

「へえ、奇特な方だね」

だが移香斎は、脇息《きょうそく》に身を預けて頬杖《ほおづえ》をついたままだ。

「何卒《なにとぞ》、先生の弟子にしていただきたく――」

「何の弟子だい」

「もちろん剣術です」

「おいおい、勘違いしてもらっちゃ困るよ」

移香斎が苦笑いする。

「勘違いって、何をですか。まさか人違いでしたか」

「人違いじゃないよ。あたしが愛洲移香斎さ。でも剣術なんてものは、若い頃に少したしなんだだけで、ここのところ棒も振ってないよ」

「えっ、では移香斎殿が剣を構えただけで相手は勝てないと覚り、剣を放り出して逃げ出したという話は嘘《うそ》ですか」

「嘘じゃないよ」

「では、凄《すご》い腕ではないですか」

「あんたはまだ知らないかもしれないけど、世の中には様々な事情がある。実は、その男とは事前に通じていてね。皆が見ている前でそれをやらせることで、わしの評判が上がり、次の仕事にありつけるのさ。生きるってことは、剣を使うのではなくて頭を使うってことなんだよ」

「ははあ、なるほど」

驚いて背後の林太郎を見ると、林太郎も呆気《あっけ》に取られている。

「剣術なんてものはね、年を取ったらやっても無駄さ。若いもんには勝てないからね」

移香斎が当然のように言う。

「では先生は、ここで剣術を教えているのではないのですか」

「教えてないよ」

「では、槍術《そうじゅつ》ですか」

「あのね――」

やれやれといった様子で、移香斎がため息をつく。

「今時、武術なんて流行《はや》らないよ」

「では何を――」

「あたしは、ここの殿様に漢籍と兵法《ひょうほう》の知識を買われ、食客《しょっかく》としてもらっているのさ」

ここの殿様とは、日向国を治める戦国大名の伊東義祐《よしすけ》のことだ。

「漢籍と兵法と仰せか」

「そうだよ。若い頃は喧嘩《けんか》に強けりゃ格好もいいし、剣や槍の名手と噂《うわさ》されれば、尊敬もされるし、女にももてる。でもね、そんなことをいつまでしていたところで、飯は食えんだろう」

「飯、と仰せか」

伊豆千代丸は愕然《がくぜん》とした。

「そうだよ。飯だ。食うに困らない人には分からんかもしれんが、この世は金で回っている。金がなければ飯は食えない」

「金とは、銭のことですね」

「ああ、そうだ。ようやく関東でも永楽銭《えいらくせん》が出回り始めたというじゃないか。ところがこっちは、とうの昔に銭で取引をやっている。そいつがどのぐらい進んでいるのかを知るのも一興と思い、遠路はるばる日向国までやってきたのさ」

「銭の取引の進み具合を知るため、ですか」

「そうだよ。それが、この世で最も大切なことだからさ」

移香斎によると、国を強くする大本は銭にあるという。

「銭が動けば民が富む。民が富めば領主も富む。富んだ国には他国の国人も傘下入りしたがる。つまり戦わずして領国が広がる。さすれば国は強くなる。少なくとも強く見える。それで隣国の強敵も手出しできず、領国が静謐《せいひつ》（平和）を保てるというわけだ」

　確かに移香斎の言葉は、理に適《かな》っているように思える。

「そんなことができるのですか」

「銭が行き渡ればできるよ。つまりそれが経世済民ってわけだ」

「けいせいさいみん、と」

「何だい、そんなことも知らないのかい」

　移香斎によると、経世済民とは世に静謐をもたらし、民を救済することで、その具体策として、民が生産した作物《なりもの》を流通させ、銭との交換によって生み出された富を、民に配分する仕組みを構築することだという。為政者の存在意義は、様々な産業分野でそうした仕組みを構築し、それを維持していくことにあるというのだ。

「それを早く作った者が、次の天下人になる」

　ここで言う天下とは、畿内のみならず、文字通り日本全土を指す。

「天下人ですか」

　あまりに大きなことに、伊豆千代丸は実感がわいてこない。

「そう、天下人さ。銭を一番多く持っているものが天下人になる。これほど簡単な理屈はないいや」

「天下とは、そんなに簡単に取れるものですか」

「取れるよ。だが天下を取ることよりも、日本一銭を集めることの方が難しい」

移香斎からそう言われると、天下が道端に転がっているような気がしてくる。

林太郎がおずおずと問う。

「つまり先生にとって、武芸に強いとか、戦に強いというのは――」

「まあ、ないよりあった方がましという程度かな」

「その程度のものですか」

「ああ、そうさ。ぼんが、あたしに会いに来た理由は何となく分かるよ。武芸の技を磨いて強い男となり、家臣たちから尊敬されたいんだろう。だけどね、そんなもんで領主様、つまり戦国大名なんて務まらないよ。これからはここさ」

そう言いながら、移香斎は自分の頭を指先でつつく。

「はい。それは分かりますが――」

「そういえばさっき、剣術の極意を聞いたね」

「ええ、まあ」

「それを知りたいかい」

「もちろん聞きたいです」

移香斎の手玉に取られているのが分かっていながら、伊豆千代丸は問わざるを得ない。

「剣術の極意なんてものは簡単さ。戦わないことだよ」

「戦わないこと、と仰せか」

「そうだよ。戦も同じさ。戦わない者が勝者となる」

「いや、しかし――」

伊豆千代丸は、父の氏綱《うじつな》から「民を守るために戦え」と言われてきた。だが眼前の男は、それをも否定するのだ。

大あくびをすると、移香斎は続けた。

「戦なんてものは犬の糞《くそ》ほどの価値もない。人は死ぬし、金もかかるし、田畑も荒らされる。誰も喜ばない。だけど武力に訴えれば簡単に片がつく。だから皆そうしたがる。しかし頭を使えば、誰も痛い目を見ずに、それ以上のものが手に入る」

「つまり、戦などよりも領国統治が大切だということですね」

移香斎が膝を叩《たた》く。

「そうだ。民を富ませて己も富む。これが大名の極意だ。その一方、武力に訴えて他人の物を奪う輩《やから》は早晩、滅ぶものさ」

――武力とは、そういうものなのか。

伊豆千代丸は衝撃を受けた。それが顔に出たからか、移香斎が気の毒そうに言う。

「どうやら来る場所を間違えたようだね。何なら上方あたりにいる腕のいい兵法家（武芸者）でも紹介しようか」

「いいえ、結構です。剣術はやめました。それがしは、先生から経世済民の極意を学びます」

「へえ、珍しいことを言う子だね」

「先生のお話は斬新なものばかり。ここに来た甲斐《かい》がありました」

伊豆千代丸が平伏する。林太郎も遅れてそれに倣《なら》った。

「あんたら頭を上げてくれよ。あたしは大したことは言っていないよ。当たり前のことを教えてやっただけだ」

「先生さえよろしければ、飯炊きでも風呂焚《ふろた》きでも何でもいたします。何年か置いていただけないでしょうか」

「いいのかい。本当に飯炊きや風呂焚きをやってもらうよ」

「構いません」

「そうかい。それなら少し遊んでいきなよ。あんたら二人の食い扶持《ぶち》ぐらい何とかなる」

「ありがとうございます」

かくして伊豆千代丸と林太郎の二人は、移香斎の許《もと》で勉学に励むことになった。

ただ突然の出奔《しゅっぽん》だったので、小田原に残してきた人々が心配していると思い、その旨を書状にしたためた。

しばらくして父の氏綱からは、「何かを摑《つか》み取るまで帰ってくるな」という返書が届いた。

伊豆千代丸にとって、実り多き日々が始まった。

二

享禄三年（一五三〇）の春、約二年間の武者修行を終えた伊豆千代丸は、小田原に帰還した。

氏綱から叱責を受けると思っていた伊豆千代丸は、死を覚悟した時だけに着る白装束で、対面の間のはるか下座で平伏していた。

やがて人の気配がすると、帳台構えから氏綱が入室してきたようだ。許しがあるまで平伏していなければならないので、前方の様子は分からない。

「面《おもて》を上げい！」

氏綱のよく通る声が板敷を震わせる。

「はっ」と言って顔を上げると、懐かしい父がいた。その右手下座には、叔父《おじ》の長綱《ちょうこう》が座している。

――二年も見ぬ間に二人ともふけたな。

それが、久方ぶりの氏綱と長綱の印象だった。

「伊豆千代丸、勝手に出奔し、性懲りもなく帰ってきたのか!」

「はっ、勝手に出奔したこと、お詫《わ》びしても許されぬことと思っております」

「では、なぜ戻った」

「学ぶべきものはまだ足りないとは思いつつも、師から戻るよう諭《さと》され、それに従った次第」

「それではそなたは、師から諭されなければ戻らぬつもりだったのか」

「仰せの通り。学ぶべきものは浜の真砂《まさご》ほどあり、生涯かけても学びきれません」

「では、何のために戻った。まさか、わしの顔が見たかったわけではあるまい」

噴き出しそうになるのを、長綱が堪《こら》えている。

「さにあらず。それがしが学んできたことを、少しでもお伝えしろとの師の命に従った次第」

だが伊豆千代丸は、その後に移香斎が付け加えた「まあ、それは方便だけどな」という言葉は言わなかった。

「帰ってきた経緯《いきさつ》は分かった。だがそれは、厄介払いというものだ」

長綱が笑いながら膝を叩く。

確かに移香斎は、「そろそろ、見知らぬ場所に旅をしたい虫が騒ぎ始めた。あたしが先にいなくなるのも変だから、お前さんたちからいなくなれよ」と言っていた。

「いずれにせよ——」

氏綱が声を大にする。

「そなたを世子として認めるわけにはまいらぬ。それは向後の精進次第とする」

長綱が氏綱に問う。

「元服の儀は、いかがなさるおつもりか」

「それも精進次第」

伊豆千代丸がおずおずと問う。

「では、初陣はまだですか」

「当たり前だ。そなたの都合よきように物事は運ばぬのだ。それを思い知れ」

「はっ、ははあ」

伊豆千代丸は素直に平伏した。

「そなたの身柄は、ここにいる長綱に預ける。わしは長綱から様子を聞き、そなたの今後を決める」

「承って候」

伊豆千代丸が平伏すると、二人は対面の間から出ていった。

——父上の気持ちも分かる。

下手をすると出家させられる可能性もあると思っていた伊豆千代丸としては、長綱預けで済むなら御の字だった。当面は反省している素振りを見せつつ、何か機会を捉えて、己が北条家の跡取りにふさわしい者だと思い知らせればよいのだ。

伊豆千代丸には後に為昌《ためまさ》と氏堯《うじたか》と名乗る二人の弟がいた。だが二人とも性格は穏やかで蒲柳《ほりゆう》の質《たち》だったので、とても跡取りが務まるとは思えない。

――まあ、跡を継げない時は旅にでも出るか。

移香斎の生き方を見ると、それも悪くないという気がする。

当面、伊豆千代丸は成り行きに任せることにした。

大永《だいえい》年間(一五二一～一五二八)に入り、北条氏は山内《やまのうち》・扇谷《おうぎがやつ》両上杉《うえすぎ》領国への攻勢を強めていた。

山内上杉家とは室町幕府の出先機関である鎌倉(関東)公方《くぼう》家を支える関東管領《かんとうかんれい》を務めてきた名門で、最盛期には関東七カ国の守護大名を務めていた。

扇谷上杉家とは武蔵《むさし》・相模《さがみ》両国に勢力基盤を持つ上杉家の支流で、かつて太田《おおた》道灌《どうかん》が家宰を務めていた時代には、南関東に一大勢力圏を築いていた。

大永四年(一五二四)、氏綱は扇谷上杉朝興《ともおき》の江戸《えど》城と武蔵国沿岸部を制圧し、朝興が退去した河越《かわごえ》城への圧力を強めていた。

その一方、氏綱は相模国津久井《つくい》領の内藤《ないとう》氏、西武蔵の大石《おおいし》氏や三田《みた》氏などを傘下に収め、山内上杉憲房《のりふさ》の勢力圏である北武蔵へも駒を進めようとしていた。

これに対して両上杉氏は、長らく戦っていた古河《こが》公方・足利高基《あしかがたかもと》と手を組み、また北条・今川《いまがわ》両家と敵対関係にある甲斐国《かいのくに》の武田信虎《たけだのぶとら》とも誼《よしみ》を通じ、北条氏の進出を食い止めようとしていた。

そのため戦況は一進一退となり、北条方が苦戦を強いられることもしばしばあった。

大永六年（一五二六）には、扇谷上杉勢によって鎌倉の入口にあたる玉縄《たまなわ》城まで包囲され、また安房《あわ》の里見《さとみ》水軍に三浦《みうら》半島への上陸を許し、一時的に鎌倉まで制圧された。

この後も西の武田氏と東の里見氏の牽制《けんせい》が繰り返され、北条氏は次第に苦境に立たされていく。

さらに伊豆千代丸が帰還する直前の正月、扇谷上杉氏は多摩《たま》川沿岸の世田谷《せたがや》城と小沢《おざわ》城を相次いで攻略し、江戸城周辺を焼き払った後、河越城に帰還した。

そんな時、両上杉家の後援を受けた岩付太田資頼《いわつきおおたすけより》が、旧領を取り戻すべく岩付城を囲んだという一報が届く（太田氏は、江戸太田氏と岩付太田氏の二つの流れがある）。

孤立した岩付城を救うべく、氏綱は武蔵国へと出陣していった。

長綱の屋敷で書見していた伊豆千代丸の許に、その知らせを持ってきたのは風魔小太郎《ふうまこたろう》だった。

小太郎は、北条氏の情報収集から撹乱《かくらん》工作までを一手に担う乱波《らっぱ》集団・風魔一族の頭目だ。

「御屋形様《おやかた》（氏綱）の入られた岩付城が、敵に包囲されました」

「それは真か」

「はい。御屋形様が外から敵の岩付城包囲陣を追い散らそうとしたところ、敵は北条方の勢いを恐れるかのように兵を引きました。それに安堵《あんど》した御屋形様が岩付城に入ったところ、敵は一転して大軍で押し寄せ、再び岩付城を包囲したのです」

「それで叔父上が、小田原の全軍を率いて岩付城に向かおうとしているのだな」

「はい。しかし小田原に残る兵は二千ばかり。到底、敵の包囲陣を突き崩せるとは思えません」

小太郎は心配げに美髯《びぜん》をしごいた。

「で、叔父上はどこにいる」

「本曲輪《ほんくるわ》で出陣前の軍評定を開いておられます」

「よし、分かった」

伊豆千代丸が立ち上がる。

「どこに行かれる」

「もちろん本曲輪だ」

「おやめ下さい」

小太郎がため息をつく。

「直談判《じかだんぱん》したところで、岩付には連れていってはもらえませぬぞ」

「分かっている。連れていってもらうつもりはない」

唖然《あぜん》とする小太郎を尻目に、伊豆千代丸は本曲輪に向かった。


「若、何しに来られた！」

取次役の手を振り切って現れた伊豆千代丸の姿を見て、長綱が叱責する。

「軍評定に加えていただきたい」

「何を仰せか。若は御屋形様の勘気をこうむり、謹慎中の身ではありませんか。しかも元服もなされておりません」

「元服なら、この場で行えばよい」

「若、お待ちあれ」

老臣の大道寺《だいどうじ》盛昌《もりまさ》が諭すように言う。

「今、皆で話し合っていたのですが、若には小田原の留守を預かっていただくことになりました」

「留守などは不要だ」

誰の許可を得るでもなく、伊豆千代丸はいつも氏綱の座す一段高い上座に座った。その堂々とした態度に、咎《とが》める者は誰もいない。

伊豆千代丸が氏綱の座を占めたことで、長綱でさえ気圧《けお》されているように見える。

——これも師から学んだことだ。

移香斎は勝負どころでは堂々とした態度で、自らが主導権を握って当然のように振舞えと教えてくれた。

「ぼん、人なんてものは理屈じゃありません。最初に圧倒して、その場の流れを作ってしまえば、それで勝ちです」

移香斎の言葉が脳裏によみがえる。

「叔父上には小田原の留守を申しつける」

「何ですと——」

長綱が啞然とする。

「異存はないな」

反論しようとする長綱を、伊豆千代丸が制した。

「異存がないなら、それでよい。では大道寺——」

「はっ、はあ」

「すぐに出陣する。わしの甲冑《かっちゅう》をここに運ばせろ。馬も出しておけ」

「いや、お待ち下さい」

盛昌が長綱の方を見る。

長綱は腕組みして瞑目《めいもく》し、何かを考えているようだ。

「叔父上、この場はお任せあれ」

それには答えず、長綱が問うた。

「若は、おいくつになられた」

「十と六だ」

「もうそんなになられましたか」

長綱は大きくうなずくと、居並ぶ宿老たちに向かって言った。

「この北条家は、われらの父・早雲庵宗瑞《そううんあんそうずい》様が徒手空拳で築き上げたものだ。兄上（氏綱）はそれをここまで育て上げた。どうせ滅びるのが運命《さだめ》なら、わしなどより三代当主に軍配を預けた方があきらめもつく」

宿老たちからため息が漏れる。だが誰一人として、それに反論する者はいない。

啞然とする伊豆千代丸を尻目に、長綱が続ける。

「殿と若のお二人が、岩付で討ち死にしたという確報が届き次第、それがしはこの城に火を放ち、自害します。たとえ勝っても、すべての責はそれがしが引き受けます。若は存分にお働き下され」

「すまぬな。で、元服はどうする」

「元服などいつでもできます。今は岩付城を救うことが急務」

伊豆千代丸は長綱に心から感謝した。

——だが兵を預かる責任は重い。

伊豆千代丸は大きく息を吸うと、腹の底から声を張り上げた。

「よし、出陣だ！」

「おう！」

そこにいた宿老たちが板敷を叩いて応じる。

——わしに戦ができるのか。

期待と不安を胸に、伊豆千代丸は二千余の兵を率いて小田原城を出陣した。

鎌倉街道上道を北上した北条勢は岩付に向かわず、五里ほど西方の河越城を囲んだ。

この動きに、敵陣営に亀裂が走る。

本拠を囲まれた扇谷上杉朝興は動揺し、太田資頼が引き止めるのを振り切り、河越城に向かった。

これに気づいた氏綱は、大手門を打って出て太田勢を蹴散らした。

太田勢の退却を確認した氏綱は、小田原への帰途に就く。

一方、氏綱が岩付城から脱出したと聞いた伊豆千代丸は、迫ってくる扇谷上杉勢を尻目に撤退していった。

伊豆千代丸の見事な作戦勝ちだった。

氏綱から、「戦わずに宛所《あてどころ》（目標）を達成したのは実に見事」という言葉を賜った伊豆千代丸は、四月になって元服を許され、新九郎《しんくろう》という仮名《けみょう》と、氏康という実名を拝領した。

新九郎という仮名は、伊勢新九郎盛時《もりとき》と名乗っていた初代宗瑞にちなみ、父の氏綱も受け継いできたもので、内外に嫡男であることを示す証《あかし》だった。

また氏綱は、今川家に倣って氏という字を北条一族での通字とし、さらに康という字は「国を康（安）んじる」という謂《いい》で命名した。

これにより氏康は、北条氏の次代を担う者として認められた。

北条氏康の誕生である。

三

氏康の元服の儀を済ませるや、氏綱は再び出陣していった。

扇谷上杉朝興と結んだ武田信虎が、相模国の津久井領に侵攻してきたので、それを迎撃すべく甲斐国東部の郡内《ぐんない》地方に向かったのだ。

四月二十三日、氏綱は郡内の矢坪坂《やつぼざか》で武田方の小山田《おやまだ》勢を破ったものの、背後から信虎率いる武田勢が迫ってきているとの一報に接し、国境まで戻らざるを得なくなった。

ところが六月、扇谷上杉朝興が南下してきているという一報が小田原に届く。

扇谷上杉勢は多摩川を渡河し、再び北条領国に攻め入ろうとしていた。だが氏綱は、武田方と対峙《たいじ》していて動けない。

早速、小田原に残った者たちに陣触れが発せられ、氏康を総大将に奉じた北条勢は、多摩川河畔の小沢原《おざわがはら》に向かった。

小沢原とは玉川北岸の矢野口《やのくち》の渡しの前に広がる河原のことで、ここから玉川を渡河されると、敵を領国内に入れてしまうことになる。

氏康が玉川河畔に到着した時、敵はまだ武蔵府中《ふちゅう》にとどまっていた。

——向かい風か。

氏康は「向かい風だと矢戦《やいくさ》で不利になるので、渡河を思いとどまるべし」という老臣たちの意見を無視し、渡河を敢行し、あえて背水の陣を布《し》いた。それにより逃げ場がなくなった将兵の間に、死を覚悟した緊張が漲《みなぎ》り始めた。その緊張が空気を伝わってくる。

——「どうしても戦わざるを得ない時は、兵に死を覚悟させてから戦うべし」か。

これも移香斎の教えだが、どこかの漢籍に書かれていた言葉だという。

そこに武蔵府中まで物見に行ってきた風魔小太郎が戻ってきた。

小太郎によると、敵は五千余もおり、氏康が率いてきた二千余を大きく上回っているという。

――とても正面からはやり合えぬ。

北条勢の精鋭は、氏綱が率いており、氏康が引き連れてきたのは、小田原に残っていた老兵と経験の浅い若者ばかりだ。

移香斎は、「敵が兵力で勝る時は、戦わないのが一番。どうしても戦わねばならない時は、緒戦で敵を痛打したら兵を引くべし」と教えてくれたことがある。

――此度《こたび》は、われらの方が弱兵であることを前提として戦わざるを得ない。そのためには馬廻《うままわり》衆《しゅう》の投入時期が勝敗を決める。

この場合、氏康の馬廻衆だけが精鋭であり、それを決め手とする戦術を立てねばならない。

見通しのいい平原なので、敵にこちらの兵力を覚られるのはやむを得ない。だが兵の質までは、敵にも分からないはずだ。

――敵はこちらの士気や練度を確かめるべく、慎重に仕掛けてくるはずだ。それを逆手に取れば、勝てないこともない。

氏康の脳裏に、ある策が浮かんだ。

敵の先手が街道に見えてきた。堤の上に翻る三ツ鱗《うろこ》の旌旗《せいき》に気づいたのか、敵は進軍をやめて散開を始めた。陣形を整えているのだ。

清水吉政《しみずよしまさ》が献言する。

「若、敵は当方を寡勢《かぜい》と見て、鶴翼《かくよく》に陣を取り、矢を射つつ平寄せしてくる模様。敵が陣形を整えている間に風上を取るべし。東に移動し、先に矢戦を始めましょうぞ」

清水吉政とは伊豆清水氏当主の綱吉の弟で、氏康の傅役《もりやく》を務めてきた。

「いや、このままでよい」

氏康は移香斎から学んだことを思い出していた。

「峠道《とうげみち》で出合い頭に熊と出会ったらどうするね」と問う移香斎に、氏康すなわち当時の伊豆千代丸は、「背を見せて逃げれば熊は追いかけてきます。だからと言ってにらみ合ったままでは、埒《らち》が明きません」と答えた。

「そうだな。たいてい、にらみ合いに負けるのは人の方だ」

「どうしてですか」

「警戒心は熊の方が強いが、恐怖心は人の方が強いからさ」

「では、師ならどうなされる」

「待つのさ」

移香斎は、さも当然のように言う。

「日が暮れても待つと仰せか」

「そう。命を取られるよりもましだからな。そのうち、たいていの熊は踵《きびす》を返して戻っていく。なぜかといえば、腹が減ってくるからさ」

「では、掛かってくる熊はおらぬのですか」

「いるさ。目の前に馳走《ちそう》があるんだからな。戦って痛手を負うかもしれないが、人の味には代えられない。そう思う熊がいてもおかしくないだろう」

「では、そんな時はどうしますか」

「熊に襲われるぎりぎりまで待ち、いったん飛びのいて道を開ける。熊は意表を突かれ、背を見せる。ところが背を見せたとたん、熊は弱気になる。そこで棒切れでも枯れ枝でも、何でもいいから持って追いかけるのさ」

「枯れ枝でもいいんですか」

「そうだよ。熊は血相を変えて逃げるはずだ。つまり、それが後手必勝というやつだ」

「後手必勝と」

「そうさ。敵に仕掛けさせてから、予想もできない動きをする。それで意表を突ければ、敵は恐怖に取り付かれる。そうなれば枯れ枝でも敵を追い散らせるというわけだ」

「師は実際に熊と出会い、そうしたのですね」

「いや、人伝（ひとづて）に聞いた話だ」

　――本当に大丈夫か。

　人伝に聞いた話に命運を懸ける馬鹿もいない。しかもこの場合、相手は熊でなく人なのだ。

だがこうなってしまえば、移香斎の話に賭けてみるしかない。

敵がじわじわと前進を始める。続いて矢頃（射程内）に入ると無数の矢を射てきた。

狙いをつけない曲射攻撃だ。矢は風に乗って北条方の陣に落ち始めた。頭上に木盾《こだて》や竹束を掲げて守っているとはいえ、わずかな隙間から射られる者も出始めた。

そうした者たちの悲痛な叫びが聞こえてきた。

――まだだ。堪えろ。

氏康は唇を真一文字に噛《か》み、微動だにしなかった。

「若、そろそろ矢戦に応じるべきかと」

大道寺盛昌が進言する。確かに逆風でも強風ではないため、矢を射れば迫る敵に届く。

だがその一方、頭上に掲げる木盾や竹束を下ろすことになり、傷つく兵も多くなる。

――事ここに至っては、後手必勝を貫くべきだ。

氏康の勘がそう命じる。

「若、今ですぞ！」

敵との距離は一町半（約百五十メートル）ばかりになった。

「まだまだ」

敵の先頭が一町（約百メートル）ほどに迫ってきた。敵の前衛を成す弓隊は、すでに矢を曲射する必要もなく直射攻撃に移った。

背丈の倍ほども伸びた葦《あし》の間から矢が飛んでくる。

水鳥がけたたましい鳴き声を上げて飛び去る。矢に当たった味方の悲鳴が多くなる。

葦の間から、敵影がちらちらと見えてきた。

先頭どうしの距離は半町もない。

――今だ！

「よし、全軍、矢を捨て敵に掛かれ！」

「何と」

老臣たちが唖然とする。

「まず矢戦から」という合戦にお決まりの段階を、氏康は踏まないつもりでいた。

「惣懸《そうがか》りの陣太鼓を叩け！　法螺《ほら》を吹け！」

突如としてわき上がった太鼓と法螺の音により、敵が浮き足立つのが分かる。

覚悟を決めた者たちが、葦をかき分けつつ闇雲に突撃していく。

敵は、葦に邪魔されて北条方の動きが摑めていない。

堤の上から敵の動きを一望の下に見渡せる氏康は、ここが勝負どころと覚り、腕もちぎれんばかりに采配を振るった。

「進め、進め！」

一瞬の後、小沢原一帯に刃を合わせる音と絶叫がわき上がった。戦闘が始まったのだ。

季節は夏で、葦が繁《しげ》る河畔だったことも、北条方に幸いした。

『小田原北条記』の表現を借りれば、「氏康の兵卒たちは、（敵が）矢戦をすると思いきや、一斉に抜刀して斬り込み、十文字に割って通り、巴《ともえ》の字に追い回し、東西に駆けめぐって敵を打ち破り、南北に馬で擦れ違った」となる。

緒戦は味方が押しきったが、敵は大軍なのだ。勝敗はまだ分からない。

それでも敵の先手は北条方の突進力に圧倒され、泡を食って逃げていく。そこに北条方が追いすがる。だが敵も戦慣れしているのか、後方から味方が駆けつけてくると、反転して逆襲に転じた。

葦原には敵味方の怒号や悲鳴が交差し、刀槍のぶつかり合う際に散る火花が、そこかしこで瞬いている。

――これが戦か。

移香斎の言葉が頭に閃《ひらめ》く。

「戦は息を吸って吐くのと同じさ。一方的に優位なまま勝ち切ることは難しい。敵が息を吐く時は引き、敵が息を吸う時は攻めるのさ」

移香斎は「それが戦の極意だ」と言ったが、大軍の指揮などしたことのない移香斎だ。それをどれだけ信じてよいかは分からない。

――だが今は、その言葉に従ってみよう。

それ以外に、氏康の取るべき道はなかった。

「引け、いったん引け！」

氏康は次々と前線に使者を走らせ、その意向を伝えた。

この時の北条方の戦い方を、『小田原北条記』ではこう伝えている。

「攻め掛かる時は皆、力を合わせて一度に掛かり、また引く時も静かに引き、集散その時の状勢に対応し、進むたび退くたびに敵に打撃を与えたので、遂《つい》に一度も負けることがなかった」

北条方が引いていくのを見た敵は、「今だ、掛かれ、掛かれ！」と勇み立つが、朝興の位置からでは戦況が分かりにくいためか、兵力の集中的投入ができず、退却する北条勢に痛手を与えられない。

「若、そろそろよろしいか」

先ほどから馬廻衆百余騎を率いて控えていた清水吉政が問う。

「よし、掛かれ！」

敵は劣勢を挽回《ばんかい》しつつあり、虎の子の部隊を投入するには、この時を措《お》いてない。
吉政が「死ねや、死ね！」と喚《わめ》きつつ飛び出していく。
馬廻衆の突進力はすさまじい。瞬く間に敵が蹴散らされる。
これにより、再び扇谷上杉勢が崩れ立った。
はるか彼方《かなた》の敵本陣らしき辺りに翻っていた馬標《うまじるし》も、すぐに見えなくなった。
北条方の突進に慌てた扇谷上杉朝興が、退《の》き戦（撤退）に移ったのは明らかだ。
――このまま追撃戦に入れば、朝興の首が取れるやもしれぬ。
氏康の脳裏で、何かがそう囁《ささや》く。
その時、移香斎の言葉が再び脳裏に浮かんだ。
「戦に勝つことはできても、勝ち切ることは難しい」
――そうか。深追いは禁物だ。
氏康は「欲をかくな」と己を戒めると言った。
「引き太鼓を叩け！」
それには大道寺盛昌が驚いた。
「若、これは勝ち戦ですぞ。武蔵府中まで兵を進めるべし」
「いや、ここまででよい。動けなくなった負傷者を集めてこい。そして兵をまとめて順
次、対岸に渡らせろ」

「はっ、はい」

不承不承ながら盛昌は、退き戦の手配りに移った。

享禄三年六月の小沢原合戦は、北条方の大勝利に終わった。氏康は初陣を勝利で飾ったのだ。だが、扇谷上杉勢に致命的な打撃を加えられなかったのも事実だった。

小田原への帰途、勝利にわく兵たちを尻目に、氏康はいつ果てるともなく続く戦いを勝ち抜くには、どうしたらよいかを考えていた。

四

享禄四年（一五三一）に入っても、北条方は劣勢を覆せないでいた。扇谷上杉朝興と武田信虎の連携は軌道に乗ってきており、同年九月には、何とか保持していた岩付城を奪還され、北条方は入間《いるま》川（現・荒川《あらかわ》）の線まで引かざるを得なかった。

朝興と信虎はさらに紐帯《ちゅうたい》を強化すべく、朝興の娘を信虎の嫡男太郎《たろう》に嫁がせた。この太郎こそ後の信玄《しんげん》である。

こうした劣勢にある時こそ、神仏を味方に付け、味方の求心力を高めることが必要になる。

天文《てんぶん》元年（一五三二）、氏綱は鎌倉鶴岡八幡宮《つるがおかはちまんぐう》の再建という大事業を開始する。鶴岡八幡宮こそ鎌倉幕府創建以来の武士の社であり、その造営事業の音頭を取ることで、北条氏が東国武家社会の頂点にいることを、証明しようというのだ。

この大事業を開始するにあたり、氏綱は敵味方を問わず関東の武士たちに奉加金《ほうが》を求めたが、山内・扇谷両上杉氏をはじめとする敵対勢力は、これに応じなかった。応じてしまえば、周囲から氏綱の麾下《きか》に入ったと誤解されてしまうからだ。この大事業は、造営開始から八年後の天文九年（一五四〇）十一月、落慶式が盛大に行われて終了する。

そうした最中の天文四年（一五三五）六月、二十一歳になった氏康は、今川家から室を娶《めと》ることになった。相手は今川氏親《うじちか》の娘の「つや姫」だ。

つや姫の同腹兄弟には、氏親の跡を継いだ氏輝《うじてる》、次男の彦五郎《ひこごろう》、四男で僧籍に入っている梅岳承芳《せんがくしょうほう》（後の義元《よしもと》）がおり、今後、今川家との同盟を強化するためにも絶好の縁談だった。

駿河から、十二の輿《こし》に百を超える長持、警固の兵三千余が入ってきた。氏康も小田原城の早川口《はやかわ》で一行を出迎えた。

駕籠《かご》を先導する形で馬に乗っていた武将が下馬する。

「姫君を無事、お送りいたしました」

今川家宿老の朝比奈泰能《あさひなやすよし》だ。

続いて男輿《おごし》が一つ下ろされると、中から長身痩軀《そうく》の僧侶が姿を現した。

「お初にお目にかかります。拙僧は太原雪斎《たいげんせっさい》と申します」

僧は丁寧に頭を下げた。

――これが、かの雪斎尊師か。

氏康は丁重に挨拶を交わし、城内へと招き入れた。

氏康の先導で城内に入った一行は、本曲輪の庭に設《しつら》えられた宴席に案内された。

姫は化粧直しをすべく、別室へと連れていかれる。

氏綱が姿を現し、手を取らんばかりに雪斎と泰能に礼を言う。

やがて花嫁が姿を現し、盛大な御婚《ごこん》の儀が始まった。だが花嫁は顔を隠している上、氏康と口を利くことさえ許されていない。

やがて日が暮れ、舞や雅楽も終わり、床入りとなった。

氏康は、新婦と共に御婚の儀の場を後にした。

むろん氏綱や雪斎は、引き続き酒食を楽しむことになる。

――ようやく終わったか。

氏康は心労から、このまま眠ってしまいたいと思ったが、何とか堪えて寝室に向かった。

「よくぞ参った」と氏康が言うと、「ふつつか者ですが、よろしゅうお引き回しのほどを」

と、つやが答えた。

続いて対面の儀が行われた。

つやが、ようやく角隠《つのかく》しを外す。

「あっ」

氏康の口から驚きの声が漏れる。

――小観音《こかんのん》によく似ている。

小観音とは、かつて出会った遊女のことだ。

おそらく顔かたちというよりも、つやが醸し出す雰囲気が似ているのだろう。

お世辞にも美人とは言えないが、端整で思慮深そうなその顔立ちには、好感が持てる。

やがて夫婦《めおと》の盃が交わされ、周囲にいた茶坊主や女房たちが退室していった。

ようやく氏康は緊張を解いた。

「箱根の山を越えてきたのだ。疲れているだろう。今日は寝ていいぞ」

自分が眠りたいのを棚に上げ、氏康がそう言うと、つやは不服そうに口を尖《とが》らせた。

「何を仰せですか。こちらは覚悟を決めているのですよ」

その言い方が面白く、氏康は声を上げて笑った。

「そなたとは気が合いそうだ」

「ありがとうございます。幼い頃から兄たちとは違って跳ねっ返りだったので、父母から発才《はっさい》と呼ばれていました」

「発才か。それはよかったな」

「そんな私《わたくし》でも、よろしいのですか」

「ああ、大人しいばかりではつまらぬ。室は発才ぐらいがちょうどよい」

「うれしい」

つやはにこりとした後、口元を押さえて嗚咽《おえつ》を漏らした。

「わしがどのような男か分からず、不安だったのだろう」

「はい。箱根の山の向こうにいる男は皆、獣のように毛むくじゃらで、われらとは別の言葉を話すと聞いていましたから」

「ははは、まあ、そうかもしれんな」

「やめて下さい」

つやが泣き笑いする。

「まあ、よい。今日から、この城の水仕所《みずしどころ》（台所）をそなたに任せる」

遠回しな言い方だが、「水仕所を任せる」とは、北条家の家政を取り仕切れという意味になる。

「ありがとうございます」

つやが三つ指をついて頭を下げると、その白魚のような手を取った氏康が、つやを招き寄せた。

「実は、わしも不安だった」

「えっ、私が毛むくじゃらだとお思いでしたか」

「そうではない」

二人が声を合わせて笑う。

「男が世に志を問えるか否かは、支えてくれる室次第だ。祖父様《じいさま》も父上も、よき室に恵まれた。当主を支える室あってこそ、当主は一族のみならず、家臣や領国の民まで幸せにできるのだ」

「いかにも、仰せの通りです」

つやの父の今川氏親も、叔父の宗瑞の薫陶を受け、名君として知られていた。

「ずっと、わしを支えてくれるな」

「もちろんです」

「よかった」

氏康がつやを抱き寄せる。

――これで安心だ。

「わしの目指す大業は、そう容易に成るものではない。おそらく、われらには苦難の道が待っていよう。その道を――」

氏康がつやの手を強く握る。

「共に歩んでほしいのだ」

「はい。望むところです」

氏康は幾度もうなずき、つやを強く抱きしめた。

五

関東の情勢は、依然として北条方に不利だった。

山内・扇谷両上杉氏は、甲斐国の武田氏や安房国の里見氏との連携により、北条方に強い圧迫を掛けてきていた。

氏綱は入間川の線で敵を食い止めていたが、江戸城は幾度となく行われた敵の攻撃に疲弊し、落城か自落（城を放棄すること）は時間の問題と思われた。

だが、耐えることで光明を見出《みいだ》すこともある。

氏康が華燭《かしょく》の宴を挙げる二年前の天文二年（一五三三）、安房里見氏で内訌《ないこう》が勃発した。

これは当主の義豊《よしとよ》と庶家の義堯《よしたか》の間の家督争いで、義豊を支援する扇谷上杉朝興や小弓《おゆみ》公方・足利義明《よしあき》に対抗すべく、氏綱は義堯を支援し、翌天文三年（一五三四）四月、義堯を勝たせることに成功した。これにより里見氏は、北条氏に服属したも同然となる。

さらに同年、小弓公方を支えてきた真里谷武田氏《まりやつたけだ》でも内訌が勃発した。これは義明が支持する勢力が勝ち、一方を支援していた氏綱は、房総半島からの撤退を余儀なくされた。この時、里見義堯も恩義ある氏綱を見限り、義明に服属した。

かくして義明の活躍により、北条方の房総半島制圧の大望は挫折したかに思われたが、房総半島の混乱は、山内・扇谷両上杉家と小弓公方に動員力の低下をもたらしていた。

これにより背後を気にする必要がなくなった氏綱は、氏康の婚儀が整った直後の天文四年（一五三五）八月、一万余の兵を率いて籠坂峠《かごさかとうげ》を越えて甲斐国郡内に侵入し、山中《やまなか》湖畔や吉田《よしだ》などで激戦に及び、武田方を打ち破った。

この時の戦いで氏綱は、信虎の片腕と目される実弟の勝沼信友《かつぬまのぶとも》をはじめとした有力武将数人を討ち取った。これにより信虎の牽制は弱まり、氏綱は扇谷上杉朝興との決戦に専心できるようになる。

だが、氏綱が出陣している間隙を突くかのように、相模国内に侵入した朝興率いる扇谷上杉勢は、中郡《なかごおり》の平塚《ひらつか》や藤沢《ふじさわ》を焼き払い、濫妨狼藉《らんぼうろうぜき》の限りを尽くした。

氏康は小田原に残る兵を率いて出陣し、扇谷上杉勢を追い払ったが、中郡の民の受けた損害は甚大だった。

十月、小田原に戻った氏綱は、氏康を率いて扇谷上杉領国に侵攻し、入間川河畔の戦いで扇谷上杉勢を破った上、敵本拠の河越城に迫った。

そんな最中の天文六年（一五三七）四月、朝興が病死し、嫡子の朝定《ともさだ》がその名跡《めいせき》を継いだ。

また同じ頃、氏康に待望の嫡男が生まれる。後の新九郎氏親《うじちか》である。氏康にとって初めての子でもあり、喜びもひとしおだった。

天文六年七月、氏綱は五千の兵を率い、鎌倉街道上道を北上して武蔵国に入った。目指すは河越城だ。

すでに北条勢は、扇谷上杉方の最前線拠点である神大寺城《じんだいじ》（深大寺城）を奇襲によって攻略し、意気が騰《あ》がっていた。

神大寺城は武蔵府中に近い場所にあり、「神大寺古要害」と呼ばれていた。四月に死去した朝興が、この古要害に大規模な改修を施して相模進出の拠点にしたのは、今年に入ってからだった。だが朝興は、そこを拠点として北条氏と戦う前に、不慮の死を遂げてしまった。

宿駅の一つの苦林《にがばやし》に達した時、すでに夜になっていた。

先手部隊を預かる氏康が宿営の支度をしていると、遠候に行っていた風魔小太郎が戻ってきた。

「若殿、敵主力勢が河越城を出ましたぞ」

「何だと。城に籠もって山内上杉の後詰を待つと思っていたが、出戦《でいくさ》を挑むつもりか」

河越城は平城だが、その周辺には荒川、入間川、河岸《かし》川といった大中の河川や、その支流が錯綜するように流れ、いくつもの川を越えねばならないことから、「河越」という地名がついていた。

この河越の地に太田道灌が城を築いたのは、長禄《ちょうろく》元年（一四五七）で、その後、八十年余にわたり、道灌の主君の扇谷上杉氏の本拠となっていた。

氏綱や氏康は、敵が難攻不落の河越城を出るはずがないと思っていたが、案に相違して野戦を挑んでくるつもりらしい。

「おそらく敵は、われらによる神大寺城攻略を聞き、奪還を期して城を出たのでしょう」

「つまり敵は、われらが神大寺城を攻略した後、そこにとどまっているか、守備兵を置いて小田原に引いたと思い込んでいるのか」

「そうとしか考えられません」

――敵は思い込みによって動いているのか。

ここ数年、北条方は上杉方の反攻に押され気味だったこともあり、まさか氏綱が主力勢を率い、河越城に迫ってきているとは思ってもいないのだ。

「敵は前駆《さきが》けも出すことなく、神大寺城を目指しています」

「敵とは、どの辺りで遭遇する」

「このままだと、明日の夜明けには、三ツ木《みつぎ》村辺りで鉢合わせするかと」

三ツ木村とは、苦林と河越の間にある小さな村のことだ。

「よし、小太郎は馬を飛ばして中軍にいる父上にこのことを知らせろ。わしは五百の先《さき》勢《ぜい》を率いて三ツ木村近くまで行く」

「若殿、ゆめゆめ軽挙は――」

「分かっておる。先勢だけで敵に当たることはしない。父上には『そのまま行軍を続けて下さい』と伝えてくれ」

「承知仕《つかまつ》った」

そう答えると、小太郎が闇に消えた。

――敵が三ツ木村に現れるまで、一刻《とき》（約二時間）ほどだな。急がねば。

氏康は自ら率いる先勢と共に、篝《かがり》を消して夜道を走った。

苦林から三ツ木村までは、小半刻（約三十分）ほどで着く。三ツ木村の入口まで来たところで行軍を止めると、空が白んできた。この近隣出身の者に、五百の兵が隠れられる場所を問うと、近くに潜むのに恰好《かっこう》の谷があるという。

氏康は兵をそこに移動させ、敵の姿が見えるのを待った。

兵たちは息を殺して待機しているが、戦の前の緊張によって空気が張り詰めてきた。

氏康もすぐに喉が渇き、何度も水を飲んだ。

氏康は移香斎の言葉を思い出していた。

「ぼん、最も崩しやすい敵というのを知っているかい」

「油断している敵でしょうか」

「まあ、それもそうだが、さらに崩しやすい敵は、別の方向に気を取られている敵だ」

「別の方向に――」

「そうだよ。陽動と言うんだが、正面に気を取られた敵は、小勢の伏兵で側背を突くだけで容易に崩せるもんさ」

移香斎の呵々大笑《かかたいしょう》が耳に残る。

やがて物見が戻り、敵が三ツ木村に入ったことを告げてきた。氏康は街道を見下ろせる小丘に登り、敵が行軍していく様を眺めていた。

敵は、前方から氏綱率いる北条主力勢が迫っていることに気づいていない。

――これは勝てる。

やがて敵が三ツ木村を過ぎていった。

「よし、敵の背後に回り込むぞ」

氏康率いる先手勢が街道のすぐ近くまで進んだ時、遠方から喊声《かんせい》が聞こえてきた。

「若殿、どうやら敵は、御屋形様と遭遇した模様」

傍らに控えていた清水吉政が言う。

「あの声からすると、どれほどの距離か」

「一里はありましょう」

「よし、敵を追撃するぞ！」

「御意のままに！」

いつも慎重な吉政も、ここが勝機と見極めたようだ。

兵を率いた氏康が馬を走らせる。

やがて前方から、砂塵《さじん》を蹴立てて敵が逃げてきた。敵に意表を突かれたのだろう。ほうほうの体でこちらに向かってくる。これだけでも勝ち戦だが、さらに痛手を負わせないことには、河越城攻略は成らない。

「弓隊前へ！」

前面に展開する弓隊から矢が一斉に放たれる。狙いを定めない曲射攻撃だが、挟撃されたことに気づいた敵は、驚いて元来た道を引き返そうとする。

「よし、討ち取り勝手だ。全軍惣懸り！」

敵が十分にひるんだと見た氏康は、隊列など考えない討ち取り勝手の命令を出した。

氏康の手勢が、狭い街道を押し合いへし合いしながら敵勢に突入していく。やがて先頭が接触し、槍合《やり》わせが始まった。

挟撃された敵は逃げ場がなく、瞬く間に押されていく。

街道の左右は泥田なので、左右に下りて逃げようとしても、足がぬかるんで逃げられない。だが逃げ場を失った敵は、致し方なく泥田に足を踏み入れていく。

「泥田に下りるな。逃げる敵は矢で射ろ！」

兵たちが、街道から逃げる敵の背に矢の雨を降らせた。敵が次々と討たれていく。

氏康は遮二無二前線に向かった。その後から馬廻衆が続く。

敵は三ツ木村の外れにある神社に陣取り、最後の抵抗を試みていた。おそらく城に危急を伝え、後詰《ごづめ》勢の派遣まで持ちこたえるつもりでいるに違いない。

そこに主力勢と合流した北条方が、苛烈な攻撃を加える。

やがて火矢によって、神社から炎が上がり始めた。

――敵将が誰かは分からぬが、これで自害するはずだ。

氏康が自害の余裕を与えるべく、兵を引かせた時だった。案に相違して、敵が神社を打って出てきた。すでに緊張を解いていた味方が逃げ散る。敵は一丸となり、河越城の方に突き進もうとしていた。

ここまで詰めていながら、敵将を取り逃がしたとあっては大失態になる。

「皆、敵を追うぞ！」

「若、おやめなさい！」

驚く吉政を尻目に、氏康が馬に鞭《むち》を入れた。

氏康の愛馬は、馬高五尺（百五十センチメートル余）もある相模黒《さがみぐろ》という名馬だ。氏康を守ろうと追いすがる味方を振り切って、相模黒はどんどん前に出る。

やがて河越城に向かう十騎ほどの集団が見えてきた。

氏康は馬脇につるしていた手槍を取ると、「尋常に勝負いたせ！」と言いながら、最後尾を走る武者に向かっていった。それを見た武者が驚く。まさか氏康とは思っておらず、北条方の武辺者が一騎駆けしてきたと思っているのだ。

「小癪《こしやく》な小僧め！」

武者も手槍を振るって応戦する。

「これぞよき敵！」

「ほざくな！」

氏康の薙《な》いだ槍を敵がよける。間髪を入れず敵が突きを入れてきたのを、今度は氏康が横に払う。

「死ねや！」

敵が馬を寄せてきた。氏康と組打ちし、大将を逃がそうというのだ。

――そうはいくか！

氏康は冷静になると、近づいてくる敵の馬の腹を鐙《あぶみ》で蹴った。馬が驚いて後ろ脚立ちになる。

その拍子に、敵はもんどりうって落馬した。

ちらりと背後を振り向くと、落馬した敵に北条方の雑兵が走り寄り、膾《なます》にしている。

氏康は再び馬に鞭を入れ、逃げる敵の集団に迫った。肩越しに氏康の姿を見つけた敵将の顔が引きつる。

——あと少しだ。

その時、敵将と氏康の間に、僧形の武士が入った。齢《よわい》六十になんなんとする老武者だ。

「どけ！」

「そうはいくか！」

氏康の手槍を老武者が受け止める。二人は馬腹を合わせるようにして並走した。

「それがしは太田駿河守《するがのかみ》！　貴殿も名乗られよ！」

手槍で競り合った時、相手が名乗ってきた。

——道灌公の息子の一人か。

だが氏康は名乗るわけにはいかない。氏康が無言で槍を繰り出すと、それを払いつつ、

太田駿河守は嘲《あざけ》るように言った。

「名乗れぬとは、よほどの汚名なのだな」

「何だと。わしの名は――」

ここで名乗れば、敵は大将を逃がそうという当初の目標を見失い、是が非でも氏康を討ち取ろうとするに違いない。

氏康は一か八《ばち》かの勝負に出た。

「北条左京大夫《さきょうのだいぶ》の嫡男、氏康に候！」

「何だと！」

駿河守の顔色が変わる。

「殺してくれるわ！」

駿河守が、凄《すさ》まじい膂力《りょりょく》で手槍を振り回してくる。

その一閃《いっせん》が頬をかすめる。鮮血が飛び散り、顔に激痛が走る。

「死ねや！」

駿河守が乾坤一擲《けんこんいってき》の突きを入れてきた。それをぎりぎりでかわした氏康は、反射的に伸びきった駿河守の腕に手槍を振り下ろした。

「ぐわっ！」という絶叫を残して駿河守が落馬する。断ち切られた腕は、鮮血をほとばしらせながら飛び、槍と共に反対側の樹木の幹に突き刺さった。

肩越しに振り向くと、片腕となった駿河守が起き上がろうとする前に、北条方の徒士《かち》が蝟集《いしゅう》し、駿河守に槍を付けている。

——成仏せいよ。

それ以外に掛けるべき言葉はない。

氏康は再び馬を走らせると、敵将のすぐ後方に付いた。この頃になると、味方の数も増えたためか、敵将の周囲を守る者はいない。

「敵将とお見受けする。逃げるのは卑怯《ひきょう》！」

「分かった。受けて立とう！」

覚悟を決めたのか、敵将が名乗った。

「上杉朝興の弟、左近大夫《さこんのたいふ》朝成《ともなり》に候！」

「わが名は北条氏康！」

「何だと！」

朝成の顔色が変わる。

「この他国の兇徒《きょうと》め！」

北条氏は上杉陣営から「他国の兇徒」と呼ばれていた。

「何を言うか！」

氏康の胸底から怒りが込み上げてきた。

「われらは——」

手槍を頭上で振り回しつつ、氏康が雷鳴のような怒声を発した。

「常に民のためにある！」

次の瞬間、朝成の手槍が真っ二つに折れると、氏康の手槍はその勢いで朝成の首を薙いだ。

血煙を残して朝成の首が飛ぶ。

その顔は、いまだ意識があるかのように驚きで引きつっていた。


戦は終わった。

三ツ木村の遭遇戦で、扇谷上杉方の名ある武士が七十余も討ち取られた。その一方、北条方はほぼ無傷だった。それだけ不期遭遇戦と伏兵の効果は大きかった。氏康は敵の「思い込み」に付け込み、大きな成果を挙げた。

――陽動か。

氏康はこの戦いで、それを学んだ。

三ツ木村でいったん兵をまとめた氏綱は、この勢いで河越城に迫ることにした。

顔に裂傷を負った氏康だったが、それ以外は怪我《けが》もなかったため、顔に白布をぐるぐる巻きにすると、すぐに先手勢に復帰した。

この傷は氏康の顔にずっと残り、後に受けることになるもう一つの傷と合わせて、「氏康の向疵《むこうきず》」として、関八州《かんはっしゅう》に名を轟《とどろ》かせることになる。

三ツ木村から河越城までは一里もない。怒濤《どとう》の勢いで河越城に攻め寄せてみると、河越城はもぬけの殻となっていた。主力勢が壊滅状態となった扇谷上杉方は、城を守ることをあきらめて自落したのだ。

信じ難いことに、難攻不落を謳《うた》われた河越城が、戦わずして北条方の手に入ったのだ。入城した将兵は歓喜に包まれ、互いに肩を叩き合いながら喜びを分かち合った。この日は夜半まで、そこかしこから酒宴のざわめきと勝鬨《かちどき》が続いていた。

翌日、扇谷上杉朝定が河越城から脱出し、家臣の上田《うえだ》朝直《ともなお》の松山《まつやま》城に逃げ込んだという一報が届いた。そこで山内上杉勢の来援を待つという目論《もくろ》見《み》だろう。

そのため北条方は翌日、松山城攻撃に向かった。

武蔵国比企《ひき》郡にある松山城は、荒川支流の市野《いちの》川河畔にある五つの小さな丘陵上に造られた崖端城《がいたんじろ》だ。北方から南流してきた市野川が丘陵にぶつかり、大きく蛇行した場所に築かれているので、南北と西の三方は市野川が堀の役割を果たしていた。残る東も広大な湿地帯が広がっており、極めて攻め難い城だった。

この時の戦いも熾烈《しれつ》を極めたが、城を攻略するまでには至らなかった。そのため氏綱は松山城の攻略をあきらめ、河越城まで引くことにする。

かくして武蔵国中央部に進出した北条氏は、翌天文七年（一五三八）二月、武蔵・下《しも》総《うさ》国境の葛西《かさい》城を奪取した。朝定が北方へ逃れたことで葛西城は孤立し、自落するしかなかったからだ。

河越城を奪うことで葛西城も手に入れることができ、氏綱は南武蔵の制圧に成功した。

これにより南関東で扇谷上杉方の城として残っているのは、かろうじて落城を免れた松山城と岩付（岩槻）城だけになった。だが房総半島から強敵が乗り出してくることで、北条氏は盛衰を懸けた大戦を行うことになる。

六

「何だと。それは真か！」

同年九月、小田原城内評定の間に氏綱の声が響いた。

「はっ、小弓公方勢が古河目指して進軍を開始し、市川《いちかわ》の国府台《こうのだい》城に入ったとのこと」

高城《たかぎ》胤吉《たねよし》の言葉に力が籠もる。

高城氏は千葉《ちば》氏の流れをくむ下総国人《こくじん》で、小金《こがね》城を本拠としている。

「小弓の殿は古河にいる公方様（足利晴氏《はるうじ》）を倒し、自らが取って代わろうとしております。公方様はこれに激怒し、追討令を発しました」

天文四年（一五三五）に病死した古河公方高基の跡は、息子の晴氏が継いでいた。小弓公方義明は晴氏の叔父にあたる。

使者としてやってきた古河公方家宿老の簗田《やなだ》高助《たかすけ》が、胤吉の言葉を補足する。

「小弓殿は、後見をしていた真里谷武田氏の力が内訌によって弱まり、さらに扇谷上杉氏が北武蔵に追いやられたことで焦っています。しかも『当代無双』と謳われた当主の義明殿も、すでに御年四十四。ここで大勢の挽回を図らねば、座して滅亡を待つばかりと思っているのでは」

小弓公方府の次代を担う義明嫡男の義純《よしずみ》は、義明に似て勇猛な武将だが、その将器は未知数だ。それゆえ義明は、体力と気力が頂点にある今、勝負を懸けてきたのだ。

——これは容易ならざる戦いになる。

氏綱の横に控える氏康は、逸《はや》る気持ちを抑えて二人の話を聞いていた。

「それゆえ、われら古河公方家の家臣としましても、相州御屋形様にご出陣いただき、小弓公方を征伐していただきたいと思っております」

高助が額を板敷に擦り付ける。

「仰せの儀、尤《もっと》もながら、われらにはわれらの立場がある。古河の公方様から何を賜れるかで、出兵の如何《いかん》は決まる」

「おそらく、そう仰せになられると思いました」

「では、お聞かせいただこう」

「古河の公方様は、小弓公方を討ち取ったあかつきには、相州御屋形様を関東管領に任命すると仰せです」

居並ぶ宿老の間から、ため息が漏れる。

既存の勢力から「他国の兇徒」と呼ばれてきた北条氏にとって、関東武家社会の頂点に立つ関東管領の座に就くことは、夢のようなことだった。

室町幕府が創設した関東管領は、関東公方の執政役として関東を実質的に支配してきた。創設当初は公方府宿老の持ち回りだったが、そのうち山内上杉氏の勢力が強くなり、世襲のようになった。そのため今も、山内上杉憲政《のりまさ》が関東管領の座に就いている。

だが憲政は北条方との戦いに備え、自領を守ることで精いっぱいになり、こうした要請にも応えられなくなっていた。それゆえ古河公方としても、山内上杉家を見限らざるを得ないのだ。

「それだけでなく、小弓公方領の差配を委ねるとのこと」

小弓公方領は下総国の一部で、さほど広くはないが、向後の房総支配の上で極めて重要な地域になる。それを委ねるというのは、代官を置いて年貢米の収受を行い、また公方府内に監視役の家臣を入れることを認める意味になる。

「承知仕った」

氏綱は即座に合意した。

「御屋形様」と、長綱が発言を求める。

「敵は乾坤一擲の勝負を懸けてくるはず。そのためには、こちらの都合よき場所に誘い込むことが肝要かと」

「尤もだ」と言いつつ、氏綱が絵地図を広げさせる。

「どうやら小弓公方は、われらを国府台城に引き付け、城攻めに誘い込むつもりだろう。だが、たとえ城を落とせたとしても、城攻めは寄手の痛手が大きくなる。何とか敵を国府台城から出させて野戦で雌雄を決したい。誰ぞ、よき策はあるか」

「卒爾《そつじ》ながら――」と言いつつ、氏康が膝を進める。

「そなたに策があるのか」

氏綱が驚きの目を向ける。

「あります」と言ってから、氏康が続けた。

「敵を城から誘い出すには、敵に野戦でも十分に勝てるという勝算を与えることが必須です。つまり『敵を誘い出して戦いたい時は、実を突く前に虚を作る』ということです」

「『実を突く前に、虚を作る』だと。孫子にもそんな言葉はないぞ」

「はい。孫子ではありません。これは愛洲移香斎殿から学んだ言葉です。すなわち敵と戦いたい時は、敵に『勝てる』と安心させる何かを与えてやるのです」

「何を与えるというのだ」

氏綱が首をかしげる。

「里見です」

その言葉の意味が分からないのか、居並ぶ家臣たちが騒然とする。

「先年、われらは里見家庶流の義堯殿に味方し、嫡流の義豊殿を討ち取りました。これにより義堯殿は安房国の主となりました」

「つまり、そなたは里見家に、あの折の恩義に報いさせると言うのだな」

氏康が「しかり」と言ってうなずく。

「里見殿が味方すると言えば、これに勇気づけられた小弓公方は、城を出て決戦に及びます」

里見氏が安房国に入部したのは、さほど古くはなく、義豊の父の義道《よしみち》の代になる。義豊は家督を継承し、本拠の稲村《いなむら》城に入ったが、天文二年（一五三三）七月、叔父の実堯《さねたか》を謀殺し、家中の引き締めを図った。実堯らが謀反を企《たくら》んでいたというのが表向きの理由だが、真偽のほどは定かでない。

これに対し、実堯の息子の義堯は反発し、北条氏と結んで義豊に対抗した。

天文三年（一五三四）四月、義豊は真里谷武田恕鑑《じょかん》の支援を受けて安房国に侵攻するが、逆に北条氏の援軍によって討ち取られ、義堯が家督を奪った。

「われらに大恩があるとはいえ、里見家が独立したがっているのも事実。それゆえ小弓公方に味方するのも、不自然ではありませぬ」

「分かった。で、叔父上はどう思われる」

長綱が口添えする。

「申し分なき策かと」

「ありがたきお言葉」

これにより氏康の提案が承認され、すぐに使者が安房国に向かった。

北条家からの要請を受けた里見義堯に否やはない。

義堯は小弓公方に従う旨の書状を送り、さらに「われらが後詰するので、小弓公方様は安堵して北条方と無二の一戦に及び下さい」と書き添えたので、これを読んだ義明は狂喜し、配下の諸将に陣触れを発した。

天文七年（一五三八）十月二日、氏綱は五千の兵を率いて海路、江戸城に入った。

五日、江戸城で軍議を開いた氏綱は、葛西城に陣を移し、先手勢を北方に大きく迂回《うかい》させると、猿俣《さるまた》の渡しから太日《ふとひ》川を渡らせ、松戸台《まつどだい》に陣を布《し》かせた。それに続き氏綱率いる主力勢も渡河を始めた。この時、猿俣の渡しに後詰勢二千を置いてきたので、氏綱率いる主力勢は三千となっている。

国府台から古河に至る街道を扼《やく》する形で、氏綱・氏康父子は松戸台に陣取った。

一方、十月七日早朝、里見勢が国府台城に入ると、義明率いる小弓公方勢が動いた。

二千の兵を率いた義明は国府台城を出陣し、矢切《やぎり》にある西蓮寺《さいれんじ》に陣を布いた。

氏康の策が見事に当たったのだ。

西蓮寺のある台地は、国府台城から半里の距離にある松戸台との中間にあたる。

松戸台を隔てて指呼《しこ》の距離には、椎津隼人佐《しいづはやとのしょう》ら公方勢先手衆の籠もる相模台があり、松戸台に陣取る北条勢を、西蓮寺の主力勢と相模台の先手勢で挟撃する態勢が布けた。

その陣形を見れば、義明が北条方との無二の一戦を決意したのは明らかだった。

七

空は曇天で、夜が明ける頃は見通しが悪かった。それでも朝靄《あさもや》が晴れ始めると、少しずつ視界が開けてきた。

朝靄に代わって垂れ込め始めたのは、戦いの前に漂う緊張の雲気だ。

——これが合戦を前にした雲気か。

合戦を前にした時、誰もが死を意識する。生への執着、死にたくないが功を挙げたいという葛藤、負傷した時の苦しみへの怯《おび》えなどの感情がないまぜになって、戦う者たちを支配する。それが大きな雲気となって陣全体を覆い、緊張と静寂をもたらすのだ。

だが、こうした雲気は決して悪いものではない。それらの感情は噴出を待つ火山のように、一人ひとりの胸内で渦巻いているからだ。

雲気を吐き出す時、人は虎とも狼《おおかみ》ともなれる。

北条方はすべての手配りを終え、敵の攻撃を待つばかりとなっていた。

だが敵の攻撃力が予想を上回るものだった時、松戸台という孤立した丘にいる氏綱・氏康父子は討ち取られる。

——われらがここにいることで、味方は肚《はら》を据えて戦う。

最前線まで出張ることを氏綱に勧めたのは、氏康だった。

当初、氏綱は難色を示していたが、「敵が無二の一戦を望むなら、こちらもそうすべし」と主張し、氏綱を引っ張り出した。

むろん負ければ父子共に命はないが、そうした覚悟のほどを味方に示すことこそ大切だと、氏康は信じていた。

「雨、か」

しとしとと雨が降り始めた。だが大降りになる気配はなく、はるかに見える西方の空は、雲の切れ目から日が差している。

「雨はやむだろうか」

氏綱がひとりごちた。

「風雨考法によりますと」と、氏康が答えようとしたその時、喊声が聞こえてきた。

「敵の攻撃が始まったようです！」

氏康がそう告げた時、物見が駆け込んできた。

「敵が一気呵成《いっきかせい》に攻め寄せてきます！」

「寄手の陣形はいかに」

氏綱が平然と問う。

「南の西蓮寺方面と、北の相模台の両面から挟撃してきています」

敵は南北の両方向から、同時に攻め寄せてきたようだ。

「よし、防戦に徹して敵を引き付けるのだ！」

氏綱が使番に命じる。

だが松戸台は堀も土塁もないただの台地だ。敵が死ぬ気で攻め寄せれば、長くは維持できない。

しばらくすると、別の物見が走り込んできた。

「寄手が山麓まで迫ってきています」

「味方は山麓まで引いたのか。思っていたより早いな」

「敵は不退転の覚悟で寄せてきています。このままでは、山麓の陣はすぐに崩されます」

「分かった。いよいよ勝負を懸けるべき時だな」

氏綱が氏康の顔を見る。

「勝機は今です」

氏康が力強くうなずく。

「よし」と言いつつ、氏綱が「狼煙《のろし》を上げよ！」と命じた。

狼煙によって、猿俣の渡しまで来ているはずの二千の後詰勢を呼び寄せ、敵の後背を突こうというのだ。

――おそらく後詰勢の雲気は頂点に達している。

狼煙が上がるのを今か今かと待っている後詰勢の戦意は、今こそ頂点にあるはずだ。

すでに狼煙の準備はしていたので、覆いが取り除けられて火がつけられた。狼煙はよく乾燥させた枯葉や枯れ枝に狼の糞を交ぜることで、白くはっきりとした煙が立ち昇る。ところがこの日は雨のため、狼煙がうまく昇っていかない。曇天なので、渡しからは見えない可能性がある。

「父上、使者を送るべきかと」

「それもそうだな。使番！」

氏綱は使番を呼ぶと、渡しまで「惣懸りを掛けるよう」伝えに行かせた。

むろん一騎では心もとないので、こうした場合、何騎かに別経路を取らせる。

だが小半刻が経《た》っても、味方はいっこうに現れない。

物見が走り込んできた。

「敵の勢いが強く、山麓の陣が崩れ掛かっています」

氏綱と宿老たちが顔を見交わす。

――このままでは窮地に陥る。

氏康が立ち上がる。

「父上、それがしが渡しまで馬を走らせます」

「馬鹿を申すな。そなたはここにいろ」

「いえ、それがしの馬は関東一を謳われた相模黒。しかもわが馬術は父上も知っての通り。それがしに使いを申しつけ下さい」

「この台地を下れば死地だぞ」

「覚悟の上！」

氏綱が氏康の目を見つめる。

「よし、行ってこい。だが馬廻衆と風魔を連れていけ」

「承って候」

氏康が合図すると、相模黒が引かれてきた。

「よし、わが馬廻衆と風魔は続け！」

敵の攻撃が手薄な西方から台地を下りた氏康は、猿俣の渡しまで馬を走らせた。

途中まで来た時、矢が雨のように飛来してきた。氏康らの動きに気づいた敵が、追いすがってきたのだ。

「小太郎!」

「へい」と応じつつ、小太郎が馬を寄せてくる。

「敵を引き付けろ」

「分かりました」

小太郎とその配下が巧みに馬を操り、追撃してくる敵の行く手を阻む。それでも漏れてくる敵は、馬廻衆が引き受ける。

気づくと氏康は単騎となり、味方の待つ河畔に至った。

河畔には松田《まつだ》・大道寺両勢が控えている。

「若殿、いかがいたした!」

慌てて駆けつけてきた大道寺盛昌が、相模黒の口取り縄を取る。

「狼煙は見えなかったのか!」

「はい。いっこうに」

「使者は一人も着かなかったか」

「誰も来ませんでした」

使者のことごとくが命を落としたのだ。

「すぐに後詰を頼む！」

氏康が相模黒をいなすが、興奮した相模黒はまだ走りたいのか、やたらと逸っている。

――ええい、めんどうだ。

「よし、わしに続け！」

後詰勢二千を引き連れた氏康が、松戸台に向かう。

――これはまずい。

やがて松戸台が見えてきた。しかし氏康が飛び出した時とは状況が一変し、敵の猛攻によって、味方は台地上に押しやられていた。敵の勢いは凄《すさ》まじく、すでに松戸台は黒煙に包まれている。

――父上、どうかご無事で！

氏康が炎に包まれた松戸の宿を通り抜け、敵の背後に攻め掛かろうとした時だった。黒煙の中、こちらに向かってくる敵影が見えた。

その先頭で手槍を振り回しているのは、黒ずくめの甲冑を着た二十歳前後の若武者だ。

松田や大道寺の手勢が、そちらに向かう。それを無視して松戸台に向かおうとした氏康だったが、なぜか若武者のことが気になった。

――ええい、構わぬ！

馬を返した氏康は、若武者に向かった。

すでに若武者は、群がる味方を蹴散らしている。

「待たれよ。名あるお方とお見受けする。いざ、槍を合わせん！」

「何奴だ！」

「北条左京大夫が嫡男、新九郎氏康に候！」

「何だと！」

敵の顔が驚きから喜びに変わる。

「これぞよき敵。わが武運、尽きまじ！」

武将が槍を頭上で振り回しつつ接近してくる。

「小弓公方・足利右兵衛佐《うひょうえのすけ》が嫡男の太郎義純、いざ見参！」

その声と同時に槍が振り下ろされた。

──凄まじい膂力だ。

義純が武芸の鍛錬を欠かさないことが、その一撃だけで分かる。

いったん馬を駆け違えた二人は、十間《けん》ほどの距離で馬首を返すと、再び突進した。

「他国の兇徒め、死ねい！」

「何を申すか。死ぬのはそなただ！」

二人が再び槍の穂先を合わせると、火花が散った。

「ええい、めんどうだ。いざ、組まん！」

義純は、すでに馬から下りようとしている。

――ここで怖気《おじけ》づいたら負けだ。

「よかろう!」

氏康も馬を下りると、三間ほどの距離で向き合った。

敵も味方も、それぞれ対面する相手と戦っているので、まさか氏康と義純が一騎討ちをしているとは、誰も気づいていない。

二人は左右の町屋が焼け落ちるのを気にもかけず、じわじわと近づいていった。

「兇徒の息子め、死ぬ覚悟はできたか」

「何を言うか。祖先が他国から来ようと、この地の民のことを思って仕置《しおき》(政治)を行えば、人はついてくるのだ。そなたらのように民の窮状を顧みず己のためだけに戦う者は、いずれ滅びる!」

「何だと! よし太刀打ちで勝負をつけよう」

義純は太刀を抜くと、身を前傾させて下段に構えた。それに対して、氏康はやや上体を起こし、脇に太刀を隠すようにした。

この構えは守勢の構えの一種で、太刀の出所が分かりにくく、敵を惑わす効果がある。

二人とも身をかがめ、前の膝に体重をかけ、跳躍《かいじゃ》しやすいように後ろ足を伸ばした。

これが、後に上泉伊勢守《かみいずみいせのかみ》がまとめることになる介者剣術の基本姿勢だ。

撞木《しゅもく》に置いた足をずらすようにして位置を変えつつ、二人が相手の隙をうかがう。気づくと、雨が横殴りに吹きつけてきていた。だが町屋は激しく燃えており、その熱が背中を焼く。

義純がじりじりと間合いを詰める。

「うおー！」

突然、凄まじい気合を発しながら義純が突きを入れてきた。

それを氏康が弾《はじ》く。

義純は弾かれた太刀を返すや、すぐさま足を払ってきた。

氏康は飛びのけてそれをよけると、下方に気を取られている義純の頭上に太刀を振り下ろした。

「甘い！」

それを受け太刀した義純は、刃をずらして鍔迫《つばぜ》り合いに持ち込んできた。

ずぶ濡れになりながら、二人は力の限りを尽くして押し合った。

膂力に勝る義純は、全体重をかけて氏康の刃をねじ伏せようとする。それに抗しようとするものの、次第に氏康の刃が下ろされていく。刃を完全に下ろされてしまえば、氏康に抗《あらが》う術《すべ》はない。

――このままではやられる。

死の恐怖が突然、襲ってきた。

その時、移香斎の言葉が脳裏によみがえった。

「剣術なんてものはね、相手に勝とうとするから負けるんだ」

「では、どうすればよろしいのですか」

「相手に勝ったと思わせるんだ。そうすれば相手を倒せる」

「どういうことですか」

「分からんやつだな。接近戦ではいかようにもなる。つまり――」

移香斎が実例を挙げて説く。

――そうか。相手に勝ちを譲るのだ。

ふと力が抜けた。

義純は意外な顔をしたが、勝利を確信し、太刀を擦り上げてきた。

一方の氏康は太刀を放すと、義純の太刀に向かって胴を当て、さらに左脇に挟んだ。

自ら刃に近づくことで、距離が近すぎて何も斬れないようにしたのだ。

「此奴《こやつ》！」

義純が太刀を引こうとするが、それより一瞬早く、右手で脇差を抜いた氏康は、義純の脾腹《ひばら》深くに突き入れた。

「うぐう、うぐぐ――」

氏康は義純を抱くようにして腹を抉《えぐ》りに抉った。

すでに脇差を持つ右手は鮮血に濡れている。

「た、た、他国の兇徒め」

「われらは他国の兇徒ではない。われらは関東の地に王道楽土を築くのだ！」

「関東は――、この関東の地は絶対に渡さん」

義純がくずおれた。

――勝ったのか。

氏康は茫然《ぼうぜん》として義純の遺骸を見下ろしていた。

「殿、ご無事か！」

その時になって、ようやく大道寺盛昌らが駆けつけてきた。

「あっ、これは名ある武士ではありませんか」

「うむ。足利義純殿だ」

「えっ、殿が討ち取ったのですか」

氏康がうなずくと、盛昌は「お見事でござった」と言って涙ぐんだ。

ようやくわれに返った氏康は、義純の遺骸に手を合わせると、踵を返して松戸台に向かった。

小弓公方勢によって陥落寸前まで追い込まれていた松戸台だったが、辛くも駆けつけた松田・大道寺両勢が小弓公方勢の側背を突いたので、戦況は一変した。一気に崩れ立った小弓公方勢を、北条方が追う展開になる。この時の小弓公方義明の活躍には凄まじいものがあった。白泡を吹く愛馬・鬼月毛《おにつきげ》と共に敵中に乗り入れた義明は、鐙の先が触れるのを幸いに雑兵たちを弾き飛ばし、「法成寺《ほうじょうじ》」と名づけた薙刀《なぎなた》で斬りまくった。

「法成寺」が刃こぼれすると、「面影」という大太刀を右手に、足利家伝来の無銘を左手に持ち、鬼神のごとく暴れた。

「われこそは小弓公方足利義明。死に急ぐ者は来い！」

義明の首を取れば大手柄だ。その大音声《だいおんじょう》に吸い寄せられるように、多くの兵が群がり寄る。しかしそのことごとくが、一瞬後には屍《かばね》となっていた。

だがしばらくすると、義明も次第に力尽き、いったん後方に引こうとしたところを、「関八州に並ぶ者なき強弓引き《ごうきゅう》」と謳われた三崎《みさき》城代・横井神助《よこいしんすけ》の矢によって射殺される。

義明の死によって、小弓公方勢は壊乱した。

戦いは終わった。苦戦を強いられたものの、最後は北条方の大勝利に終わった。

この戦いの結果、関東管領に就任した氏綱は古河公方家との融和策を進め、翌天文八年（一五三九）、娘の一人を晴氏の正室に入れることで、その影響を徐々に強めていった。

関東支配の大義を手にした北条氏は、古河公方家の「御一家衆」の地位も得て、その権威を吸収していくことになる。

また国府台合戦のあった天文七年（一五三八）、氏康と正室つやの間に次男が誕生する。松千代丸《まつちよまる》という幼名をつけられたこの男子が、後の四代当主氏政《うじまさ》となる。

公私共に大きな節目を迎えた氏康は、勇壮な若武者から、思慮分別ある当主へと成長していった。

八

氏綱が生涯を懸けた大事業こそ、荒れ果てていた鶴岡八幡宮の再興だった。この事業は、大半の建築物を新たに建て直したことから、造営事業と呼んでも差し支えないものだった。

鶴岡八幡宮は源　頼朝《みなもとのよりとも》以来の武士の社であり、この造営事業の発起人になることは、同宮の外護者となることを意味し、北条氏が東国の武士の頂点に立ったことの証しでもあった。

造営は天文元年（一五三二）五月に始まり、京や奈良からも専門の宮大工が招かれた。その八年後の天文九年（一五四〇）には正殿遷宮、すなわち落慶式が行われた。

落慶式には京から貴顕も招待し、朝廷からの祝辞ももらい、氏綱の喜びは言葉に尽くせないほどだった。

それも一段落した天文十年（一五四一）、桜が咲き始めた頃から氏綱の体調が優れなくなった。

寝たり起きたりの繰り返しとなり、梅雨の頃には立てなくなった。

夏が訪れ、小田原も新緑に覆われる頃、氏綱が氏康を呼び出した。

「父上、ご加減はいかがですか」

枕頭《ちんとう》まで膝行《しっこう》した氏康が、仰臥《ぎょうが》する氏綱に声を掛ける。

「ああ、新九郎か」

ようやく氏康の来訪に気づいた氏綱が、ゆっくりと目を開けた。

いまだ五十五歳でありながら、氏綱の歯はいくつかなくなり、頭は白髪ばかりになっていた。その姿に、氏康は涙を禁じ得なかった。

「新九郎よ、さように悲しげな顔をするな」

「あっ、いや、申し訳ありません」

氏康が畏《かしこ》まると、氏綱の顔がほころんだ。

「人というのは必ず死を迎える。常日頃から、『いつ死んでも構わぬ』と思っているぐらいでなければいかん。わしは出征先で死ぬと思っていたが、幸いにして蒲団《ふとん》の上で死ねるようだ。これも神仏の思《おぼ》し召しだ」

「父上は祖父様《おじいさま》の偉業を引き継ぎ、北条家をここまで育て上げたのです。父上によって、どれだけ多くの領民が苦しみから解放され、生きることを謳歌《おうか》できたか。それを思えば、天はもう少し時間を与えてくれてもよいのではないかと――」

「何事も欲張ってはいかん。このぐらいがちょうどよい」

その控えめな言葉に、氏綱という人物のすべてが凝縮されていた。

「父上は本当に――」

氏康が言葉に詰まると、氏綱が代わりに言った。

「人がよい、か」

「は、はい」

「いかにもわしは、大名家の当主には向いていなかったかもしれぬ」

「いえ、そんなことは――」

「どこぞの鄙《ひな》びた寺の住持にでもなり、村人のよもやま話でも聞きながら日々を過ごすことができたら、どれほどよかったか」

それが半ば本音であることを、氏康は知っていた。

「わしは無理に無理を重ねて、大名家の当主を演じてきたのだ」

「そんなことはありません。父上ほど領民のためを思った当主はおりません」

「領民のためを思う当主か。それが、どれほどわしの重荷になってきたか——。だが、もうその頸木《くびき》から脱せられる」

氏綱の晴れ晴れした顔を見れば、その言葉が本音なのは間違いない。

「心残りは何一つない」

「父上——」

氏康の胸に迫るものがあった。

「そなたは、わしとは違う。そなたは大名家の当主になるために生まれてきた男だ」

「そんなことはありません。それがしごときは、祖父様や父上の足元にも及びません」

それは半ば本音だった。少なくとも「忍耐」という一点において、氏康は二人に遠く及ばないと思っていた。

「いや、そなたなら何事も乗り越えられる。そなたこそ、この世から戦乱をなくし、万民に静謐をもたらすことができる唯一の者だ」

「もったいないお言葉——」

氏康は感無量だった。

「新九郎よ、己の欲のためだけに民から搾取する守旧勢力を駆逐し、関東に王道楽土を築くのだ」

「はっ、はい」

「早雲庵様とわしの存念（理念）を完成させるのは、そなたなのだ」

「ありがとうございます。そのお言葉を胸に刻みます」

「必ずや成し遂げるのだぞ」

「承知仕って候！」

「そなたに渡したいものがある」と言いながら、氏綱が覚束《おぼつか》ない手で、懐から書付のようなものを取り出した。

そこには「遺訓」と書かれていた。

「読んでもよろしいですか」

「もちろんだ」

遺訓には、次のようなことが書かれていた。

第一条
大将から諸将に至るまで、ひたすら義を守るべし。

義に違《たが》いては、たとえ一国二国を切り取ることができても、後代の恥辱になる。

天運が尽きて、たとえ滅亡しても、義を違えていなければ、後世の人から後ろ指を指されることはない。

義を守っての滅亡と、義を捨てての栄華とは天地ほどの開きがある。

第二条
侍はもとより農民や地下人《じげにん》に至るまで、役に立たない人間などいない。
その人物の適材適所を見極めて使うことが、よい大将である。
この者は何の役にも立たないと見捨てるのは、大将として狭い了見だ。
人材が役立つも役立たないも、大将次第と心得よ。

第三条
武士は驕《おご》らずへつらわず、自らの分をわきまえること。
自らの分限に見合わぬ見栄を張ると、苦労することになる。

第四条
万事、倹約を守ること。
華美を好めば領民を苦しめることになる。
侍だけでなく領民も富貴ならば、その大将の軍勢も強くなる。
総じて武士は古風をよしとすべし。
当世風を好む者は、軽薄者のそしりを免れない。

第五条
合戦で度々勝利すると、驕りの心が生まれ、敵を侮《あなど》ったり、不行儀なこと（略奪や濫妨狼藉）をしたりするので、そのようなことがないように慎むこと。
「勝って兜《かぶと》の緒を締めよ」ということわざを忘れてはならない。

「父上、これはそれがしのために――」

氏康の瞳から熱いものがこぼれた。

「新九郎、これらのことを守り、民のことだけを考えた為政者を目指すのだ」

「はい！」

「さすれば天は、必ずそなたに味方する」

氏綱は笑みを浮かべて目を閉じた。

この翌日の七月四日、氏綱は出家し、同月十七日に亡くなる。

氏綱の遺骸は箱根湯本《ゆもと》の早雲寺《そううんじ》で荼毘《だび》に付され、父の早雲庵宗瑞の隣に葬られた。

九

父氏綱の死によって、氏康は家督を継いだ。

いまだ二十七歳の若さだったが、あらためて古河公方から関東管領職に補任《ぶにん》され、さらに足利家御一家衆として、関東におけるその地位は盤石なものとなった。

その領国は伊豆・相模二カ国に加え、武蔵国の南半分、駿河国の東半分、下総国の南西部にまで広がっていた。さらに傘下入りした国人領を加えると、北条氏の勢力は、関東全域の約半分に達していた。

残る敵対勢力としては、武蔵国の岩付・松山領を維持する扇谷上杉氏、上野国と北武蔵を領国とする山内上杉氏、駿河今川氏とその同盟者の甲斐武田氏、旗幟《きし》不鮮明になりつつある安房里見氏、また佐竹《さたけ》・宇都宮《うつのみや》・結城《ゆうき》・小山《おやま》氏といった常陸《ひたち》・下野《しもつけ》両国の国人勢力もいた。

ちなみに氏綱死去の一カ月ほど前、甲斐国では、武田晴信《はるのぶ》が父の信虎を追放して当主の座に就いており、氏康と晴信は奇《く》しくも同じ年に当主になった。

氏綱の葬儀や供養も一段落した天文十年（一五四一）九月、小田原城の氏康の許に陳外郎の息子の林太郎がやってきた。

林太郎は隠居した父の跡を継ぎ、立派に店を切り盛りしていた。だがそれは表の仕事で、裏では北条氏の情報部門として、東奔西走の日々を送っていた。

「久しぶりだな」

「ここ半年ほど畿内から西国を回っていました。それゆえ大恩ある氏綱公の葬儀に出られず、真に無念でした」

「それは致し方ないことだ。で、どうだった」

「京では、いっそう幕府の力に陰りが見えています。昨年、阿波《あわ》国の三好長慶《みよしながよし》殿が堂々の上洛を果たし、管領の細川晴元《はるもと》殿との間で兵乱が起こるかと噂《うわさ》され、将軍の足利義晴《よしはる》公も御正室や御嫡男（後の義輝《よしてる》）を避難させるほどの騒ぎになりました。幸いにして和議が成り、兵乱には至りませんでしたが、もはや幕府の権威は地に落ち、いつ崩壊してもおかしくない有様です」

林太郎の顔が曇る。諸国を股に掛ける商人にとって、統一政権の安定は望むところだ。というのも、諸国を自由に行き来できることで商品流通が円滑になり、大きな利を生むからだ。

「まさか、そこまでとはな」

「足利将軍家は屋台骨から腐ってきています」

「このままだと天下は千々《ちぢ》に乱れ、民の労苦は耐え難いものとなるだろうな」

「仰せの通りです。天下を統べるのは力です。しかし兵力だけが物を言う時代は終わりました。向後の戦い方は変わります」

林太郎が笑みを浮かべる。

「そうか。そなたは何か新たなものを持ってきたな」

「ご明察」

そう言うと林太郎は、下座に控える手代に「かの者を呼べ」と命じた。

やがて見知らぬ男が入ってきた。手には鉄砲を持っている。

「鉄砲か」

ちなみに鉄砲伝来は、この二年後の天文十二年（一五四三）と言われるが、実際にはすでに入ってきており、諸大名が関心を持ち始めていた。だが、まとまった数を入手するのは難しく、実戦に投入されるのは、まだまだ先になる。

「この男は、李明淑《りみんしゅく》という名の唐国《からくに》の武器商人です」

男がうやうやしく頭を下げる。

――鉄砲を売り込もうというのだな。

氏康も鉄砲ぐらいは知っている。今から五年ほど前、堺《さかい》に行った僧が小田原に持ち帰ってきたからだ。だが鉄砲は、国内に入ってくる数も少なく、玉薬と呼ばれる火薬に限りがあり、とても戦の役に立たないと思っていた。

「これからの戦は、これで決まります」

「しかし以前は玉薬が足りず、どの大名家も導入を断念していたではないか」

鉄砲の導入が遅れている原因は、硝石《しょうせき》を輸入に頼っていることにあった。入港時期も積載量も分からない南蛮船《なんばんせん》を頼りにしていると、ある程度の鉄砲数をそろえられたとしても、宝の持ち腐れになる。

「ところが李明淑によると、国内でも硝石の生産ができるというのです」

玉薬とは、硝石（焔硝《えんしょう》）七割、木炭一・五割、硫黄《いおう》一・五割を混ぜて造られる黒色火薬のことで、弾丸を飛ばす際に用いられる粒子の粗い胴薬《どうぐすり》と、点火のために使う粒子の細かい口薬《くちぐすり》の二種が必要となる。

「どこの大名家が成功したのだ」

「いえいえ、大名家ではなく堺商人です」

「商人か――」

氏康は商人の力が、そこまで及んでいるとは思わなかった。

「東国でも玉薬が作れると、李明淑は申しております」

「それは真か」

もし、そんなことが実現すれば、北条家は軍事力で他家を圧倒し、戦わずして関東を制することも夢ではなくなる。新たな武器というのはそれほどの威力を持っており、敵の持たない武器を持つことで、圧倒的な力の差を生むことができる。

「面白い。それで何年かかる」

林太郎の問いに李明淑が答えている。どうやら唐国の言葉のようだ。

「まずは玉薬の元となる硝石の作り方を説明いたします。最初に建物の床下などの湿った地を人の身長くらい掘り下げ、夏の間に牛の糞を床下の土と混ぜ、稗殻《ひえがら》、蓬草《よもぎぐさ》、沼草《ぬまくさ》などを積み重ね、三年から四年も寝かせた後、これを取り出します。次にそれを水と混ぜ、たれ桶《おけ》という器に入れて、あくを取り除きます。さらにこれを煮詰めると、真っ白な粉末に変わるのです。これが硝石です」

「つまり、三年から四年もかかるというのだな」

「はい。しかし天候や土の湿り気などによりますので、必ずしも成功するとは限らず、たとえ成功したとしても、鉄砲に合った硝石ができるとは限りません」

氏康は、硝石を作ることの難しさを思い知った。

「それでもお許しいただけるなら、李明淑が領国内に適した土地を見つけ、やってみると申しております」

「そうか。それでいくらほしい」

「はい。まずは支度に黄金百斤、成功した暁には五百斤をいただきたいと申しています」

「何だと――」

黄金一斤は現在価値で九十万円。五百斤だと四億五千万円弱になる。当時の物価を考えると、途方もない額になる。

「それだけ出していただけるなら、三年から四年、李明淑とその配下は領国内に居を構え、腰を据えて硝石を作ると申しております」

日本語の意味が多少は分かるのか、李明淑がぎこちない仕草で平伏した。

――どうする。

それだけあれば、治水事業や新田開発など民のために様々なことができる。

――だが領国と民を守るには、軍事力の強化も必要だ。

氏康が断を下した。

「分かった。その額で李明淑に一任する」

要求が受け容れられたことを、林太郎が伝えると、李明淑は満面に笑みを浮かべて平伏した。

十

天文十一年（一五四二）五月、前年の氏綱の死に続き、氏康の許に悲報が舞い込んだ。氏康の同腹弟の為昌が、二十三歳の若さで死去したのだ。為昌は三年ほど前から体調不良を訴え、臥《ふ》せることが多くなっていたが、数日前に突然、高熱が出て原因不明の死を遂げた。

氏綱は三男の為昌を可愛《かわい》がり（次男は早世）、相模国の玉縄城主と武蔵国の河越城代を兼任させ、「北条家の柱石」として大いに期待していた。だがその構想も、為昌の死によって水泡に帰した。

父に続く為昌の死に、氏康は茫然とした。若いながらも為昌の存在は大きかった。その穴埋めができる者はいない。だが氏綱はその生前、為昌が病がちになったことから、万が一に備え、為昌より年上の綱成《つなしげ》を為昌の養子にしておいた。不幸にも、それが奏功したのだ。

綱成は永正《えいしょう》十二年（一五一五）生まれで、氏康とは同い年の二十八歳になる。

かつて今川家中の内訌「花蔵《はなくら》の乱」に敗れた福島正成《くしままさしげ》は自害して果てるが、その子綱成は北条氏を頼って小田原へと落ち延びた。綱成は武勇に秀でており、氏綱に気に入られて娘婿となり、北条姓を名乗ることを許された。その後、綱成は氏康に付き従って功を挙げ、「地黄八幡《じきはちまん》」という旗印と共に関八州に名を馳せることになる。

氏康は父の構想に従い、為昌の後任に綱成を就け、その遺領を継承させた。以後、綱成に率いられた玉縄衆は戦闘集団として衣替えし、北条氏の尖兵《せんぺい》として各地を転戦していくことになる。

天文十一年から同十二年にかけて、氏康は家臣、傘下国衆、寺社等の所領を調査し、安堵状を発行することに忙殺されていた。これは代替わり期に行われるものだが、宗瑞から氏綱への代替わり期には行われなかったので、これを機に一斉に行うことにした。というのも各地には所有者のはっきりしない土地が多くあり、それらを蔵入地《くらいりち》（直轄領）とすることにより、北条氏の直轄領収入を増やそうとしたのだ。

この頃の北条氏の直轄領とその支配拠点となる支城は、韮山《にらやま》・玉縄・三崎・小机《こづくえ》・江戸・河越で、それ以外の領国は北条氏に従属する国衆の支配地だった。しかし氏康は、その間に楔《くさび》を打ち込むように蔵入地を増やしていった。

さらに氏康は外交面でも一手を打った。

天文十三年（一五四四）正月、氏康は武田晴信との間に同盟を締結した。これは父信虎を追放した直後に山内上杉憲政の侵攻を受け、信濃《しなの》国の佐久《さく》郡を掠《かす》め取られた苦い経験から、晴信が望んだものだった。

武田氏と同盟した氏康は、天文十三年から翌十四年（一五四五）にかけて、山内・扇谷両上杉領に断続的に侵攻し、五月には、山内上杉氏傘下の武蔵国忍《おし》城の成田長泰《なりたながやす》を服属させた。これは四月に親泰《ちかやす》が死去したのを機に、息子の長泰が外交方針を転換したことによる。

これに怒った憲政は忍城に攻め寄せるが、北条氏の後詰を受けた忍城を落とすには至らなかった。

成田氏の離反が憲政の危機感を煽《あお》り、それが河越合戦の引き金となっていく。

小田原に涼やかな海陸風が吹き始める七月中旬、予想もしない一報が届いた。

「何だと——、何かの間違いではないのか！」

的場で風魔小太郎から報告を受けた氏康は、つがえようとしていた矢を落とすほどの衝撃を受けた。

「はっ、間違いありません。今川治部大輔《じぶのたいふ》殿が、河東《かとう》に兵を進めてきました」

小太郎が口惜《くや》しげに答える。

今川治部大輔とは、駿河国の守護大名・今川義元のことだ。

「何たることか。里見に続き、かような恩知らずが隣国にいるとはな」

氏康がため息を漏らす。

小太郎によると、北条氏が押さえてきた駿河国の富士川《ふじかわ》以東の地、すなわち河東地域に今川勢が突如として侵攻を始め、北条方の最前線拠点の善得寺《ぜんとくじ》城を攻略したというのだ。

天文五年（一五三六）に勃発した今川氏の家督争い・花蔵の乱において、氏綱が義元を支援したことで、義元は今川家の家督を継ぐことができた。その時、氏綱は義元を支援する代償として、河東地域の割譲を条件とし、義元もそれをのんだという経緯があった。

——恩を仇《あだ》で返すような仕打ちではないか。絶対に許せん！

室町幕府から任命された駿河守護職は今川氏であり、北条氏が河東地域を不法に占拠している状態なのは、氏康にも分かる。だが北条氏の軍事介入がなければ、義元は家督争いを勝ち抜けなかったかもしれないのだ。

——しかも今川殿（義元）は、わが室のつやと同腹兄妹ではないか。

つやの父母は、義元と同じ氏親と寿桂尼《じゆけいに》だ。それだけの関係を築いていながら、あっさり手切れするとは考え難い。

——早急に手を打たねば。

こうなれば今川勢のこれ以上の侵攻を、何とか食い止めねばならない。

「小太郎、城番の垪和又太郎《はがまたたろう》は無事か」

父氏綱の時代から河東地域の支配は、興国寺城に本拠を置く垪和氏堯《うじたか》に任せていた。最前線の善得寺城には、その嫡男の又太郎氏続《うじつぐ》が入っている。

「又太郎殿は無事ですが、今川方の突然の奇襲になす術《すべ》もなく、長久保《ながくぼ》城まで退去した模様」

小太郎によると、垪和氏続は続く防衛線の吉原《よしわら》城と興国寺《こうこくじ》城を放棄し、北伊豆の統治拠点の長久保城まで引いたという。

これまでの今川氏との良好な関係から、駿河国の河東地域には、さしたる兵力を置いていない。氏続が長久保城まで引くのは、やむを得ないことだった。

「これはもしや――」

共に弓を引いていた幻庵《げんあん》が首をひねる。

叔父の長綱は、出家して幻庵宗哲《そうてつ》と名乗っていた。

「今川殿は、山内上杉と通じているのではありますまいか」

「叔父上はなぜそう思われる」

「わしが山内上杉なら、そうするからです」

幻庵によると、自分が山内上杉方なら、義元に氏康を牽制させている隙を突き、武蔵国の北条領への侵攻を開始するという。

――叔父上の言う通りやもしれぬ。

移香斎の言葉が鮮やかに思い出される。

「強敵と相対する時は、正面から攻めるだけではだめだ。調略によって味方を増やし、敵を包囲する態勢を築く。それでじわじわと敵を締め付けるのだ。さすれば敵は身動きが取れなくなり、やがて自滅する」

つまり広域陽動作戦である。

――その策をやられているということか。

氏康が唇を噛む。

「しかし打つ手はまだあります」

幻庵が自信を持って言う。

「どのような手だ」

「われらには、甲斐の武田殿との盟約があります。すなわち武田晴信殿を動かし、駿河を牽制させるのです」

「そうだ。それがよい」と言うや、氏康は小太郎に命じた。

「すぐに甲斐に向かい、武田殿に、駿府に兵を進める構えを見せるよう頼んでくれ」

「承知」と答えるや、小太郎が素早い身ごなしで去っていった。

「爺《じい》」と氏康が清水吉政を呼ぶ。

「宿老や奉行を評定の間に集めてくれ」

「承知仕った」と答え、吉政もその場を後にする。

「ただ一つだけ懸念があります」

幻庵が渋い顔で言う。

「懸念とは何だ」

「弱った狼に味方はいないということです」

「どういうことだ」

「狼どもは山で群れを成して暮らしています。しかし怪我や病で一匹が弱ると、それまで支え合ってきた兄弟までもが、弱った者を痛めつけ、その肉を食らうことがあります。それゆえ――」

幻庵の声音が厳しさを帯びる。

「武田殿が、こちらの要求を聞いてくれるとは限りません」

「何だと。それでは同盟の意味がないではないか」

「同盟どころか、武田殿が何もせぬなら、まだましというもの。悪くすると、今川殿と獲物を分けるように、河東に侵入してくることも考えられます」

そう言うと、幻庵は一礼して去っていった。その小さな背を見つめつつ、氏康は戦国の世の厳しさに思いを馳せていた。

――「弱った狼に味方はいない」か。

だがその一方で、沸々とした闘志が沸き上がってきたことも確かだ。

――わしが弱った狼かどうか分からせてやる。

氏康の肩肌脱《もろはだ》ぎの右肩に、今年初めての落葉が降り立った。

氏康は小姓から矢を受け取ると、弓につがえた。

――餓《が》狼《ろう》どもめ、目にもの見せてやる！

空気を切り裂く音がすると、矢は見事、的の中心を捉えていた。

氏康は矢の行く先も確かめず弓を近習《きんじゅ》に渡すと、大股で評定の間に向かった。

この日の午後、三々五々集まってきた宿老たちに、氏康は次々と指示を与えていった。

まずは駿河方面の手当てからだ。

「伊豆衆に陣触れを発し、すぐに長久保城に参集するよう命じよ」

「長久保城と韮山城に兵糧と馬糧を運び込んでおけ」

駿河戦線への手当てが一段落した時、幻庵が言った。

「河越城の後詰は、いかがなされるおつもりか」

「そうであったな」

「これが陽動なら、上杉方は必ずや動くはず。彼奴《きゃつ》らが狙うとしたら河越城しかありません」

「そうだな。河越には——」

しばし考えた後、氏康が言った。

「江戸衆に行ってもらう」

「江戸から河越に赴く途次には岩付があります。岩付の太田兄弟は敵方です。江戸衆は容易には駆けつけられません」

太田兄弟とは、当主の全鑑《ぜんかん》（資顕《すけあき》）と弟の資正《すけまさ》のことだ。この頃、全鑑は病弱で出陣もままならないため、資正が岩付太田氏を率いていた。

氏康が思案するよりも早く、幻庵が言った。

「それがしが行きます」

——さような仕事を、叔父上に託すわけにはいかん。

そう思った氏康は、別の者を送ると言ったが、幻庵も譲らない。

議論は続いたが、「わしが入らねば、綱成が短気を起こして城を打って出ますぞ」とまで言われ、氏康も折れざるを得なかった。

幻庵には、一千の兵を率いて河越城に入ってもらうことにした。

この時、河越領は北条家の蔵入地で、城代に綱成が、援将として大道寺盛昌が入っていた。この二人の手勢二千に幻庵の一千を足しても三千にすぎないが、山内・扇谷両上杉の動きを牽制するためにも必要な増援だった。

幻庵は「心配ご無用」と言い残して、そそくさと出陣していった。

氏康は自ら二日後に長久保城に入るつもりで、出陣の支度に入った。

ところが翌日の夜、最悪の一報が入る。

「晴信が今川方として出陣してきただと！」

寝所から抜け出した氏康が、庭に控える小太郎に確かめる。

「間違いありません」

小太郎によると、あの後、甲斐に向かったところ、出陣してきた武田勢に、あやうく出くわすところだったという。

「最初は駿府方面への牽制で出陣したのかと思ったのですが、後をつけると、河東地域に向かったのです」

「つまり、彼奴らは手を組んでいたということか」

「おそらく──」

幻庵の懸念が現実のものになった。

「致し方ない。支度ができ次第、わしは長久保城に向かう。坍和たちには、わしが赴くまで何とか持ちこたえるよう伝えよ」

「承知」と言うや、小太郎が闇の中に消えた。

十一

にこやかな顔で寝室に入ってきたつやだったが、衾《ふすま》の上に正座する氏康の姿を見て、何かあると察したらしい。すぐに硬い表情になり、衾の脇に正座した。

「どうかいたしましたか」

「ああ、辛《つら》いことを告げねばならぬ」

「いったい何でしょう」

つやの顔が曇る。

「そなたを駿府に返さねばならなくなった」

「駿府に返すと――」

つやが絶句する。

「そなたの兄上が、河東に攻め入ってきたのだ」

「何と――、それは真ですか」

「間違いない」

「わが兄は思慮深く、さようなまねはいたしませぬ」

「そう思いたい気持ちは分かる。しかし次から次へと入ってくる知らせは、すべて同じことを告げてくるのだ」

つやの顔が青ざめていく。

「わしは出陣し、そなたの兄と戦うことになる。それゆえ――」

氏康が一拍置く。

「かような際の慣例に従い、そなたを今川家に戻すつもりだ」

政略結婚の場合、実家と婚家が敵対すると、離縁されて実家に戻されることが多い。

息をのむように氏康の言葉を聞いていたつやが、ようやく言葉を絞り出した。

「そう申しても慣例というものがある」

何を言おうと、つやは頑《かたく》なだった。

「私は、ここを動きません」

「しかしわしは、そなたの実家と手切れになったのだぞ」

「離縁なさるのですね」

「致し方なきことだ」

こうした場合、家臣に覚悟のほどを示し、全力で敵と当たらせるために、敵対する家とは一切の縁を絶つのが習わしとなっていた。

「離縁なさりたいなら、それでも構いません。しかし私は、ここにおります」

「どういうつもりだ」

「箱根の山を越えた時から、私は生家に二度と戻らぬ決意をしました。女というのは
──」

つやの声が震える。

「それほどの思いで嫁に参ります」

「いや、しかし──」

「旦那《だんな》様が離縁したいと仰せなら、それでも構いません。女中でも水仕女《みずしめ》でも構わない

ので、ここに置いていただきます」

氏康がため息をつく。

「そうは申しても、わしも家中に覚悟のほどを示さねばならぬ」

「そんな見せかけの覚悟など捨てておしまいなさい」

「覚悟を捨てろと――」

氏康が言葉に詰まる。

「あなた様が毅然としていれば、誰一人文句を言わず、家中一丸となって死地に飛び込みます」

「そういうものか」

「そういうものです」

つやは強い女だと思ってきたが、これほどとは思わなかった。

「致し方ない。ひとまずここにいろ。ただし情勢次第では無理にでも返すぞ」

氏康が断を下すと、つやが満面に笑みを浮かべる。

「よかった。それでこそ関東の太守です」

「その関東の太守というのはやめろ」

「それにしても――」

つやが話題を転じる。

「わが兄は仏門の出です。しかも北条家には大恩を感じているはず。それがなぜ――」

「家臣の誰かが入れ知恵したのだろう」

「それほど小知恵の回る者が、今川家にいるとは思えません」

今川家の宿老たちは代々、家を継いできた者ばかりで、こうした策配のできそうな者はいない。

――ということは、やはり山内上杉方から働き掛けがあったのか。

あり得ないことではないが、外部からそれほどの調略ができるとも思えない。

氏康が首をかしげていると、つやが問うてきた。

「殿は、これから出陣なさるのですね」

「ああ、長久保城まで出張る」

つやの顔が引き締まる。

「今川の兵は華美を好み、強くはないと言われておりますが、ゆめゆめご油断なされぬよう」

「ああ、分かっている」

「無理をなさらず、引くべきところは引くのですぞ」

「そなたに言われずとも、その時はそうする」

氏康が笑みを浮かべたが、つやは真剣だ。

「殿、負けてはなりませぬぞ」

「ああ、負けはせぬ」

「兄は増長しておるだけです。緒戦で叩けば驚いて和談の座に就きます」

つやは確信を持っていた。それだけ義元の性格を把握しているのだ。

「さすが、つやだな。わしの考えていることと同じだ」

「では、今川家とは──」

「もちろん今川殿が河東地域の領有をあきらめるなら、関係を旧に復する」

「よかった」

つやの顔に笑みが広がる。

「心配をかけてすまなかった」

「いいえ、殿には何の罪もありません」

「ありがとう」

氏康はつやを引き寄せると、強く抱き締めた。

傍らで眠るつやを起こさないように寝所を出た氏康は、広縁に出ると、清々《すがすが》しい夜気を吸った。

灯籠の灯りがおぼろに末枯れの庭を映している。それをぼんやりと眺めながら、氏康は考えに沈んでいった。

——敵ながら天晴《あっぱれ》な策配だ。

この筋書きを誰が書いたのかは分からない。だが、敵の広域陽動作戦は見事の一語に尽きた。

かつて愛洲移香斎と語り合ったことが思い出される。

「合戦に勝つというのは、どういうことだか分かるかい」

「それによって領土を獲得し、そこから上がる利を手にするためではないですか」

「そうだよ。だがそれが目的なら、合戦は手段に過ぎない」

「そういえば、そうですね」

「だから合戦の謡本《うたいぼん》は、概して戦わない者が書くものさ」

謡本とは能や狂言の脚本のことで、この場合、筋書きのことだ。

「それは、どういうことですか」

「謡本を書く者は表立って戦わない。謡本によって戦わせた者たちが疲弊したところで、漁夫の利を得ようとする」

氏康には、移香斎の言わんとしていることが、その時は皆目、分からなかった。

「それがしには、さっぱり分かりません」

「こんなことも分からねえのかい。つまり敵も味方も、舞台の上の役者に過ぎない。皆、戦わない奴に操られているのさ」

「つまり謡本書きは、舞台の上にいないと」

「ああ、まずいない。舞台の袖でほくそ笑んでる奴こそ、警戒すべき相手なのさ」

——つまり此度の謡本を書いたのは、後ろの方でほくそ笑んでいる輩か。

氏康は一人ひとり顔を思い浮かべた。

——今川義元、上杉憲政、上杉朝定、足利晴氏の四人は、舞台の上の役者だ。唯一、舞台の袖でほくそ笑んでいるのは——。

氏康が思わず膝を打つ。

——武田晴信か！

晴信は聡明《そうめい》な文人肌の武将と聞いているが、その実像は定かでない。

——だが聡明と謳われる男のことだ。こうした謡本の一つくらい、容易に書くことができるに違いない。

東国の有力大名たちが互いに戦って疲れた時、ゆっくりと乗り出してくる男の影が、脳裏にちらつく。

——もしそうだとしたら、晴信はわし一人を袋叩きにするつもりはない。わしを生かさず殺さず、嚙ませ犬のように四方の敵と戦わせ、双方を疲弊させるつもりだ。

——晴信が謡本を書いているのかどうかを確かめる手が、一つだけある。

氏康はある人物を呼んだ。

「という次第だ。行ってくれるか」

氏康の依頼を聞き、男がにやりとする。

「ここのところ出番がなくて退屈していたところです。そろそろ、お呼びが掛かるのではないかと思っていました」

「こうした交渉ができるのは、商人であるそなたしかいない」

「分かっています。お任せ下さい」

男、すなわち陳林太郎が立ち上がろうとした。

「ときに、あの件はどうした」

「ああ、李明淑の件ですね」

「そうだ。彼奴らが来たのが天文十年（一五四一）九月のことだ。あれから四年近くも経っている」

「そうでしたね」と答えつつ、林太郎が途中経過を報告する。

「やはり、玉薬を作るのは容易でないのだな」

「それでも目途は立ちました」

「それはよかった。火力で敵を圧倒できるようになれば、戦わずして関東を平定できる。

敵を殺すためではなく、殺さないために火力を増強していかねばならぬ」

「分かっています」

林太郎が立ち上がる。

「万が一――」と言いつつ、氏康が言いよどむ。

「私の命のことですね」

「そうだ。その時は息子を取り立てて、外郎の家を続けさせる」

「ありがたきお言葉」

林太郎が深く頭を下げた。

「よろしく頼むぞ」

「殿のために、わが命を捨てるのは本望です」

そこまで言うと、林太郎は瞳を涙で潤ませて出ていった。

――頼むぞ。

その頼りなげな後ろ姿に、氏康は心中、声を掛けた。

この二日後、氏康率いる五千の兵が長久保城付近に到着した。すでに今川・武田両勢が近くまで来ているとの一報を受けていたので、ほとんどの行程を速足で行軍した。

氏康は城に入らず、城の後方の高地に陣を構え、敵の動きを観察することにした。城に入ってしまえば身動きが取れなくなるので、あえて城外に駐屯したのだ。

「北条勢接近」の一報は今川・武田両勢にも入っているらしく、双方は城から半里ほど後方まで引いていた。

これにより戦線は膠着《こうちゃく》したが、双方に厭戦《えんせん》気分が漂い始めた九月、驚くべき一報が入ってくる。

関東管領の山内上杉憲政と扇谷上杉朝定が、河越城を大軍で包囲したというのだ。

——やはり、やってきたか。

幻庵の読みは鋭かった。

長久保城でにらみ合いを続ける氏康の許に、林太郎から知らせが入ったのは、十月初めのことだった。

「さすが林太郎だ。よくやった！」

書状を黙読する氏康が声を上げたので、清水吉政ら宿老たちが色めき立つ。

「どうかいたしましたか」

「武田殿が、和睦の労を取ってくれることになった」

「それはよかった」

安堵のため息が漏れる。

やはり晴信は、そう簡単に氏康に滅んでほしくはなかったのだ。氏康に駿河戦線から兵を引かせ、両上杉勢に当たらせて、双方共に疲弊させたいという魂胆に違いない。

「だが、ここからが勝負だ」

「と、仰せになられますと」

吉政が問う。

「ここからの駆け引きが、われらの盛衰を決する。まずは駿河戦線を安定させる」

氏康の決意に、宿老たちがうなずく。

その後、義元の仲介条件が晴信から届いた。それは北条氏にとって過酷なものだった。

「河東地域の統治拠点の長久保城を放棄し、河東地域全域を今川方に明け渡せだと。ふざけるな!」

氏康が怒りをあらわにする。

自らの所領を失う垪和父子も「断じてのめませぬ」と言って反対した。

その時、「殿」と吉政の戦場錆《さび》の利いた声がした。

「二《に》兎《と》を追う者は一兎をも得ず、ということわざがあります。殿は河東と河越のどちらかを選ばねばなりませぬ」

「選ぶ、とな」

「そうです。物事には同等の重さに思えても、よく考えると軽重があります。この場合、失って痛手を感じるのはどちらになりますか」

「もちろん河越だ」

武蔵国の要衝である河越を失えば、武蔵国全土を失ったに等しい痛手となる。

「では、答えは出ているも同じ」

「よし、分かった。駿河国を捨てよう」

氏康が断を下した。

これにより使者が行き来して和睦が整い、氏康は十月半ば、いったん戻ってきた林太郎に血判の捺《お》された起請文《きしようもん》を託した。それを持って甲府に赴いた林太郎は、今川方の使者とも面談し、十一月六日に長久保城明け渡しの儀が執り行われることになった。

氏康は駿河国の河東地域という大きな代償を払ったが、行動の自由を得られた。

――河東はいつか取り戻してやる。

氏康は後のことを埘和らに任せ、先に小田原に戻ることにした。

十二

小田原に戻った氏康だが、おいそれと動くわけにはいかない。駿河戦線がいまだ安定しておらず、義元の真意が摑めていないからだ。

そのため氏康は、駿豆国境付近に小太郎をはじめとした風魔衆を張り付け、今川方の動静を逐一、報告させることにした。

ところが、情勢は悪い方へと転がっていく。

氏康の義弟に当たる古河公方・足利晴氏が、上杉方の河越城包囲陣に加わったというのだ。さらに岩付城主の太田全鑑も、その弟の資正を出陣させてきた。これにより連合軍は、実に八万の大軍に膨れ上がったという。

かつて父の氏綱は、「誰しも危機に陥る時はある。そんな時は、なりふり構わず詫び言を繰り返すのだ。その時は誇りを傷つけられても、捲土重来《けんどちょうらい》の機会は必ず来る」と言っていた。

確かに氏綱は、かつて上総国《かずさのくに》の武田氏の内訌に介入した折、敵中に取り残された味方を救うため、敵対する小弓公方・足利義明に哀訴を繰り返した。その結果、味方兵三百を救うことに成功する。その後、氏綱は第一次国府台合戦で義明を滅ぼした。

――まずは哀訴と調略か。

八万の大軍に正面から当たれば勝ち目はない。だが敵は、大軍であるがゆえに結束力は脆《もろ》いはずだ。氏康は戦略目標として、まず「河越城を明け渡して城兵を救う」を掲げ、続いて「河越城を守り抜き、敵を撤退させる」を置き、さらに第三の目標として「敵を撃破する」ことを掲げた。

——あとは冬を待つだけだ。

冬が来れば雪が降らずとも暖を取らねばならず、また大軍であるがゆえに糧秣《りょうまつ》も足りなくなるはずだ。つまり長陣によって、厭戦気分が漂い始めるのだ。

——勝負を決するのは、その時だ。

だがその前に、城兵が自暴自棄になって打って出ないようにせねばならぬ。

氏康は、こちらの意図を城内に知らせておかねばならないと思った。

その若武者は、氏康を前にして少し緊張していた。

「弁千代《べんちよ》、久しぶりだな」

「はっ、かれこれ四年ぶりかと」

「いくつになった」

「十五になりました」

かつての美少年は、知らぬ間に若武者に成長していた。

「では、もうすぐ元服だな」

「はい。玉縄に戻ったら元服の儀を執り行うと、兄が申しておりました」

「そうか。それは楽しみだな」

若者の名は福島弁千代。河越城に籠もる綱成の末弟にあたる。

「そなたの馬術の腕は見事だと聞く」

「なぜ、それを――」

「わしは当主だ。家臣たちの取り柄をすべて把握しておらねばならぬ」

父の氏綱は、その遺訓の第二条で「適材適所を見極めて使うこと」と書き残した。そのためには家臣個々の得意とするところを把握しておらねばならない。氏康は様々な場を通じて個々の家臣の得意や長所を知り、「適材適所」を実践していた。

「恐れ入りました。わが馬術は――」

弁千代が胸を張る。

「関東一かと――」

「大きく出たな。『家中一』くらいは申すかと思っていたが、『関東一』と来たか」

「実は、それがしも『家中一』と称していたのですが、兄から『それでは小さい。せめて関東一にせよ』と命じられました」

「そうだったのか。何とも頼もしい兄弟だな」

「馬を使う仕事なら、それがしにお任せ下さい」

「では、そなたに使者ができるか」

「もとより。どこへなりとも」

――頼もしいことだ。

氏康は控えめな者より、こうした気概のある者を好む。

「では、河越城に入れるか」

「河越城と仰せか」

河越城は敵に包囲されており、容易に入れる状況にはない。

この頃、山内上杉憲政は河越城の西方二里半の柏原《かしわばら》から上戸《うわど》に掛けて展開し、扇谷上杉朝定は一里ほど南の砂久保《すなくぼ》に陣を布いていた。また城の東方一里には晴氏が、北方二里には岩付城主・太田全鑑（資顕）の弟の資正がいた。

これだけ広域に展開する包囲陣も珍しいが、河越城は湿地帯にある城で、周囲は泥田か沼沢地に囲まれている。そのため城に至る道が限られており、これで十分なのだ。

「この弁千代、主命であれば、たとえ地獄への使者であろうと参ります」

若武者の瞳が光る。

「よくぞ申した。ではそなたの兄に、こう伝えよ」

氏康が「敵が仕掛けてきても守り戦に徹し、絶対に城を出ないこと」「こちらで勝利の目途が立ったら、使者を送るので、その時こそ出陣すること」といった伝言を弁千代に託した。

「委細、承知仕りました。して、いかように城に入りましょう」

「そこが思案のしどころだ。そなたが捕まれば、そなたが死ぬだけではない。そなたの兄たちも死ぬやもしれぬ」

弁千代の顔色が変わる。

「それゆえ、いかに馬術に自信があろうと、強引に入ろうとしてはならぬ。馬術は万が一の際、逃げ出す時に使うのだ」

「では、敵に化けますか」

「いや、武田の使者に化けて城に入れ」

「なるほど」

弁千代が膝を打つ。

「駿河では武田殿の仲介で和睦が成った。そのことは、山内らにも知れているはずだ。彼奴らは、わしが再び武田殿を頼ると思うだろう。それゆえ武田の旗を掲げ、武田の使者に化ければ、敵は通してくれるはずだ」

「しかし武田の背旗は、どこにあるのですか」

「これまで分捕《ぶんど》ったものがある」

「分かりました。やってみます」

弁千代が力強くうなずいた。

その後、武田の使者に化けた弁千代は、首尾よく敵の見張り所を通過し、城内に入ることに成功する。それが狼煙によって城内から知らされた時、氏康は安堵のため息を漏らした。

続いて氏康は、山内上杉、扇谷上杉、古河公方の手筋（外交窓口）になっていた宿老を呼び、それぞれに指示を与えた。

山内上杉憲政には、城兵を解放してくれれば北武蔵を、扇谷上杉朝定には、同じく河越領と南武蔵を差し出すと告げ、さらに古河公方晴氏には、兵を引くよう哀訴を繰り返すよう指示した。

——おそらく難しい交渉になるだろうな。

彼らが拒否するのは自明だが、油断させるためにも、こうした交渉はやっておいた方がよい。

——だが、こちらの話に乗ってくる相手が一人だけいる。

太田全鑑である。全鑑はかねてより北条方にも誼を通じており、二股を掛けることで生き残りを図ろうという魂胆が見え見えだからだ。

——しかし誰を送る。

長らく岩付太田氏の取次を務めてきた宿老の一人が年老いて隠居したため、息子が取次を引き継いでいる。だが此度、全鑑に敵方として出兵されてしまったように、その成果は上がっていない。

——こうした時ほど、思い切った抜擢《ばってき》が必要だ。

氏康は最近、「地方巧者《じかたこうしゃ》」と呼ばれるほど、在地土豪や農村との交渉で実績を挙げている若者を起用しようと思った。

その若者を呼びにやると、すぐに長身痩軀を折るようにしてやってきた。

「田中源十郎《たなかげんじゅうろう》に候」

「そなたの父祖は北条時行《ときゆき》公だそうな」

北条時行とは、鎌倉時代末期に幕府の執権《しっけん》だった高時《たかとき》の息子の一人で、建武《けんむ》政権に対して反乱を起こし、いったんは鎌倉を取り戻したほどの活躍を見せた。だがその夢も潰《つい》え、息子の一人が鎌倉北条家発祥の地に近い田中村に土着し、堀越《ほりごえ》公方の家臣となっていた。その後、父の代で氏綱に仕えて今に至る。源十郎は下級官吏として、主に年貢の徴収に当たっていた。

「祖先など、どうでもよいことです」

源十郎は生意気とも取れるほど、泰然としていた。

「その通りだ。では本題だが、そなたは『地方巧者』と呼ばれるほど交渉がうまいと聞く。何か秘訣《ひけつ》はあるのか」

「秘訣などありません。そんなものがあれば、誰がやっても交渉はうまく行きます」

「では、臨機応変に対応しているだけか」

「そういうことになります」

——此奴《こやつ》に任せて大丈夫か。

さすがの氏康も不安に思えてきた。

「では、そなたに太田全鑑殿の調略を委ねると言ったら何とする」

「ははあ」と言って源十郎がにやりとする。

「ちと、難しいやもしれませぬな」

「それは分かっている。やはり荷が重いか」

すでに氏康は、交渉ごとのうまい別の家臣のことを頭に浮かべていた。

「荷が重いなどと言っては、出頭の機会を失います」

「その通りだ」

源十郎は思った通りの野心家だった。

「太田家当主の全鑑殿は病が重いと聞いております。ということは弱気になっておるはず。それに引き換え——」

源十郎の金壺眼《かなつぼまなこ》が光る。

「弟の資正殿は意気盛ん。それゆえここのところ、出陣して功を挙げるのは資正殿ばかり。しかも資正殿は主筋である両上杉家への忠節を誓っています。自然、衆望も資正殿に集まっています」

「そなたは、太田家の事情をよく知っておるな」

「己の仕事とかかわりなくとも、そうした天下の情勢に気を配っているかどうかが、人の生涯を決します」

「よくぞ申した」

氏康は笑みを浮かべると、源十郎に問うた。

「つまり兄弟を離間させるというのだな」

「いや、離間させてしまえば、大半の兵は資正殿に味方してしまいます。それゆえ全鑑殿の妬心を煽り、疑心暗鬼を生じさせます。さすれば――」

「わが方に味方すると申すか」

「そこまで話はうまく行きますまい。せいぜい戦わぬようにさせるくらいかと」

――此奴はただ者ではない。

氏康の直感がそれを教える。

「よし、岩付太田家への調略は、そなたに任せよう」

「謹んで拝命いたします」

芝居じみた仕草で一礼すると、源十郎は大股で去っていった。

――かような若者を、もっと要職に就けねばならぬ。

これからは、家柄や門閥よりも実力を重んじねばならないと、氏康は思った。

その後、田中源十郎は宿老の一人・板部岡《いたべおか》康雄《やすかつ》の許に養子入りし、雅号として江雪斎《こうせつさい》を名乗り、北条氏の外交を担っていくことになる。

（下巻に続く）

北条五代《ほうじょうごだい》　上

朝日文庫

2023年10月30日　第１刷発行
2024年９月10日　第２刷発行

著　者　火坂雅志《ひさかまさし》・伊東《いとう》　潤《じゅん》

発行者　宇都宮健太朗
発行所　朝日新聞出版
〒104-8011　東京都中央区築地5-3-2
電話　03-5541-8832（編集）
03-5540-7793（販売）

印刷製本　大日本印刷株式会社

ISBN978-4-02-265120-4